Algumas garotas são assim

JENNIFER DUGAN

Algumas garotas são assim

Tradução
Mariana Mortani

Publicado originalmente por G.P. Putnam's Sons, um selo da Penguin Random House LLC.

Publicado mediante acordo com Pippin Properties, Inc. através da Rights People, London.

Título original: *Some Girls Do*

Editora responsável **Paula Drummond**
Editora assistente **Agatha Machado**
Assistentes editoriais **Giselle Brito e Mariana Gonçalves**
Preparação de texto **Helena Mayrink**
Diagramação e adaptação de capa **Carolinne de Oliveira**
Projeto gráfico original **Laboratório Secreto**
Revisão **Luiza Miceli**
Ilustração de capa **© 2021 by Jeff Östberg**
Design de capa original **Kelley Brady**

Texto fixado conforme as regras do Acordo Ortográfico da Língua Portuguesa (Decreto Legislativo nº 54, de 1995)

CIP-BRASIL. CATALOGAÇÃO NA PUBLICAÇÃO
SINDICATO NACIONAL DOS EDITORES DE LIVROS, RJ

D912a

Dugan, Jennifer
Algumas garotas são assim / Jennifer Dugan ; tradução Mariana Mortani. - 1. ed. - Rio de Janeiro : Alt, 2023.

Tradução de: Some girls do
ISBN 978-65-85348-22-5

1. Ficção americana. I. Mortani, Mariana. II. Título.

23-86245

CDD: 813
CDU: 82-3(73)

Gabriela Faray Ferreira Lopes - Bibliotecária - CRB-7/6643

1ª edição, 2023

Direitos de edição em língua portuguesa para o Brasil
adquiridos por Editora Globo S.A.
R. Marquês de Pombal, 25
20.230-240 – Rio de Janeiro – RJ – Brasil
www.globolivros.com.br

Para aqueles que já tiveram suas vidas viradas
de cabeça para baixo por causa do amor.

1

Ruby

Esta fuga tem toda uma arte envolvida. Primeiro, passo os dedos por baixo do braço de Tyler, que pesa sobre minha barriga. Levanto-o devagar e o afasto centímetro por centímetro para o lado direito da cama. Quando estou quase livre, pego meu travesseiro — quentinho de tanto que minha cabeça trabalha — e o coloco no meu lugar. Se eu tiver sorte, Tyler vai fungar de leve sob a luz da lua que entra em seu quarto desarrumado, abraçar o travesseiro e continuar dormindo. Se não tiver sorte, ele vai acordar e me perguntar aonde estou indo: *Ruby, fique aqui. Ruby, por favor. Ruby, dormir de conchinha não vai te matar*. Não tenho energia para isso.

O cabelo castanho bagunçado de Tyler cai em seu rosto enquanto ele sorri em meio ao sono e abraça um pouco mais meu substituto. Tive sorte esta noite — em todos os sentidos. Alcanço minhas botas — lembrança de um dos inúmeros concursos de beleza com temática de faroeste dos quais participei — e saio descalça pela porta da frente, com cuidado para não deixar a tela mosquiteiro bater e acordar os pais dele.

A luz do sensor de movimento se acende quando enfio os pés nas botas e vou direto para meu carro, minha alma, minha boia salva-vidas: meu Ford Torino 1970 azul-bebê. Sim, é velho pra caramba, mas é a única coisa neste mundo que é verdadeiramente minha. Fui *eu* quem o comprei na venda das coisas da minha tia-avó Maeve, por trezentas pratas, todo podre e enferrujado. *Eu* o consertei, aos trancos e barrancos, caçando as peças em ferros-velhos e feiras. *Eu* o reformei para chegar ao seu estado atual de esplendor. Eu. Eu fiz isso.

Ok, talvez eu tenha tido uma ajudinha de Billy Jackson, o mecânico menos desonesto da cidade, mas ainda assim.

Entro no carro e o coloco em ponto morto. Solto o freio de mão e deixo-o deslizar de ré pela longa calçada íngreme da garagem de Tyler, até chegar na rua, onde finalmente dou a partida. O carro liga, com um som mais próximo de um rosnado do que um ronronar. Resisto ao desejo de acelerar — meu Deus, eu amo esse barulho — e sigo na direção de casa, me sentindo livre, leve e solta, contente de um jeito que só é possível durante aquele pequeno vislumbre de liberdade entre tarefas e obrigações.

Não que Tyler seja uma obrigação — ou uma tarefa, por assim dizer. Ele é legal o suficiente, o tempo que passamos juntos é divertido e consensual. Em outro universo, provavelmente estaríamos namorando. Mas nós vivemos neste aqui, e, neste universo, eu amo apenas duas coisas: meu carro e dormir.

Tyler é um ótimo alívio para o estresse, é como beber água quando se está com sede, é a diversão que todo mundo merece. E só. Temos um acordo, um lance de amigos com benefícios. Sem compromisso. Se ele me ligasse amanhã dizendo que queria convidar uma garota para sair, eu diria *Vai nessa, desde que a garota não seja eu* — e estou falando sério. Espero que ele pense o mesmo. E é por isso que estou saindo da casa dele duas horas depois de receber uma mensagem que simplesmente dizia: **jogo importante amanhã, tá por perto?**

Calma lá, coração.

Mas também, algumas semanas atrás, eu mandei uma mensagem para ele assim: **tenho um concurso de manhã, vem me distrair?** E em questão de minutos ele estava se esgueirando pela minha janela.

Ou seja, não é um lance frequente; é um lance por demanda. Algumas pessoas ficam chapadas; Tyler e eu temos vinte minutos de sexo casual e seguro — usem camisinha sempre, galera — e depois uma conversa desconfortável sobre como ele se sente estranho por eu ir embora logo após o ato. Por isso a fuga apenas depois que ele cai no sono é o ajuste ideal, pelo menos para mim.

Estaciono no caminho de terra em frente ao meu trailer. Ele pode não parecer muita coisa para algumas pessoas, mas é nossa casinha. Só minha e da minha mãe. Bem, em alguns momentos. Os melhores momentos.

Mas as luzes ainda estão acesas na cozinha, a TV ligada na sala, e meu coração se entristece. Minha mãe trabalha à noite limpando escritórios, e o carro dela não está aqui, o que significa que este não será um dos "melhores momentos". Literalmente nada poderia tirar meu bom humor mais rápido do que ter que ficar perto do namorado dela, Chuck Rathbone.

Chuck e minha mãe têm passado os últimos anos em um vaivém — e, para minha infelicidade, hoje em dia estão mais juntos do que separados. "Cada vez mais sério", eu a ouvi dizer para uma amiga. É por isso que ele faz o que quer aqui em casa. *Tipo comer nossa comida e desperdiçar nossa eletricidade mesmo que a gente não tenha dinheiro.*

Entendo por que Chuck não consegue largar minha mãe — nem todo o trabalho pesado e toda a má sorte do mundo seriam capazes de deixar a mulher menos bonita. Ela é uma beldade, e tinha grandes chances de ser Miss Teen Estados Unidos, até o teste de gravidez dar positivo dezoito anos atrás. (Desculpa, mãe.)

O que eu realmente não entendo é por que minha mãe sempre o aceita de volta. Chuck é, sem a menor dúvida, o pior tipo de homem.

Eu iria para a casa da Everly, minha melhor amiga, se não tivesse certeza de que Chuck já ouviu meu carro — meu motor é tudo menos discreto, e normalmente gosto disso. Mas se eu sair agora, ele definitivamente vai contar para minha mãe, e essa é uma culpa que não quero carregar. Em uma escala de "gasolina acabando" a "motor nas últimas", ser rude com o namorado da minha mãe estaria no nível "junta do cabeçote queimada" — não é o fim do mundo, mas, assim como a maioria das coisas relacionadas à minha mãe, é caro e difícil de consertar.

Desligo o carro, ouvindo o motor esfriar no ar da primavera. Reparo em um movimento nas cortinas da sala — com certeza Chuck tentando ver o que estou fazendo e por que não entrei. Pego do banco de trás a bolsa de maquiagem que mamãe me fez carregar mais cedo e saio.

Nossa porta range quando eu a abro. Ignoro o revestimento caindo ao lado dela, depois passo por cima de uma mancha particularmente suspeita no carpete. Cinco Jack Russell Terriers vêm latindo a toda pelo corredor. Outro motivo de orgulho e alegria da minha mãe. Por favor, Deus, faça com que eles não tenham entrado no meu quarto; esses cachorros mal são treinados — e por "mal" eu quero dizer nem um pouco.

— Cala a boca desses vira-latas! — grita Chuck da cozinha enquanto abre a geladeira, como se eu tivesse algum controle sobre eles. Como se alguém tivesse controle sobre eles.

Minha mãe gosta que os cachorros sejam um pouco selvagens; ela diz que é mais natural assim. Eu adoraria que o lado "selvagem" deles se limitasse aos cômodos com piso vinílico.

Eu me agacho e faço carinho em todos que consigo, o mais rápido possível, enquanto sou abordada pelos outros. Eles lutam por atenção, enfiando as patinhas minúsculas em minhas pernas.

— Shh, shh, shh — tento acalmá-los, tanto quanto é possível acalmar cinco cachorros sem treinamento que raramente saem de casa.

— Cachorros malditos — diz Chuck, levando duas latas de cerveja para a poltrona reclinável em frente à TV aos berros. É o jornal da noite. Como sempre. Ele se joga na poltrona, pingos de cerveja caindo na camiseta preta desbotada, onde se lê NÃO PISE EM MIM. Parece que ele não faz a barba há dias, com manchas grisalhas entre os pelos castanhos. — Você chegou tarde hoje.

— Sim, desculpa. Eu estava estudando com um amigo — digo, me levantando agora que os cachorros decidiram que farejar uns aos outros é mais interessante do que me atacar. Eu me pergunto se eles conseguem sentir o cheiro do gato de Tyler.

Chuck ergue as sobrancelhas, e os últimos fios de cabelo em sua cabeça balançam de uma forma engraçada.

— A sua mãe pode até acreditar nessa baboseira, mas eu sei o que garotas como você fazem à noite, e não é estudar.

— O que você sabe sobre estudar? — pergunto, odiando o fato de que ele está certo, porém determinada a não lhe dar esse prazer.

— Eu sei que exercícios de matemática não te deixam com chupões — debocha ele, rindo, e dá uma olhada na direção do apresentador na TV.

Droga, Tyler, "sem marcas" significa sem *marcas.* Toco meu pescoço, as bochechas queimando.

— Ei, ei, tá tudo bem, não vou contar pra sua mãe.

Olho para ele, esperando a pegadinha.

— Venha aqui, querida — chama, porém fico onde estou, pronta para uma fuga rápida. Ele se inclina para a frente com um olhar malicioso. — Então, o que você realmente fez hoje à noite?

— Que horas minha mãe chega em casa? — mudo de assunto, abrindo um sorriso forçado.

Ele franze um pouco a testa.

— Não sei. Ela disse que o movimento tá devagar essa semana. Perderam mais um cliente.

— Então a qualquer momento? — pergunto, e ele volta a olhar para a TV. — Vou para a cama. Boa noite.

— Tem certeza de que não quer uma? — Ele aponta para a lata de cerveja ao lado da dele na bandeja.

O que esse cara acha? Que eu ficaria bêbada e passaria a noite assistindo a essa merda conservadora com ele? Não, obrigada.

— Tenho aula amanhã.

— E você se importa mesmo com isso?

Na TV atrás de mim, a apresentador fala sem parar. Encaro a parede, respirando fundo. Não vou morder a isca.

— Essa merda vai apodrecer seu cérebro, Chuck — digo, pegando o controle remoto e desligando o aparelho.

Porque ninguém vai me intimidar na minha casa. Não vou aturar bosta de um homem estúpido sentado na poltrona que eu dei para minha mãe com meus anos de vitórias no Pequena Miss Sun Bonnet. Não vou ter medo dos Chuck Rathbone do mundo.

— Foda-se — ele replica e dá risada, bebe a cerveja e liga a TV de novo.

Aperto o passo até o meu quarto e tranco a porta, suplicando para qualquer deus que queira me ouvir: *Por favor, que esse não seja o meu futuro também.*

2

Morgan

— Você pegou tudo?

— Sim!

— Pegou dinheiro pro almoço?

— Sim, peguei dinheiro pro almoço.

— E seu cronograma? Disseram que os treinos vão até umas cinco e meia na maioria dos dias.

— Isso, e depois volto para o apartamento correndo ou andando.

— Ok, geralmente fico na barbearia até umas seis e meia, então, se você chegar antes de mim, não se preocupa.

— Ai, meu Deus, não vou me preocupar. Eu posso ficar sozinha em casa.

— Só quero que essa mudança seja boa pra você. Você merece depois de…

— Será que a gente pode evitar falar sobre isso? Tudo novo de novo e tal…

— Ok, bom, o que a mamãe diria?

— Não sei. "Eu te amo"? "Tenha um bom dia"?

Dylan sorri, me olhando sério.

— Eu te amo. Tenha um bom dia.

— Puta merda, Dyl. Primeiro: você precisa treinar essa sua imitação da mamãe. E segundo: você está levando essa coisa de "in loco parentis" um pouco a sério demais.

— É que eu não quero estragar nada — se defende ele. — Nossos pais vão me matar se você se machucar ou se perder ou sabe-se lá o que acontece com crianças.

— Cara, eu tenho 17 anos — protesto, prendendo meu cabelo castanho longo em um rabo de cavalo.

O carro atrás de nós buzina e alguém grita:

— A faixa de desembarque é para desembarques. Sai do carro ou sai da frente.

— Caramba — reclama Dylan, olhando pelo espelho retrovisor.

— É, nem no inferno tem gente com tanto sangue nos olhos quanto uma mãe de classe média atrasada para tomar um café — comento. — Mas não se preocupa, eu vou ficar bem. E você precisa ir.

Dou um abraço rápido nele e saio do carro antes que meu irmão possa me impedir.

Apesar do que falei para Dylan, a verdade é que não tenho ideia do que estou fazendo. Um grupo de adolescentes passa às pressas por mim, rindo, completamente alheio ao fato de que sou nova aqui. Puxo um pouco a mochila nos ombros... ou pelo menos tento, pois é neste momento que percebo que ela não está comigo. Droga.

— Dyl! — grito, mas lógico que ele não consegue me ouvir do outro lado do estacionamento com as janelas fechadas.

Então, faço o que sei fazer de melhor: corro. Rápido. Voo pelo estacionamento, ziguezagueando entre as fileiras, torcendo para conseguir alcançá-lo enquanto Dylan se move lentamente pelo engarrafamento em frente à entrada da escola. Estou quase lá, falta só mais uma fileira, quando uma buzina alta e um barulho de freada me fazem congelar.

E ali, a trinta centímetros do meu quadril, está o para-choque de um carro azul cintilante. É sério? Volto a olhar na direção do carro de Dylan bem a tempo de vê-lo se afastar e desaparecer na estrada.

— Droga! — Se não fosse esse carro idiota, eu teria conseguido. Não estaria no meio do estacionamento de uma escola nova sem minha grade de horários, um caderno ou mesmo um maldito lápis. — Qual é o seu problema? — Eu me viro, batendo as mãos no capô do carro. — Presta atenção no caminho!

Levanto o olhar com a certeza de que vou encarar algum valentão idiota dirigindo esse carro estúpido, mas estremeço com o par de olhos azuis mais radiantes que já vi — que imediatamente se estreitam e me encaram.

— Você é que estava correndo no meio de um estacionamento — reclama ela, saindo do carro e me tirando do caminho para inspecionar o capô. — Se você tiver deixado um arranhão nela...

— Você podia ter me matado!

— Teria sido sua culpa — replica a garota, se endireitando para que a gente fique quase nariz com nariz. — Onde você estava indo? A escola é pro outro lado, se você não percebeu.

E, ah, não. Ah. Não. Ela é... muito... bonita. Antes que eu perceba, meu cérebro está fazendo uma lista inútil de tudo o que eu *não* devia estar pensando. Tipo: como seria ter a mão perfeitamente bronzeada dela entrelaçada à minha, mais clara, e será que por baixo desse moletom cinza acinturado e dessa calça jeans obscenamente justa tem alguma marca de biquíni? E, ai, Deus, eu sou uma esquisita.

Seria muito mais fácil ficar com raiva se ela realmente fosse um cara idiota, mas isso me desconfigurou. Preciso de uma reinstalação completa do sistema se quiser sair dessa situação sem passar vergonha. Passo um: fechar minha boca, que está aberta até agora como se eu estivesse testemunhando um milagre. Passo dois: me recompor bem rápido.

Tipo, a parte racional do meu cérebro ainda reconhece que, na teoria, essa garota é um saco. Mas, mesmo assim, a parte irracional quer descobrir o nome e o número dela e saber se é solteira e se cogitaria namorar uma estrela do atletismo levemente desprovida da arte da conquista feminina.

— Ei! Eu te fiz uma pergunta! — Ela acena com as mãos na frente do meu rosto. E, sim, isso foi útil. Por favor, continue sendo uma idiota, garota do carro.

— Esqueci minha mochila no carro — respondo no segundo em que meu cérebro volta à ativa. — Eu estava tentando alcançar ele antes que saísse.

— Por que você só não ligou? — Ela fixa o olhar no celular saindo do meu bolso. E, ok, é uma boa pergunta.

— Instinto? — sugiro. — Eu sou atleta. Eu corro. É o que eu faço.

— Bom, não corra por aqui. Isso é um estacionamento. Serve para estacionar. É o que se deve fazer — diz ela, zombando do meu tom.

— Foi uma emergência.

A garota bufa e mexe no cabelo — longas mechas de um tom loiro-escuro que parecem ter sido descoloridas em um estilo ombré — para arrumar o coque alto bagunçado.

— Você tem sorte por não ter deixado marcas com o soco que deu no meu...

— Eu não bati no seu carro. Eu pressionei minhas mãos levemente contra ele porque fiquei frustrada.

— Sei. Então, a boa notícia é que você só vai ter que pagar pra lavar o carro, pra tirar suas digitais sujas do capô.

Ela sorri de um jeito malicioso que *não* devia fazer meu estômago dar piruetas, mas é lógico que faz. E, na boa? Na boa?! Será que eu podia, pelo menos uma vez, não me sentir atraída por alguém que parece capaz de me comer viva no jantar sem nem pensar duas vezes?

— Eu *não* vou pagar a limpeza do seu carro só porque toquei nele.

Ela dá de ombros e caminha de volta em direção à porta ainda aberta.

— Não custava tentar. Ela já estava precisando de uma lavada.

E agora, quando minha boca abre, é de irritação em vez de admiração.

— Não custava tentar? Você... Você quase me matou! Você quase me matou e *ainda tentou me enganar* para pagar por algo de que já precisava? Que tipo de monstro você é?

— O tipo que não esqueceu a mochila e não vai se atrasar para a aula — retruca ela antes de entrar no carro e dar ré.

— Idiota! — grito, mostrando o dedo do meio, mas ela só revira os olhos e ri.

Tenho o bom senso de esperar até que a garota desapareça antes de admitir a derrota e pegar o celular. Dylan atende no primeiro toque, parecendo totalmente em pânico. Assim que garanto que, sim, eu estou bem, o mundo não acabou, nada irrevogavelmente ruim aconteceu nos cinco ou seis minutos desde que ele foi embora — exceto quase ser atropelada pela garota mais rude da cidade, algo que com certeza *não* vou mencionar —, ele se acalma o suficiente para prometer trazer minha mochila.

Encontro um banco perto da pista de corrida com uma boa visão do estacionamento e espero. Lá se vai minha tentativa de chegar cedo na aula. Observo algumas garotas correndo. Elas com certeza fazem parte da equipe do colégio, e me pergunto se estão fazendo um treino improvisado ou dando voltas para comparar o desempenho. Minha antiga treinadora na St. Mary's adorava isso. Ela tinha costume de dizer que chegar cedo fazia bem para a alma, embora meu corpo discordasse completamente.

Reconheço uma das garotas quando ela passa: Allie Marcetti. Já nos enfrentamos algumas vezes e meio que a conheço. Ela é rápida, embora não tanto quanto eu e, definitivamente, não a longo prazo. Ninguém é. Bem, ninguém aqui, pelo menos. De qualquer forma, ouvi um boato de que ela estava mudando de modalidade para corrida rasa nesta última temporada.

Elas passam correndo por mim, os rabos de cavalo balançando, sincronizados, e eu balanço a perna. Queria estar correndo também. Mal posso esperar até mais tarde, quando meus pés finalmente vão sentir a pista e darei meu máximo, até que meus músculos estejam queimando e meu estômago tremendo e... Interrompo o pensamento, lembrando a mim mesma de que, tecnicamente, ainda não sou membro oficial da equipe, não até que minha liberação seja aprovada.

Se isso acontecer. Mas, por causa da minha classificação anterior, a treinadora não hesitou em me deixar treinar com elas nesses últimos meses de aula. Até assinei uma carta de intenção para concorrer à uma vaga na faculdade dos meus sonhos — embora a avaliação esteja "em suspenso" enquanto eles "averiguam o incidente".

Tenho passado muito tempo tentando me convencer de que está tudo bem e que nada disso dói. Que esse lance de ser uma estrela do atletismo e de repente me tornar um escândalo do colégio é totalmente normal, que eu já sabia que aconteceria e estava preparada para toda a situação. Ainda assim, desvio o olhar quando as garotas cruzam a linha de chegada, tentando muito não pensar em como podia ser eu, na minha antiga escola, com minhas antigas amigas.

Minha mãe vive dizendo que é só uma questão de tempo até que eu seja liberada para competir de novo e tudo relacionado à faculdade entre nos eixos. Pelo visto, ter que escolher entre se retirar ou ser formalmente expulsa da sua antiga escola — aquela que seus pais estão processando por uma infinidade de razões, inclusive, porém não apenas, discriminação e assédio — faz parecer pouco provável que seu novo colégio esteja tentando roubar atletas de elite de outras escolas. Agora basta torcer para que a Associação Nacional de Atletas de Ensino Médio também chegue a essa conclusão, quando finalmente forem decidir sobre o meu caso.

A treinadora daqui não tentou roubar ninguém. Nós duas só tivemos sorte por meu irmão ter um apartamento em um distrito escolar com um programa de corrida decente e da mesma liga e a escola por acaso ter uma vaga para uma corredora de longa distância. Se dependesse de mim, ainda estaria competindo com minha antiga equipe na St. Mary's, mas não funciona assim.

Isso é o que acontece quando você perde a paciência com um professor que te diz que ser LGBTQIAP+ é contra o código de conduta da sua escola particular estúpida… e depois decide transformar sua vida em um inferno por causa disso.

Tentei continuar os estudos de casa quando tudo aconteceu. Fomos ingênuos. Achamos que daria para só deletar aquela parte da minha vida e todo o resto continuaria igual. Mas aí o noticiário local soube da história, e comecei a perceber que todo mundo estava me encarando. Pode ter sido coisa da minha cabeça no início, só que depois meus amigos pararam de ligar e os pais deles pararam de enviar mensagens para os meus pais. E então eu simplesmente precisei sair de lá.

Enfim. Sem chororô. Novo começo. Nova eu. Assumida e orgulhosa. Me posicionando. Muita alegria! Espero que essa liberação chegue antes do campeonato estadual, ou vão ter que me acorrentar no banco para me impedir de competir. Não vou perder a última temporada de competição da minha carreira no ensino médio, juro por Deus.

O primeiro sinal toca e todo mundo se apressa para entrar, fazendo o estacionamento e o terreno da escola se tornarem uma cidade-fantasma em segundos. E eu fico sentada, esperando Dylan. Já atrasada para o meu recomeço.

3

Ruby

Eu rio quando ela me mostra o dedo do meio, porque, na boa? *Eu* que sou a idiota? Ela que estava correndo entre os carros que nem um esquilo alucinado. Se alguém está errada aqui, é ela. Definitivamente. E daí se eu tentei descolar uma limpeza no meu carro de graça? A garota bateu no meu bebê. Tem sorte de eu não ter cortado as mãos dela.

Estaciono em uma vaga, longe o suficiente para que ela não possa me ver, mas de onde ainda posso vê-la e seus grandes e raivosos olhos castanhos. Houve um momento lá, quando o sol bateu em cheio neles, em que pareceram quase âmbar. Não que eu esteja realmente interessada nela ou naqueles olhos predominantemente castanhos, com toque de âmbar. Estou mais é levemente curiosa. É uma escola bem pequena, e conheço a maioria dos alunos desde criança. Não é sempre que recebemos gente nova, especialmente no final do ano — deve ter alguma coisa por trás disso.

Alguém bate na minha janela, chamando minha atenção, e eu me viro para Everly, que me olha engraçado. Ela é literalmente a única pessoa no mundo autorizada a tocar no meu carro além de mim, e dá um passo para trás quando abro a porta, passando os dedos pelas próprias tranças. Um dos meninos do time de lacrosse assobia ao passar com os companheiros de equipe. Ele abre um sorriso para ela.

— Estão lindas, madames — comenta o garoto.

Everly estala a língua.

— Queria poder dizer a mesma coisa sobre você, Marcus.

Marcus leva uma das mãos ao peito de forma dramática e vai andando para trás, como se tivesse levado um golpe no coração, enquanto o restante da equipe solta uns "ai" e implica com ele.

Everly está acostumada com isso. Verdade seja dita, se você é considerada a Amandla Stenberg de Harrington Falls, seria difícil não ser muito elogiada, mas ainda assim. Prefiro escutar "estão lindas, madames" todos os dias do que as coisas que as pessoas me dizem quando ela não está por perto. Acho que é assim que as coisas são quando quase todo mundo te considera uma bomba-relógio vulgar. Como se fosse apenas questão de tempo até que eu comece a parir crianças, arruinar vidas e por aí vai.

Empurro meu banco para a frente, tirando um par de saltos, meus sapatos de sapateado e algumas sacolas de roupas do caminho para pegar minha mochila.

— Você sabe que ele é a fim de você.

— Eu sei. — Ela sorri.

— Mas?

— Mas nada. Ele não me chamou para sair, e não sou eu quem vai chamar.

— Uau — digo quando começamos a andar em direção à entrada do prédio. — Bela forma de retroceder os direitos das mulheres uns dez bilhões de anos. Se você gosta dele, devia investir.

— Diz a garota que sai de fininho com Tyler Portman toda vez que ele manda uma mensagem querendo dar uns pegas.

— Ei. — Levanto o indicador. — Não tem nada de errado em exercer nossa sexualidade. Eu mando mensagem pra ele com a mesma frequência que ele me manda. E é um acordo. Sem angústia, sem sentimentos...

— O menino gosta de você.

— Não gosta, não!

— Esse chupão no seu pescoço diz o contrário.

Cubro o local com a mão na mesma hora.

— Eu passei maquiagem nisso!

— É, bom, não o suficiente. — Ela ri. — Mérito do Tyler, porque é até engraçado como ainda dá pra ver mesmo com todo esse seu bronzeado artificial.

— Isso foi coisa da minha mãe — explico, estendendo os braços e franzindo a testa quando noto uma manchinha.

— É, mas fala pra sua mãe que se ela fizer sua bunda branca atingir um nível Kardashian, eu vou parar de tirar suas fotos até que você volte a ter o tom de pele que Deus te deu.

Eu bufo; nem me lembro mais que tom é esse. Minha pele vem sendo bronzeada, minhas unhas vêm sendo pintadas e meu cabelo vem sendo descolorido desde que eu era novinha. Às vezes — o tempo todo? — tenho vontade de tirar tudo, só para ver quem eu sou por baixo de todas essas camadas.

— Acha que eu tô zoando? — Everly sorri. — Talvez sua mãe te deixe em paz se ela tiver que pagar pelas fotos pro Instagram.

Everly é obcecada por fotografia e isso transparece em seu trabalho. Ela é fantástica. Tira fotos minhas há alguns anos e é responsável pelo conteúdo do perfil do Instagram que minha mãe gerencia para mim. Mamãe acha que isso vai me fazer arranjar trabalhos como modelo ou coisas do tipo, mas até agora só recebi mensagens de homens pervertidos.

Mas que se danem as fotos posadas e os posts impulsionados. Everly é a rainha das fotos espontâneas. Ela está sempre com sua Nikon pendurada no pescoço, fazendo os cliques quando a gente menos espera. Todo o projeto de arte do último ano dela é baseado na ideia de que as fotos podem mostrar quem uma pessoa realmente é, sem que ela se reprima.

Como eu nunca baixo a guarda, já não sei dizer se isso é mesmo possível.

Solto meu cabelo do coque bagunçado e o arrumo em volta dos ombros, cobrindo meu pescoço o melhor que posso.

— Melhorou?

Ela dá uma olhada na direção do time de lacrosse, onde Tyler acabou de se juntar a Marcus e aos outros.

— Acho que depende de quem está perguntando.

— Ai, meu Deus, Everly. Um chupão é sinal de uma noite de afeto excessivo, não uma prova de amor eterno!

— Aham, tá, e quando você junta isso com o *Por favor, fique aqui, Ruby, por que você não pode passar a noite?* — Ela junta as mãos como se estivesse implorando.

— Não vai rolar. — Eu a empurro, mas estou rindo.

— Oh-ou. — Ela fica séria.

— O que? — Olho em volta, tentando descobrir o que a assustou, mas a única coisa remotamente fora do comum que vejo é a novata fazendo beicinho sozinha em um banco.

— Ah, nada. Só suas questões paternas bem à mostra.

— Vai se foder — xingo, só que não pra valer. Se existe uma pessoa neste planeta que pode e sempre fala comigo sobre os meus problemas, essa pessoa é Everly. — Não são questões paternas. Está mais para um caso de *Eu não quero me prender a um garoto ridículo do ensino médio e acabar que nem a minha mãe*.

Everly abre a boca para dizer mais alguma coisa, mas não consigo ouvir por causa do som do sinal, indicando que é melhor entrarmos logo, antes que marquem nossa falta.

— Salva pelo gongo — declara Everly ao alcançarmos Marcus e os outros garotos. Ele passa o braço em volta dela e sussurra algo em seu ouvido que a faz rir.

Tyler está do outro lado dele, observando. Ele se afasta um pouco da multidão, diminuindo a velocidade para acompanhar meu ritmo. Tyler é um bom partido para a maioria dos padrões — tem 1,80m, é todo musculoso por causa do lacrosse, usa o cabelo bagunçadinho e tem um rosto gentil que se ilumina quando ele sorri.

Eu sinceramente adoraria fugir — faria qualquer coisa para evitar essa interação estranha pós-sexo... mas fazemos a primeira aula juntos.

— Você foi embora de novo — diz Tyler quando os outros estão afastados o bastante para não ouvir.

— Eu sempre vou. — Ainda não entendo por que ele está tão surpreso com isso. — E você deixou uma marca — acrescento, movendo meu cabelo apenas o suficiente para que ele possa ver. Não deixo de notar um sorrisinho sugestivo em seu rosto antes que ele se recomponha. — Foi de propósito? — pergunto, e Everly vira a cabeça para olhar para mim.

— Relaxa, não foi nada. Só fiquei meio empolgado demais.

— Bem, se você puder não ficar empolgado demais no meu corpo, seria bom.

Ele se aproxima.

— Mas aí não seria o oposto do objetivo do nosso acordo?

Eu o empurro com o ombro.

— Só não faça isso de novo. Ok?

— Foi um acidente, Ruby — diz Tyler, e percebo que seu tom está menos brincalhão. — Você não vai fazer eu me sentir um idiota porque você queria uma coisa e eu te dei.

— Caramba, Tyler. Não seja um babaca.

— Não sou eu que estou sendo babada.

— O que você quer dizer com isso?

Largo minha mochila na minha mesa. E, ok, acho que já temos o assunto do dia. Primeiro eu sou uma idiota, e agora, aparentemente, também sou babaca. Perfeito.

— Você sabe exatamente o que eu quero dizer — replica ele, e atravessa a sala para se sentar.

Mas não. Eu realmente não sei.

A menos que ele esteja se referindo ao fato de eu ter ido embora, o que não faz sentido.

Olho pela janela, começando a sentir uma dor de cabeça atrás dos olhos. Observo a novata se levantar do banco e ir até um Honda Civic velho — cinza, com pequenos pontos de ferrugem no para-choque. Tenho um vislumbre do motorista quando ele se inclina para lhe entregar uma mochila. Definitivamente não é o pai dela — o garoto é muito jovem —, mas a maneira como ele bagunça o cabelo da garota quando ela pega a mochila mostra que também não é um namorado. Um pedacinho de mim relaxa com essa percepção. Tento não questionar muito o que isso significa.

Procuro um lápis na minha mochila, qualquer coisa para desviar o olhar da garota lá fora, e fico grata quando meu celular vibra no bolso. Quando o puxo, me deparo com várias mensagens de minha mãe, me lembrando de que tenho aula de sapateado hoje às seis e meia, para usar os sapatos bons, sorrir, garantir que colocarei a data do cheque para só daqui a uma semana e... e... e... Tem sempre mais alguma indicação. Minha mãe gosta de dizer que "a única coisa melhor que ser miss é ser mãe de miss". Só que é meio difícil acreditar nisso.

Mas certas coisas não podem ser ditas em voz alta, tipo que o sonho dela não é mais o meu sonho há muito tempo, não importa o quanto eu tente forçar a barra. Ou como eu gostaria que aquele cheque pré-datado fosse para contas e comida, não para aulas de sapateado que odeio e bronzeadores que não vão fazer bem a ninguém. Ou como estou forçando um sorriso já faz tanto tempo que chego a ter medo de não saber mais como é sorrir de verdade.

4

Morgan

Eu adoraria dizer que o restante da manhã foi melhor, que depois de esquecer minha mochila e quase ser atropelada por um carro, foi tudo tranquilo. Mas não foi. A monitora começou a me interrogar por causa do atraso e depois me mandou para a secretaria, visivelmente sem acreditar que eu era aluna nova, porque "aluno novo não começa no fim do ano". O que até faz sentido, mas eu sou nova e estou chegando aqui agora.

Depois que isso foi resolvido, fui para o meu armário e a senha não o abria por nada, e então já estava na hora da minha primeira aula. Acho que o sentimento de pena superou a irritação da monitora quanto ela me levou de volta para a secretaria, onde a diretora disse: "Já está com saudades?". Depois de ganhar uma liberação para entrar na aula atrasada e uma nova combinação para o cadeado do armário, eu estava finalmente no caminho certo. Ou meio que estava.

Porque também me atrasei para a aula seguinte. Do alto da minha ingenuidade, pensei que todas as salas da casa dos duzentos ficariam no segundo andar, porém descobri que a sala 215 é, na verdade, na nova ala do primeiro andar. Como não, né?

Por um milagre, chego cedo à terceira aula, de política — a última antes do almoço. A professora se apresenta como sra. Morrison, me entrega um livro e fala para eu me sentar em qualquer lugar. É aí que percebo que as carteiras estão arrumadas em um semicírculo na sala, não em fileiras, como em todas as turmas na minha antiga escola. Está na cara que ordem não significa nada aqui.

— Vocês não têm lugares marcados? — pergunto, olhando em volta enquanto todos os alunos entram.

— Não, srta. Matthews, não na minha sala. Fique à vontade para escolher qualquer carteira.

Eu exploro a sala, escolhendo um lugar à direita, na parte de trás, com uma boa visão da professora e de todos os outros. Não que haja muita opção, já que, pela forma como as carteiras estão organizadas, todos estão em evidência o tempo todo. Isso é inteligente. Fica quase impossível trocar mensagens ou perder o foco sem que a professora veja.

Allie chega me lançando um sorriso encorajador ao entrar na sala. Ela se senta em um lugar vazio ao lado de alguém que imagino ser sua amiga, já que na mesma hora começam a conversar. Está tudo bem. Ou vai ficar, depois da escola, quando eu puder conhecer o time, com sorte mais receptivo do que minha antiga equipe, que me largou que nem batata quente depois que eu me assumi. Ou talvez tenha sido depois que chamei a treinadora de homofóbica e machista. Enfim.

Abaixo a cabeça e folheio o livro, examinando as páginas e desejando poder estar em qualquer lugar menos aqui, até que alguém chuta minha cadeira. Olho para cima e fico cara a cara com a garota do carro. O coque bagunçado se foi —

seu cabelo agora cai em cascata ao redor do rosto, que eu com certeza estou olhando por muito tempo.

Ela pigarreia.

— Você está no meu lugar — diz, não de um jeito rude, mas com extrema firmeza… sem abrir espaço para discussão.

— Pensei que os lugares não fossem marcados — comento, embora meu instinto seja pegar minhas coisas e sair correndo. Mas cansei de recuar. Esta é minha nova versão.

Ela cerra os dentes.

— Está implícito.

— Como?

— Olha, eu entendo que você é nova e tudo mais, só que este é o meu lugar desde o começo do ano letivo, então se você puder dar uma acelerada aí e pegar o lugar de outra pessoa…

— Engraçado você dizer "acelerada". — Sorrio. — Esse é o seu lance, né? Acelerar e quase passar por cima das coisas.

Juro por Deus que as narinas da garota inflam. Seria fofo se ela não fosse tão irritante. Mentira, com certeza ainda é fofo, mas estou tentando ignorar esse fato. A menos que inflar as narinas com raiva conte como flerte, porque aí nesse caso…

— *Você* quase bateu no *meu* carro, não o contrário.

— Algum problema, senhoritas? — questiona a sra. Morrison, virando-se do quadro branco e levantando uma das sobrancelhas.

Abro a boca para dizer que sim, há um problema, um grande problema, na verdade, e boa parte dele é o meu nível de atração por essa pessoa que nitidamente é a rainha de todos os idiotas de todos os tempos, mas sou interrompida por uma voz do outro lado da sala.

— Morgan, certo? — pergunta Allie, e eu me viro para ela. — Senta com a gente. — Ela bate com o lápis na mesa vazia a seu lado.

Olho para a garota à minha frente, hesitando em deixá-la vencer, mas ela está mais para entediada do que irritada agora, então não parece valer a pena. Pelo menos não hoje. Pego meus livros e saio da cadeira.

— O primeiro dia tá sendo difícil? — pergunta Allie quando me sento ao seu lado. Ela trocou de roupa e agora veste um suéter que parece macio, com as mangas cobrindo as mãos. As unhas vermelhas brilham em contraste com a brancura de sua pele.

— Tipo isso — respondo enquanto a sra. Morrison anuncia que deixou uma apostila na sala dos professores e volta em breve. Ela nos fala para abrirmos o livro na página 106 e depois desaparece porta afora.

— Então, esta é Lydia. Ela também está na equipe de corrida. — Allie aponta para a garota ao lado dela.

— Ei, a treinadora está empolgada por você estar aqui — diz Lydia, afastando do rosto o cabelo preto e ondulado.

Ela cortou a gola de seu moletom folgado e deslizou um lado para baixo do ombro, expondo ainda mais a pele marrom-clara. Os professores da minha antiga escola teriam um ataque cardíaco se vissem isso.

— Sério? O que as outras estão achando? — Só porque a treinadora está "empolgada" não significa que o restante da equipe também esteja. Sou uma recruta meio controversa.

Allie e Lydia trocam um olhar que me diz tudo o que preciso saber.

— Que ótimo, hein?

Lydia enrola uma mecha do cabelo.

— Pela maioria está tudo bem. E você não precisa se preocupar com as outras. É só receber sua liberação e nos levar para o estadual e logo, logo as pessoas não vão nem ligar pro resto.

Certo. O resto. Tipo o lance de ser superlésbica, de ter que escolher entre transferência ou expulsão, de ter perdido uma oferta para fazer parte do time de uma faculdade e a outra estar "em suspenso" já que eu acabei no noticiário por uma denúncia. Mas, sabe, qualquer universidade que não me aceite por tudo o que sou não é um lugar para o qual eu gostaria de ir, certo? Pelo menos é o que repito para mim mesma todos os dias quando acordo.

— Elas só não querem se envolver — infere Allie. — Tipo, a gente não se importa que você seja lésbica ou qualquer coisa.

Ela sussurra a palavra "lésbica" como se fosse algum tipo de segredo horrível. E não é.

— Tá, mas *eu me importo* com isso — declaro, o que deixa um silêncio constrangedor entre nós, porém é melhor falar logo, em vez de me trancar no armário.

Allie parece constrangidíssima.

— Ai, meu Deus, isso saiu tão errado. Lógico que você se importa. Lógico que eu me importo! Está tudo bem! É...

— Allie, cala a boca. — Lydia sorri, se inclinando mais para a frente para me encarar. — Olha, já que nós já deixamos essa situação estranha, vou direto ao ponto e dizer pra você que, em primeiro lugar, a Allie sempre fala pelos cotovelos e, sem segundo, eu sou pan, então você não é a única garota que gosta de outras garotas na equipe. Quando eu falei que as pessoas não vão ligar pro resto, quis dizer, por exemplo, o lance de você ter sido expulsa da escola antiga.

Ninguém na equipe se importa com quem você, eu, Allie ou qualquer outra pessoa esteja saindo, desde que isso não interfira na corrida. A essa altura do campeonato, todas nós só queremos dar o nosso melhor e sobreviver aos próximos meses. E eu acho muito legal que você tenha enfrentado sua antiga escola por isso. O que tentaram fazer com você foi sacanagem.

Eu não tinha percebido o tamanho do peso que havia em meu peito até agora, quando tudo se dissipou. Sorrio pela primeira vez no dia e a professora reaparece, acenando com um monte de papéis.

— Quem está pronto para aprender sobre reformas? — pergunta em um tom cantado.

— Então, qual é a dela? — questiono no fim da tarde, depois do horário de estudos, quando estamos caminhando na pista, nos aquecendo.

Allie acompanha meu olhar até a arquibancada, onde a garota de hoje mais cedo está, cercada por um grupo de alunos.

— Quem?

Dou de ombros.

— Não sei. A garota da aula, aquela que disse que eu sentei no lugar dela.

— Ah, aquela é Ruby Thompson. Sugiro ficar longe dela.

— Por quê?

— Porque ela é problema? — reflete Allie.

— Porque ela é descompensada — afirma Lydia ao mesmo tempo.

Olho para Ruby mais uma vez.

— Como assim?

— Hum, por onde eu começo? — diz Allie. — Além de ter essa pose de *eu vou te matar se você me olhar estranho*? Vamos ver... Ela é desagradável, fica sempre de detenção, é meio que rodada, quase não fala com ninguém, exceto com, tipo, Everly Jones, e eu juro por Deus que ela lançou algum feitiço no Tyler. Ele está, tipo, apaixonado por ela...

— Espera, quem é Tyler? — pergunto.

Lydia balança a cabeça.

— Tyler Portman. Um garoto do lacrosse por quem Allie é apaixonada desde o sexto ano.

Inclino a cabeça.

— Então isso é tipo *Meninas malvadas*? Vocês duas não gostam dela por causa da pessoa com quem ela está saindo?

— Não — responde Lydia. — Ignora essa parte. A reputação problemática vem de antes desse lance entre ela e Tyler, pode acreditar.

— Sério — enfatiza Allie, pegando minha mão e me puxando para mais perto da pista. — Evite *qualquer* contato. E definitivamente não faça mais nada para irritar a garota.

— Ela quase me atropelou hoje de manhã. — Fico tensa. — E aí talvez eu tenha batido no capô do carro dela, então tenho certeza de que já dei uma boa irritada nessa menina.

Os olhos de Lydia se arregalam.

— Você tocou no carro dela?

— Ela quase me atropelou!

— É, eu simplesmente teria deixado — comenta Lydia.

— Pelo menos acabaria mais rápido — concorda Allie.

Antes que eu possa responder, a treinadora apita.

O treino começou.

5

Ruby

Reparo a novata, Lydia Ramírez e a abominável Allie Marcetti olhando para mim durante o início do aquecimento. Tenho certeza de que acham que estão sendo discretas, mas não estão. Queria saber o que estão dizendo para ela — provavelmente algo tipo *a Ruby é encrenca, fica longe dela*, o que seria ótimo. Ter gente falando de mim não é novidade; só queria que fosse um pouco menos explícito.

— Ei, Ruby — chama Marcus. Ele dá um empurrão de leve no meu ombro enquanto se senta na arquibancada ao meu lado, passando as mãos pelo cabelo cortado em degradê antes de tirar seus AirPods. — Será que você poder dar uma olhada no carro da minha mãe no fim de semana? Tem feito um barulho estranho que tá estressando ela.

— Sim, sem problemas — respondo quando as garotas do time começam a dar voltas lentas ao redor do gramado. — Você já sabe o que fazer.

Marcus concorda solenemente com a cabeça.

— Ela já comprou os ingredientes da lista.

Eu sorrio. Conheço Marcus Williams desde que éramos crianças. Ele e a mãe moram do outro lado do estacionamento de trailers. A mãe dele tomava conta de mim às vezes quando eu era pequena e minha mãe trabalhava dois turnos seguidos. Não me lembro de muita coisa daqueles anos — são uma espécie de borrão de memórias dos concursos de beleza e babás aleatórias —, mas me lembro de que a sra. Williams faz o melhor macarrão com queijo que já provei na vida.

Uma vez criei coragem para perguntar a ela se era da marca Velveeta, porque eu tinha certeza de que não era o macarrão instantâneo com queijo em pó com o qual eu estava acostumada. Como a caixa do Velveeta era um pouco mais cara, sempre me pareceu uma coisa gloriosa e inatingível. A sra. Williams só riu e revelou:

— Não, querida, eu mesma que fiz.

Acho que eu nunca tinha comido uma refeição feita do zero antes disso. Não que minha mãe não se esforçasse. Ela é ótima em apresentações com bastões de ginástica artística e em sorrir como uma modelo e falar sobre a paz mundial, sério, mas o treinamento para concursos de beleza não incluía habilidades do tipo "como criar um bebê aos dezesseis anos quando sua mãe te expulsa de casa e seu namorado te larga" ou "sua cria e você: como fazer refeições caseiras nutritivas com um orçamento de dois dólares depois de trabalhar dois turnos seguidos sendo que você mal tem idade para votar".

Até hoje, as únicas vezes em que realmente como bem é quando a sra. Williams precisa que eu conserte seu carro. Ela e Marcus dizem que posso aparecer lá para comer quando quiser, mas nunca aceito. Comer a comida de outras pessoas não parece certo, mas trocar uma refeição por um serviço já fica mais justo.

Everly aparece, dando um empurrão de brincadeira em Marcus antes de se sentar do meu lado. Ele a encara com olhos de cachorrinho pidão enquanto ela puxa a câmera e tenta não sorrir. Os dois estão nesse vai-não-vai há alguns meses e, por mais que eu odeie admitir, acho que seriam perfeitos juntos. Pouco depois, algumas das namoradas dos jogadores de lacrosse e uns desocupados se juntam a nós.

A equipe de lacrosse tem um amistoso contra outra escola hoje, e geralmente Marcus estaria em campo, mas ele "não está progredindo rápido o suficiente", segundo o protocolo de concussão, então precisa ficar de fora. Mesmo sendo um amistoso, sei que Tyler ainda vai dar tudo de si. Ele se esforçaria de qualquer forma, mesmo se o cara que deu uma bolada na cabeça de Marcus — deixando o time sem seu melhor defensor — não estivesse na equipe adversária.

Talvez eu faça com que as coisas fiquem um pouco confusas por estar aqui para torcer por ele, junto com o restante dos nossos amigos e todas as namoradas dos jogadores, mas não tenho nada melhor para fazer hoje de tarde, e só Deus sabe como minha vontade de ir para casa é baixíssima agora que Chuck passou a habitar permanentemente nossa sala.

— Perdemos alguma coisa? — pergunta uma das garotas atrás de mim, e eu reviro os olhos, porque obviamente os garotos estão entrando em campo agora.

— Só o início do treino do pessoal do atletismo — informa Everly, parecendo entediada.

Ela levanta a câmera e começa a tirar fotos à medida que o time de lacrosse sai do vestiário e entra no campo. Tyler está no centro do grupo, sorrindo com o capacete na mão enquanto o restante da equipe fica de um lado para outro à sua volta, parecendo versões gigantes e suadas dos cachorros da minha mãe. Não sei como ele aguenta isso.

Olho para a pista de corrida bem a tempo de ver a garota nova terminar em primeiro. Lydia, que tem sido a mais rápida na escola desde o dia de atletismo do quarto ano, termina vários segundos depois. Hum, acho que a novata é realmente boa. Ela apoia as mãos na cabeça enquanto caminha, arfando com as bochechas coradas por causa do esforço, então olha diretamente para mim. Juro por Deus que todo o universo se desfaz e só consigo pensar em *desejo*.

Clique.

Viro a cabeça em direção ao som. Everly abaixa a câmera e estuda a tela.

— Uau, isso aqui ficou lindo. Achei que nunca conseguiria uma foto espontânea sua, considerando que você só fica com essa sua cara de séria.

— Apaga, por favor — imploro, e ela franze a testa.

— Por quê? Olha isso.

Ela volta a câmera para mim, porém desvio o olhar. Eu não quero ver. Não quero saber como fiquei no único momento em que me deixei levar por ela. *Se contenha, Ruby,* digo a mim mesma, enfiando os pensamentos sobre a novata suada e respirando com dificuldade no maior cofre da minha cabeça, indicado com um grande *não*.

— Uau, ela é muito rápida — analisa a namorada de um dos garotos.

Nem me esforcei para aprender os nomes delas; os meninos nunca investem nelas por muito tempo... e, ainda assim, de alguma forma, sou eu quem tenho uma reputação ruim.

— Acho que o nome dela é Morgan — diz Marcus.

Everly se vira para ele.

— Que estranho ela ter sido transferida a essa altura.

— Ouvi dizer que ela veio de uma escola particular riquinha em Connecticut — comenta outra garota.

— Me falaram que era uma escola católica e ela deu um soco em uma freira ou tipo isso — acrescenta a garota anterior.

Marcus balança a cabeça.

— Que nada. Ouvi Allie falando sobre ela na semana passada durante a aula de pré-cálculo. Ela é uma grande estrela do atletismo e tal. Tá aqui só pra terminar a temporada e nos levar para o campeonato estadual. Pelo que Allie falou, parece que essa menina pode passar pra uma D1.

— O que é isso? — pergunto, porque a única D1 que conheço é o código de fábrica e o modelo de ignição que tive que encomendar para um dos clientes do Billy no outro dia.

Everly agarra meu ombro e franze a testa sem acreditar.

— Como pode você assistir seu brinquedinho jogar esse tanto de lacrosse e não saber o que é uma faculdade da primeira divisão?

— Ele não é meu brinquedinho — replico, e empurro a mão dela.

Everly sabe que não deve fazer isso, ainda mais na frente de um amigo dele. E desculpa por não saber, mas garanto que se eu pedisse a ela para explicar a diferença entre um vestido cupcake e um vestido evasê, ela pareceria tão perdida quanto eu agora.

— Você fica com ele, não é? — pergunta Marcus, me tirando de meus pensamentos. — E você *está* aqui para ver o cara jogar. Não dá pra culpar ninguém por pensar essas coisas.

Olho suplicando para Everly, mas em vez de encontrar apoio no rosto da minha melhor amiga, ela segue tocando na tela da câmera.

— Quer saber, ele tem razão. A fotografia não mente.

E, *ai, merda*, penso, olhando para a foto. Parece que estou pronta para pular a grade de proteção e fazer um pedido de casamento.

— Apaga isso — insisto.

— Nananinanão — responde Everly.

Ela acha que isso é algum tipo de piada.

Só que não é brincadeira, não mesmo. Everly pode até pensar que eu estava olhando para Tyler quando ela tirou a foto, mas eu sei a verdade. E não preciso que a esfreguem na minha cara.

De repente, enquanto as arquibancadas começam a encher de pais vindo assistir ao jogo, me sinto claustrofóbica, e eu… não posso ficar aqui. Pego minha bolsa no degrau ao meu lado e desço as escadas, me esquivando de mães ansiosas com bebês no colo e quase tropeçando em uma bolsa de fraldas pelo caminho.

— Ruby, espera! — chama Everly, pulando atrás de mim. — Eu tava só brincando. Todo mundo sabe que vocês estão apenas se pegando.

— Ai, meu Deus — resmungo, porque gritar isso não melhora as coisas. — Podemos parar de falar disso?

Everly faz sua careta de *Eu passei do ponto? Por favor, não fica irritada*.

— Me encontra depois do jogo na lanchonete? Ou você vai trabalhar hoje de noite?

— Não, mas tenho aula de sapateado às seis e meia.

— Depois disso, então?

Reparo no tom esperançoso que Everly usa.

— Veremos — digo.

Levando o dedo do meio para ela e vou andando de costas com o que minha mãe chama de sorriso "realista". Que não deve ser confundido com o meu sorriso de *por favor, jurados, considerem o tempo que gastei clareando meus dentes* ou o sorriso de *quem, eu?*, que poupo para os jurados pervertidos que preferem as concorrentes sonsas.

Everly ri e responde da mesma forma, reforçando que ainda estamos de boa. Mas ela não vê como minha feição murcha quando me viro ou como meus olhos ficam marejados quando chego ao carro, pesquiso "atletas de primeira divisão" no Google e percebo que é mais uma coisa que está fora do meu alcance, como macarrão com queijo Velveeta ou uma mãe que realmente se importa.

A oficina do Billy fica a apenas dez minutos de carro da escola. É uma construção antiga e enferrujada com duas baias que abrigam elevadores hidráulicos rangentes e portas de vidro tão sujas que é impossível ver através delas. Na parte de trás ficam vários carros velhos que vasculhamos em busca de peças, e na frente há duas picapes de dez anos que Billy está tentando vender, além de alguns carros clássicos dos quais ele não cogitaria se desfazer nem mesmo em seu leito de morte. Juro por Deus, ele vai pedir para ser enterrado em um desses. Se minha opinião valer de qualquer coisa quando o momento chegar, ele vai ser.

Billy é basicamente meu pai. Bom, meu padrasto. Ex-padrasto, tecnicamente. Meu pai de verdade está mais para um doador de esperma do que um pai, então Billy é a coisa mais próxima que consegui. Ele e minha mãe foram casados por quase seis anos antes das discussões se tornarem excessivas para ele e os dois se separarem. Eu não o culpo; minha mãe é uma pessoa difícil de conviver. Ele se esforçou bastante.

Foi Billy quem me ensinou a mexer em carros, e ele deixa eu me esconder aqui sempre que necessário. Se minha mãe soubesse quanto tempo passo na oficina, provavelmente tentaria incendiar o lugar. Ela nunca superou o fim desse relacionamento — acho que pensou que Billy seria o tal com quem as coisas dariam certo, o que iria ficar. E ele meio que ficou, só que não para ela. Adicione este item à lista de coisas pelas quais me sinto culpada.

Estaciono na minha vaga de sempre, sentindo o peso do dia — e dos comentários de Marcus — se esvair. Claro que este lugar é uma merda, mas pelo menos aqui posso sujar as mãos e sentir que estou fazendo algo útil com meu tempo. Consertar algo quebrado é bom.

Fecho a porta do carro quando Billy aparece enxugando o suor do rosto com um pano gorduroso e cuspindo em uma garrafa vazia de Gatorade. Billy não fuma — diz que a oficina é extremamente inflamável —, mas ele cospe, o que é igualmente nojento. Ele está em forma para um homem na casa dos quarenta anos, e, ao contrário de mim, sua pele é bronzeada de sol mesmo. Quando o movimento na oficina está fraco, ele costuma fazer uns bicos — cuida de jardins, conserta telhados, o que vier. Billy e eu somos parecidos nesse aspecto. Nós dois preferimos carros, mas nenhum de nós realmente se importa com o que estamos fazendo, desde que estejamos trabalhando com as mãos.

Minha mãe, por outro lado, passa o tempo tentando me manter quieta e gritando sobre o estado de minhas unhas.

— Ruby — diz ele, com um sorriso. — Não esperava te ver aqui hoje!

— Sim, bom, ela está puxando um pouco para a direita — minto. — Pensei que talvez você pudesse dar uma olhada comigo.

Ele me analisa de cima a baixo, semicerrando os olhos antes de assentir. Nós dois sabemos que fiz consertos o suficiente para arrumar um problema desses com os olhos fechados, se necessário.

— Vamos colocar no elevador, então — diz, sem fazer mais perguntas ou forçar a barra.

Billy sempre entendeu que, só porque uma pessoa não quer ficar sozinha, não significa que ela queira conversar sobre o assunto.

6

Morgan

— Ei.

Allie vem atrás de mim, sacudindo meu ombro. Estou analisando a lista de clubes pregada no quadro de avisos no saguão principal da escola. O último sinal do dia acabou de tocar e, enquanto a maioria dos outros alunos está indo para os ônibus, nós deveríamos estar a caminho da sala de estudos.

Acabamos entrando em uma rotina tranquila nessa semana em que estou aqui. Achei que algumas das minhas companheiras de equipe ficariam chateadas por eu ter aparecido do nada, mas elas foram muito legais. Não consigo evitar me perguntar se o processo que meus pais estão travando contra minha antiga escola tem algo a ver com isso, porém tento não pensar muito sobre o assunto.

— Oie — digo, pegando um panfleto do Clube do Orgulho e enfiando o alfinete de volta no quadro de cortiça.

— Você vai pra sala de estudos?

— Tô querendo dar uma olhada nisso aqui antes — respondo, porque, tirando Lydia, não conheci mais ninguém que também seja *queer* aqui.

Não que isso seja fácil quando você é nova em um lugar; não dá pra simplesmente ir até alguém e dizer algo do tipo *Oi, eu sou muito lésbica. Você também?*, ao contrário do que minha mãe parecia pensar quando conversamos por chamada de vídeo ontem à noite.

— Olha, que moderno — comenta Allie, analisando o panfleto.

— Quer ir comigo?

Por um segundo, a expressão dela muda. Foi tempo suficiente para eu perceber.

— Não faz muito meu estilo — diz, seu desconforto nítido.

— Aqui diz que "aliados são bem-vindos" — pressiono. — E você é uma, então…

— Eu sei, e acho isso legal e tudo mais. Não tenho nada contra quem vai a esses encontros. Só não é a minha praia.

— A Lydia vai?

Allie balança a cabeça.

— Hum, não, os pais dela são do tipo "finja que isso não está acontecendo" quando o assunto é com quem ela se relaciona, e Lydia é bem discreta com isso na escola. Sem falar que não sei como a equipe reagiria se ela *realmente* deixasse tudo tão na cara.

Allie diz isso meio sem tato, como se não estivesse falando com uma pessoa que é lésbica e está no time.

— O que isso significa?

— Ah! — Ela arregala os olhos. — Não estou falando de você. Ninguém acha nada de ruim de você! Juro! É que Lydia é… Lydia. Nós crescemos com ela. É diferente.

— Ok. — Não tenho certeza de como é diferente, mas também não quero perder metade das amigas que fiz desde que me mudei para cá por causa disso.

— Temos muito orgulho do fato de você se orgulhar de quem é, mas eu não sou orgulhosa.

Semicerro os olhos.

— Quer dizer, estou orgulhosa de você! Obviamente! Mas eu não tenho, sabe, *esse orgulho*. — Ela sussurra as últimas palavras, e, ah, ok, agora entendi.

— Eu sei que você é hétero. Por isso frisei essa coisa de "aliados são bem-vindos".

Ela parece aliviada, como se tivesse cogitado que eu ia dar em cima dela ou tentar convertê-la ou algo do tipo. E mesmo que eu esteja sorrindo, isso dói. Por que esse assunto sempre tem que ser algo surreal e estranho? Só porque gosto de garotas não significa que gosto de *todas* elas.

Suspiro e me viro para recolocar o panfleto no quadro quando, como se fosse a cereja do bolo, Ruby Thompson abre caminho entre a multidão de adolescentes ao nosso redor e eu a atinjo em cheio com minha mochila.

— Caramba, Matthews, presta atenção — reclama ela enquanto passa pisando forte.

Eu a observo ir embora, tentando ficar irritada e não me importar nem um pouco com o fato de que ela sabe meu nome. Bem, meu sobrenome. Eu não ligo mesmo. Nem um pouco. Quem se importa? Eu não.

Droga. Por que ela tem que ser tão bonita?

— Desculpa aí! — Allie grita para ela, como se realmente pudesse se desculpar no lugar de outra pessoa.

Enfio o alfinete um pouco mais forte no panfleto, desejando poder acabar com esse meu interesse estúpido.

— É só comigo ou a Ruby anda sempre irritada por aí?

— Nós tentamos te avisar. — Allie pega meu braço. — Evite *qualquer* contato.

— Mesmo assim, seria bom se ela não me odiasse sem motivo.

— É que você tocou no carro dela. — Allie ri. — Mas, sério, não leve para o lado pessoal. As únicas coisas que Ruby não odeia são aquele carro e o pau de Tyler Portman, então...

Sou pega tão de surpresa que literalmente engasgo com a saliva.

— O que você fez agora? — pergunta Lydia ao nos alcançar, fingindo repreender Allie.

— Nada, eu juro! — Ela levanta as mãos em sinal de inocência. — Acho que o corpo dela simplesmente rejeita qualquer menção a pau.

Lydia dá um tapa no braço de Allie.

— O quê? É verdade! Eu só disse que a Ruby gosta do...

— Enfiiiiim — digo, desesperada para mudar de assunto.

Lydia levanta seu livro de política, entendendo o recado.

— Está pronta?

— Hum, na verdade... — respondo, me curvando um pouco — acho que vou para a reunião do Clube do Orgulho, mas encontro vocês na pista de corrida para o aquecimento... a não ser que você queira ir comigo?

Me concentro em Lydia, tentando implorar telepaticamente. Ela hesita por meio segundo, lançando um olhar para Allie antes de balançar a cabeça.

— Não, eu tenho um monte de dever de casa. Vejo você no treino, então?

— Sim. — Eu as observo ir embora. — Vejo vocês no treino.

***

Não tenho ideia do que esperar quando entro na reunião do Clube do Orgulho. Não havia nada assim na minha antiga escola. A mera ideia de um clube como este existir em qualquer lugar provavelmente é capaz de deixar o diretor de lá acordado a noite toda suando frio.

Minha boca fica seca ao entrar na sala. Estou desesperada pela sensação da pista sob meus pés, ou do asfalto sob meus tênis, ou literalmente qualquer coisa que me remeta a conforto e familiaridade. De corrida eu entendo bem, mas isso aqui... Não sei nem o que é isso. O que se faz em um Clube do Orgulho? É um ponto de encontro? Ou é como uma terapia de grupo? Eu devia mesmo estar aqui?

Na minha antiga escola, orgulho não era algo que eu tinha permissão para ter — até aceitação aparentemente era forçar os limites. Respiro fundo uma, duas vezes. *Este é o seu novo começo*, eu me lembro. *Você se prometeu isso*. Chega de me esconder. Chega de me camuflar. Chega de fugir das conversas difíceis.

Só que isso também não significa que estou pronta para pegar um lugar de destaque e me jogar de cabeça em tudo.

Vou direto para o fundo da sala e me sento na última fileira, tentando passar despercebida enquanto sinto o clima. Há cerca de doze pessoas lá na frente, algumas sentadas de pernas cruzadas em cima das mesas, outras comendo, mas, tirando alguns olhares curiosos, a maioria delas me ignora. Não sei o que estava esperando — com certeza não era um abraço em grupo ou um banner gigante de boas-vindas, mas talvez, tipo, pelo menos um "e aí" ou "oi".

Pego meu telefone e começo a verificar minhas mensagens — não que tenha algo interessante. A maioria dos meus antigos amigos me deixou de lado, seja por escolha própria ou porque os pais os obrigaram. Foi como se eles pensassem que poderiam se contagiar com a minha homossexualidade ou com a expulsão. Pelo menos tenho umas mil mensagens para ler no grupo com meus pais e Dylan. Eu entro só para dizer *Oi, estou viva* e *sim, estou tendo um bom dia* e *não, não preciso que ninguém venha até aqui só porque demorei muito para responder hoje*. Vou encontrá-los no nosso jantar de família daqui a alguns dias — uma das condições de meus pais para que eu me mudasse para cá.

Eles estão meio que surtando desde que saí de casa. E entendo. Eu tive que me mudar, eles não — ou não podiam, na verdade, por causa do emprego. Porém, com a faculdade se aproximando, esse é quase um teste para a distância... pelo menos é assim que estou tentando encarar a situação. E, bom, as pessoas perdem os amigos de infância e fazem novos na faculdade o tempo todo. É normal. Isso tudo é normal. Olho para minha lista de notificações agora vazia. O que aconteceu na St. Mary's apenas adiantou o inevitável, só isso. Amigos seguem o baile depois do ensino médio.

— Ah! Hoje temos uma carinha nova! — diz a professora ao entrar. É a srta. Ming, minha professora de inglês. Eu não estava esperando isso. — Que bom ver você aqui, Morgan. Estava torcendo para que aparecesse.

— Obrigada — respondo.

— Por que você não vem pra cá e se junta a nós?

Hesito por um segundo, porque isso parece importante. Parece algo grande. Como um primeiro passo que mal consigo entender e...

— A gente não morde — diz uma das meninas, com um sorriso amigável.

Ela tem uma covinha perfeita e uma pele marrom-escura que se destaca contra o branco luminoso de seu moletom do Harry Styles. Acho que a reconheço da minha turma do segundo tempo. Anika, talvez?

— Fale por você — comenta outro garoto, jogando um papel de bala nela e dando uma dentada no ar.

Ele é do Leste Asiático, acho, e quando se vira para mim, me dando uma piscadinha, percebo que está vestindo uma camisa de *Hamilton*. Já gosto dele.

— Chega, Drew — diz a srta. Ming com um sorriso impaciente enquanto eu me sento mais para a frente da sala. — Brennan, você conduz a reunião hoje?

O garoto sentado ao meu lado — Brennan, imagino — me dá um sorriso tranquilo sob uma montanha de cabelo ruivo brilhante e sardas, então pega um caderno na mesa e se junta à srta. Ming na frente da sala.

Ele começa a repassar o que chama de "questões passadas". Aparentemente, está revisando os gastos do clube e o orçamento restante após uma recente viagem de campo para ver o musical *The Prom* em turnê. As palavras me invadem; estou ouvindo sem prestar muita atenção enquanto olho ao redor, absorvendo a ideia de que todos esses adolescentes de vários círculos sociais estão aqui trabalhando para termos aceitação e união. É tudo o que eu sempre quis, talvez até *precisasse*.

Porém não consigo evitar a sensação de que algo não está certo. Tem alguma peça faltando, e demoro um minuto para descobrir qual. Todos os grupos da escola parecem estar aqui, representados nesta sala, exceto um: o meu. Espero eles finalizarem as atualizações e então levanto a mão, sem saber ao certo qual é o protocolo, mas querendo chamar a atenção da srta. Ming.

— Você não precisa levantar a mão, Morgan. Isso não é uma aula, é um clube.

— Desculpa — digo, abaixando o braço. — Eu só estava me perguntando, hum, se algum atleta da escola vem a essas reuniões.

Uma garota me encara.

— Por quê? Não somos bons o suficiente para você?

— Não, não é isso.

— Aham — diz ela, e se vira.

— A galera dos esportes e o Clube do Orgulho nem sempre se misturam nesta escola — comenta um menino, quase se desculpando.

— Bom, eu pratico esportes. Um esporte, na verdade. Eu corro. Bem, esportes, no plural, se você considerar corrida de velocidade e cross-country como duas modalidades diferentes — murmuro. — Mas, enfim, eu pratico esportes e gostaria de me misturar.

Algumas pessoas riem, e eu coro.

— Deixem ela falar! — ralha Drew, calando-os.

— Não tinha nada como isso aqui na minha antiga escola. E ainda tô tentando descobrir onde me encaixo nesse lugar. Mas se vocês disserem que atletas e Clube do Orgulho não combinam, então... — Paro de falar, e meu rosto queima enquanto tento descobrir o que dizer a seguir.

Um garoto branco baixo com cabelo tingido de preto e os olhos verdes mais escuros que eu já vi se levanta e vem para a cadeira vazia ao meu lado.

— Oi, sou o Aaron — diz ele, estendendo a mão. — Gay, trans, ele/dele, e posso não ser atleta, mas com certeza sou capaz de acabar com você no kickball.

Aperto a mão dele por muito tempo, pega totalmente de surpresa. Depois a garota de moletom branco levanta o braço e dá um pequeno aceno.

— Oi, eu sou a Anika, *queer*, ela/dela, e odeio a maioria dos esportes, mas sou ótima nadando cachorrinho. E você combina com a gente. Combina, sim.

Eu a encaro por um segundo, meio chocada com a gentileza, antes que a garota acrescente:

— E agora você vai contar pra gente quem *você* é?

Quem eu sou? Essa é uma pergunta tão profunda. Um questionamento que estive me esforçando para evitar, ao mesmo tempo em que me apeguei a ele. Mas neste momento parece certo. Neste momento, quero reivindicar isso. Em voz alta. E, se tudo der certo, não me esconder nunca mais.

Neste momento, me sinto orgulhosa.

— Oi, eu sou a Morgan — minha voz falha enquanto engulo algumas lágrimas, porque, pela primeira vez, talvez eu esteja justamente onde preciso estar, onde me encaixo. — Eu sou lésbica. Ela/dela. E gosto de correr.

7

Ruby

— Merda, merda, merda.

Bato a porta do carro e dou marcha à ré. Estou muito atrasada. Minha mãe provavelmente já está esperando nos bastidores do concurso, deve ter ido direto do turno da noite para garantir que eu não estrague nada. E eu já estraguei. Preciso chegar lá. Preciso…

Olho para o relógio: são 08h45. Dormi demais porque meu telefone morreu porque não consegui carregá-lo ontem à noite porque minha mãe não pagou a conta de luz — de novo — e, como não estamos nos meses mais frios do ano, a companhia elétrica pode cortar legalmente a energia nesse período. O que é simplesmente fabuloso.

Eu sabia que não devia ter pagado a última parcela daquele collant de dança novo em que ela tinha dado entrada. Eu sabia que a conta de luz estava vencida — mas como dizer isso para a própria mãe? Como você sugere que talvez saiba administrar melhor do que ela o pouco dinheiro que tem em seu nome? Como você diz que esse sonho de Miss

América que ela tem é delirante, na melhor das hipóteses, considerando que você não passou do terceiro lugar em um concurso sequer desde que tinha dez anos?

É simples: você não fala nada.

Você engole. Mesmo que engasgue com cada palavra. Você empresta o *seu* corpo para realizar os sonhos *dela*. E age como se estivesse agradecida por isso, porque, caso contrário, ela vai te lembrar de tudo do que desistiu por você sempre que puder.

Conecto meu telefone no carregador USB que instalei no painel do carro e espero que ele ligue rápido. Tem música boa tocando no rádio e eu aumento o volume, tentando não notar que o relógio marca 8h46. Viro à esquerda na rua principal e ouço meus pneus cantando um pouco no ar fresco da manhã. O check-in termina às 9h15, e o Parkside Hall — sede do Concurso de Beleza Parkside — fica a meia hora de distância, isso nas melhores condições de trânsito. Se eu perder o check-in, serei desclassificada, apesar de já termos pago a inscrição.

Ok, respira. Posso ganhar tempo na estrada.

Faço outra curva brusca e olho para o vestido balançando precariamente no cabide na parte de trás do carro, rezando para que não caia. Não tenho tempo de estacionar para pegá-lo caso caia, e Deus sabe que o amarrotado depois de passar trinta minutos no chão seria o suficiente para me fazer perder a competição.

Começo a diminuir a velocidade ao me aproximar de um sinal de trânsito quando o cabide finalmente solta do pequeno gancho. O vestido escorrega, e eu me esforço para pagá-lo no ar, numa tentativa inútil de evitar aquele desastre — até que noto um movimento pelo canto do olho.

Piso no freio de forma dramática mesmo estando a cinco quilômetros por hora, e sinto uma pequena batida contra o meu para-choque. Arregalo os olhos. Ultrapassei o sinal vermelho. Ai, merda, merda, merda. Tem alguma coisa no chão na frente do meu carro. Por favor, que não seja um cachorro. Por favor, que seja um daqueles sacos de folhas ou uma lata de lixo ou qualquer coisa que… por acaso já estava no meio da estrada. Sem motivo. Merda.

Abro a porta do carro e corro para a frente dele, e é quando vejo Morgan Matthews se levantando do chão com uma expressão bem irritada.

— Ai! Graças a Deus! — grito. — Pensei que você fosse um cachorro.

— Que inferno, Ruby! — Um pequeno fio de sangue escorre na lateral de sua perna. É então que realmente sou atingida pela gravidade do que acabou de acontecer. Acabei de atropelar uma pessoa com meu carro. Morgan Matthews, para ser exata.

— Você está bem? — Dou um passo à frente, mas ela recua com uma careta.

— Sai de perto de mim.

Ela manca até a calçada e senta na grama. Juro por Deus que parece que vai chorar e, ai, caramba. Ai, merda. Eu não sou capaz de lidar com isso.

— Eu não vi você. Juro.

— Eu estava na faixa de pedestres! Como você "não me viu"? — questiona ela, fazendo o sinal de aspas no ar.

— Meu vestido estava caindo!

Ok, essa provavelmente não é a melhor desculpa. Ela olha com raiva para mim e massageia o quadril. Olho para o meu carro e depois para ela. Eu realmente, realmente tenho que ir, mas não posso deixá-la assim.

— Ah, não se preocupa comigo. Não precisa se atrasar só porque você me atropelou com seu carro idiota.

Minha irritação pelo uso da palavra "idiota" vem com tudo, mas deixo passar. *Não é o momento, mané.*

— Espera. — Corro para pegar um punhado de guardanapos no porta-luvas e os levo para ela. —Você está sangrando.

— Obrigada, eu percebi.

Ela arranca o papel de minhas mãos e passa no arranhado que percorre toda a extensão de sua coxa direita.

— Você está bem? — pergunto mais uma vez, e recebo outro olhar mortal. É, eu provavelmente mereço isso.

— Só vai embora — replica ela, a voz falhando.

E, caramba, eu nunca fui boa em lidar com emoções. É desconfortável demais, é muita coisa pra mim. Estou tentada a ir embora. Na verdade, todos os meus instintos estão me dizendo para fazer exatamente isso; até *ela* está me dizendo para fazer isso. Sem falar que ainda tenho chance de chegar no concurso, por menor que seja.

Mas então ela funga, e é como se meu coração inteiro se apertasse por um segundo. Eu me largo na grama ao lado dela, sentindo um pouco como se fosse vomitar.

— Olha, me desculpa mesmo, Matthews. Será que... Posso te levar pro hospital ou outro lugar?

— Desculpa se não consigo confiar nas suas habilidades de direção — retruca ela, esfregando a perna um pouco mais.

E fui eu que fiz isso nela. É minha culpa. A garota nova toda boazinha está sentada aqui sangrando por minha causa, porque eu estrago tudo. E agora vou perder meu concurso e minha mãe vai ficar furiosa e...

Agora sou eu quem está com vontade de chorar, o que sem dúvidas não pode acontecer. Enterro minha testa nas mãos e respiro fundo, trêmula, esperando que a ardência atrás de meus olhos pare.

— Ei — diz Morgan, com a mão no meu braço. — Eu não vou, tipo, processar você ou chamar a polícia ou o que quer que seja, se é por isso que você tá surtando.

Eu rio e olho para ela — o fato de essa garota sequer achar que minha família tem algo que valha a pena envolver em um processo prova como ela me conhece pouco. Então me lembro dos rumores de que ela está processando a antiga escola, a antiga treinadora. Talvez seja isso que ela faz. Certa vez, uma administradora de cartão de crédito processou minha mãe e pegou metade do salário dela. Metade daquele pouco ainda parecia muito de tudo.

Abaixo a cabeça e sinto que vou desmaiar, porque *não vou processar você* parece muito algo que alguém diz quando *vai* te processar. Preciso encontrar uma maneira de consertar isso.

— Desculpa — digo, olhando para ela com toda a sinceridade que consigo reunir. Porque eu sinto muito, de verdade. Sinto *mesmo*. — Mas é bom você saber que, se nos processar, não vai dar em muita coisa.

Morgan levanta uma sobrancelha, como se fosse um desafio ou uma ameaça, e percebo que ela entendeu errado.

— Não tem nada que você possa tirar de mim. Foi só isso o que eu quis dizer. Não temos nem luz agora.

Não sei por que acabei de dizer isso a ela e, que merda, lá vem o sistema hidráulico. Esfrego os olhos, e ela é educada o suficiente para fingir que não percebe.

— Vai ficar tudo bem. — Morgan aperta meu ombro, e não tenho certeza se devo me aproximar ou me afastar dela, mas, de repente, tudo o que tranquei na caixinha do meu cérebro intitulada MORGAN MATTHEWS está tentando se libertar.

Ela me solta, e coloco minha mão na grama o mais perto da dela que consigo. Tento forçar um sorriso perfeito de Miss Simpatia, mas ele vacila quando nossos olhares se encontram. Morgan está olhando para mim como se realmente se importasse. Como se realmente quisesse melhorar a situação de alguma forma.

— Não vai mesmo. Eu devia estar em um concurso daqui a dez minutos. Minha mãe vai me matar, e precisávamos *muito* pagar umas contas com o dinheiro que ela gastou na inscrição. Mesmo se eu pegar turnos extras no estúdio da minha instrutora de concurso, ainda não vai ser suficiente, e... porra, por que estou te contando isso? — Pigarreio. — Não falo sobre isso nem com as pessoas de quem eu *gosto*.

Ela solta uma risada.

— Vou fingir que você não acabou de dizer isso.

— Eu não quis dizer... Eu só não te conheço de verdade. Sabe? — *E você me deixa confusa pra caramba*, quase acrescento. Respiro fundo, me recompondo o máximo que consigo. — Olha, você tem certeza de que não quer chamar a polícia ou sei lá? A prisão pode ser melhor do que enfrentar minha mãe.

— Você quer... Eu posso te abraçar?

— O quê?

— Você tá pirando. E quando eu tô surtando, sempre quero um...

Morgan para de falar quando uma viatura da polícia estaciona ao lado do meu carro. O motorista liga o pisca-alerta, acionando a sirene por um segundo. E, lógico, é o agente Davis. O policial responsável pelo programa de segurança da escola quando eu era do fundamental... e o mesmo cara que foi chamado na nossa casa mais de uma vez por conta de brigas entre minha mãe e Chuck. Tem vezes que ele a leva; em outras, leva o Chuck. Acho que finalmente chegou a minha hora.

— Como eu acertei que era você, Ruby? — pergunta ele enquanto se aproxima, estufando o peito. — Recebemos uma ligação sobre um acidente envolvendo um pedestre e um "carro esporte azul antigo".

— Não é um carro esporte, é um...

— Senhorita — ele me interrompe, e se vira para Morgan. — Posso saber seu nome? Vou chamar uns médicos para você, e então podemos decidir se isso resulta em uma multa ou uma acusação formal para nossa amiga aqui.

Ai, meu Deus. Eu estava brincando sobre a coisa toda da prisão. Eu não... Não posso... Agarro a mão de Morgan sem pensar, apertando-a um pouco enquanto tento conter o medo. Ela congela ao meu lado, mas depois retribui o apertão.

— Desculpe, senhor, acho que foi um mal-entendido — começa Morgan, sua voz quebrando meu pânico. — Eu estava correndo e pisei em falso quando desci do meio-fio. Ruby parou pra me ajudar. Tive sorte por ela ter aparecido. Por favor, não chame uma ambulância. É só um arranhão, eu prometo, e você vai deixar meus pais preocupados por nada.

O agente Davis olha para ela e depois para mim, a suspeita ainda óbvia em seus olhos.

— Tem certeza de que não quer pelo menos ser examinada?

— Só se você me ajudar a pagar — diz ela com um sorriso amigável. — Eu realmente agradeço a ajuda, senhor, mas só preciso de um pouco de pomada cicatrizante e um band-aid.

— Você precisa de uma carona para casa? — pergunta o policial, e meu queixo quase cai no chão.

Em teoria, eu sabia que todo o lance de "servir" do lema da polícia realmente deveria funcionar para algumas pessoas. Só nunca tinha me deparado com isso antes.

— Vou dar uma carona pra ela — digo, me sentindo subitamente protetora. — A gente se conhece. Nós temos uma aula juntas.

O policial lança um olhar demorado para nós duas e então assente, voltando para a viatura. Não ouso respirar até que ele se afaste.

— Você não precisava ter feito isso — digo baixinho. — Mas obrigada.

Ela dá de ombros, como se não fosse grande coisa. Sendo que foi, sim, uma grande coisa. Um favor e tanto. Agora estou devendo uma para ela. E nós... ainda estamos de mãos dadas.

Puxo minha mão, observando seu rosto.

— Por que você fez isso?

— Não sei — responde ela.

Suas bochechas coram um pouco, e então nós duas ficamos quietas.

— Vamos, vou te levar pra casa. — Eu me levanto e estendo a mão.

Ela hesita, mas depois me deixa ajudá-la.

— Está tudo bem. Eu consigo andar. Se você se adiantar, ainda dá tempo de participar do concurso?

— Que nada, vou te dar uma carona. Me atualizo sobre o concurso depois — digo, mesmo que não tenha nada que possa ser feito.

É tarde demais para chegar a tempo, e o dinheiro agora já foi duplamente desperdiçado. Meu estômago se revira com a ideia de pedir outro empréstimo a Billy, porém reprimo a sensação. Esse será um problema para a Ruby do futuro. A Ruby do presente precisa levar Morgan para casa.

Abro a porta do carona do carro e percebo como ela estremece ao se sentar enquanto vou para o lado do motorista.

— Tô morando no Condomínio Melbourne — diz ela, e eu assinto.

É um complexo de apartamentos arrumadinho, bem no centro da cidade. Claro que Morgan moraria lá. Ela se mexe no banco, perceptivelmente desconfortável.

— Tem certeza de que não quer ir a um pronto-socorro, pelo menos? — Eu lhe entrego outro guardanapo para a perna. — Vai sair tão caro assim?

— Não posso arriscar que meu irmão descubra e conte aos meus pais.

— Seu irmão?

— Sim, ele está tentando agir como um superpai ou algo do tipo desde que vim morar com ele. Se eu parar em uma emergência, ele vai pirar, e aí meus pais vão pirar, e provavelmente minha treinadora nova também. E se um médico disser que não posso correr... Eu não posso arriscar. Não assim tão perto do fim da temporada. Não quando ainda estamos lutando pela liberação.

— Que liberação?

Ela franze a testa.

— Longa história.

— Mas você mal consegue andar...

Morgan inclina a cabeça.

— Não significa que não possa correr.

— Na verdade, meio que significa.

— Já passei por coisas piores — murmura ela, mexendo no rádio, provavelmente para indicar que a conversa acabou.

Em um dia comum, eu me irritaria com qualquer pessoa que ousasse tocar no aparelho de som do meu carro, mas, por algum motivo, desta vez eu permito. Digo a mim mesma que é um castigo por quase matá-la.

Quando finalmente chegamos ao Melbourne, Morgan me indica onde parar. É em frente a uma casinha, na verdade — tem até garagem. Não consigo nem imaginar. Se eu tivesse uma garagem em casa onde pudesse mexer no meu carro, acho que nunca mais sairia.

— Esse lugar é muito legal.

— Obrigada — diz Morgan de uma forma casual, algo que me diz que a casa dos pais dela é provavelmente ainda melhor. — Você quer entrar? Meu irmão está no trabalho.

Definitivamente não, penso, porém a caixa de sentimentos dentro do meu cérebro chacoalha. Mordo meu lábio e respondo:

— É, pode ser.

E desligo o carro. Morgan sai com um pequeno grunhido, apoiando seu peso na porta do carro. Odeio ter causado isso, mas, apesar de estranhar, também respeito a determinação dela em fingir que nada aconteceu.

A casa não é muito decorada, mas está limpa. Dá para notar que foi um cara que mobiliou tudo, ao mesmo tempo em que também não é um total negligente. Ele nem apoia a garrafa de cerveja direto na mesinha de canto e usa um porta-copos, sabe? Tem um sofá de couro de um lado e uma TV enorme com alguns consoles de jogos do outro, ao lado de uma foto autografada gigante de Gigi Hadid. Luto contra a vontade de perguntar se a foto é de Morgan ou do irmão. Ouvi rumores sobre ela na escola, mas não são da minha conta. Deus sabe que metade dos rumores sobre mim não são verdadeiros.

Morgan tira os sapatos perto da porta e entra mancando na sala, caindo no sofá com um suspiro. Eu fico sem jeito na entrada, sem saber exatamente o que fazer agora que estou aqui. Quero ser útil, mas...

— Quer que eu pegue um pouco de gelo? — pergunto, e ela sorri, como se não fosse eu quem acabou de atropelá-la com meu maldito carro.

— Seria ótimo. Está no congelador.

Deixo escapar uma risadinha.

— Imaginei.

Ela abaixa a cabeça.

— Claro, é.

Tiro meus sapatos e vou para a cozinha. É maior e mais bonita que a minha, com uma torneira prateada cintilante e nenhuma migalha perdida no balcão. A geladeira é daquelas com portas duplas e um freezer gigante embaixo. Eu a abro, só para dar uma olhada, e me deparo com mais produtos frescos do que já vi em toda a minha vida. Tem comida para um mês aqui.

— Tudo certo? — pergunta Morgan da sala, e eu a ouço ligar a TV.

— Sim, sim, perfeito — grito de volta.

Abro o congelador e pego um saco de ervilhas congeladas TOTALMENTE ORGÂNICAS!, segundo a embalagem, e depois uma latinha da porta da geladeira, só para garantir. Sinto um leve arrepio ao voltar para a sala, porque, pela primeira vez, não estou estragando tudo.

Morgan arqueia uma sobrancelha quando me sento na mesa de centro e entrego as ervilhas a ela.

— Para o seu quadril — digo, como se devesse ser óbvio. Não sei por que não é.

Ela pega a embalagem da minha mão e se inclina para apoiá-la na lateral do corpo.

— Obrigada.

Abro a latinha de água com gás e passo para ela.

— Achei que você devia estar com sede depois da corrida.

Morgan sorri um pouco mais e se estica para pegar a bebida, o que faz o saco de ervilhas escorregar. Eu o alcanço rapidamente e o coloco no lugar de novo, mas minha mão acaba pegando na ponta da camisa dela sem querer, meus dedos roçando sua pele macia e quente. Eu me demoro ali, sem me dar conta, até que o som de sua respiração ofegante me faz voltar para o presente.

— Desculpa, eu só... desculpa.

Morgan pigarreia e enfio as mãos nos bolsos.

— Tem uma comédia romântica nova que acabou de sair na Netflix. Quer assistir? Acho que é sobre uma garota que...

Olho para a TV.

— Eu sei sobre o que é — comento, grata pela mudança de assunto. — Everly está obcecada por esse filme. Ela tem uma queda enorme pelo Noah Centineo.

— Escolha válida, mas devo dizer que Madelaine Petsch faz mais o meu estilo.

Seu olhar encontra o meu no momento em que ela diz isso, mas logo olho em outra direção, pois, por mais que eu queira ficar nesta pequena bolha estranha onde atropelá-la de leve resulta em sorrisos e nós duas assistindo a Netflix juntas, não quero dar esperanças para ela. Eu sei que não posso ter isso. Seja lá o que for.

Embora eu tenha escapado do agente Davis, com certeza não escapei da minha mãe.

— Tenho que ir — aviso, mais triste do que gostaria. — Posso ajudar com alguma outra coisa antes de ir?

— Tem certeza de que não pode ficar?

— Outra hora — minto.

— Vou cobrar, hein?

Vai nessa.

8

Morgan

Estou assistindo minha terceira comédia romântica da Netflix — e ainda tentando assimilar se todo o lance de Ruby ter me atropelado com o carro, vindo aqui de manhã e me dado um saco de ervilhas congeladas constitui um quase--encontro fofinho de início de romance ou não — quando meus pais chegam. Dylan ainda não está em casa — ele teve que buscar as pizzas para o jantar em família de hoje —, então tenho a honra de escancarar a porta e ser sufocada pelos abraços primeiro.

Minha mãe está usando um casaco de lã, embora seja quase primavera, e eu respiro fundo, tentando sentir o cheiro de casa.

— Sentimos saudades, criança — diz meu pai, me soltando de seu abraço e carregando uma sacola até o balcão. — Nossa casa parece tão vazia agora.

Eu me desvencilho da minha mãe e o sigo.

— O que tem na bolsa?

Ele a abre para me mostrar um pote enorme com seus famosos biscoitos caseiros de manteiga de amendoim. Com um sorriso, levanta um canto da tampa.

— Acabaram de sair do forno! Ainda estão quentes. Ou melhor, estavam há uma hora e meia, quando pegamos a estrada.

Eu nem me importo. Não aguento de saudade da comida do meu pai. Dylan é praticamente inútil na cozinha, o que significa que, desde que cheguei aqui, tenho sobrevivido de comida congelada e delivery. Estendo a mão, praticamente babando, mas meu pai fecha a tampa e coloca o pote atrás dele.

— Só depois do jantar — diz , apontando o dedo para mim com um ar sério.

Ele aguenta dois segundos desse teatrinho antes de nós dois cairmos na gargalhada.

— Uau, pai, tão convincente.

— Não é culpa dele, querida. Ele está sem prática.

— Sim, não há ninguém em casa pra roubar biscoitos além de sua mãe — diz ele, dando um beijo na bochecha dela.

Dylan chega neste instante, equilibrando uma caixa grande de pizza e várias embalagens de comida, além de uma garrafa de dois litros de refrigerante de laranja entocada precariamente debaixo do braço.

— Alguém dá uma ajudinha? — pede, e todos nós corremos enquanto ele fecha a porta com o pé.

Meu pai e eu levamos a comida para a cozinha e começamos a arrumar a mesa, deixando minha mãe e Dylan em um abraço longo.

Assim que estamos todos sentados ao redor da mesa, não demora muito para que a conversa passe do dia a dia para o grande assunto que todos estamos ignorando. Principalmente porque não posso deixar de trazê-lo à tona. Faz duas semanas desde que vim morar com meu irmão, e as atualizações sobre o processo foram quase inexistentes. Dylan disse que era provável que eles estivessem apenas tentando me proteger disso, mas eu não quero proteção: quero fazer parte de tudo.

— Entãããão... — Arrasto a palavra até que todos olhem para cima. — Alguma novidade do Brian?

Brian Masterson, sócio da Masterson & Wilcox Advocacia, é quem está cuidando do caso. É ele quem me envia perguntas, pedidos de depoimentos e outras coisas — bem, o assistente dele, pelo menos. Mas todas as atualizações de verdade são filtradas primeiro por meus pais, como se eu estivesse em segundo plano, embora este caso seja para mim e sobre mim.

— Nada importante — diz minha mãe alegremente, pegando outro pãozinho de alho.

— E o que tem de sem importância? — pergunto.

Meu pai suspira.

— Essas coisas levam tempo, Morgan. Não dá para esperar resultados da noite para o dia.

— Não estou esperando resultados da noite para o dia, mas gostaria de me manter informada, como me mantinha quando ainda estava em casa. Eu...

— O objetivo de você vir para cá era te dar um novo começo — interrompe minha mãe. — Se você vai ficar se preocupando com isso o tempo todo, então poderia muito bem ter continuado estudando em casa com a gente. — Ela aperta minha mão. — O processo tem poucos meses, e Brian disse que essas coisas avançam incrivelmente devagar. Quero que você aproveite o que resta do seu último ano.

— As coisas estão bem. Eu te disse. Estou me adaptando. Fazendo amigos. Estou fazendo o máximo possível de coisas normais de adolescente que corre profissionalmente mas está proibida de correr e cujo futuro na faculdade está incerto. Eu sei o que vocês estão tentando fazer, mas não saber o que está acontecendo só me assusta ainda mais.

Olho para o meu pai. Ele está com os cotovelos na mesa, as mãos juntas na frente da boca, do jeito que sempre ficam quando ele está pensando seriamente sobre alguma coisa.

— Pai?

Ele pigarreia e ajeita a postura.

— St. Mary's nos ofereceu um acordo na semana passada.

Pela expiração pesada da minha mãe, dá pra perceber que ele não deveria ter citado isso.

— Um acordo? — pergunta Dylan, seu olhar indo do papai para mim e vice-versa. — Que tipo de acordo?

— Eles vão apoiar a liberação e enviar uma "carta de recomendação positiva" para qualquer uma ou todas as faculdades em que você tentar uma vaga.

— Em troca de...? — pergunto, meu joelho começando a quicar.

— Retirarmos todas as ações civis.

Solto uma risada nervosa e esfrego a testa.

— Você disse que não, né?

— Ainda estamos considerando todas as opções, mas...

— O que Brian disse?

— Ele acha que é uma oferta justa — responde meu pai. — Você receberia de volta tudo o que tentaram tirar de você. Estaria em boas condições de novo. Poderia correr...

— Uma oferta justa? Depois do que eu passei?

— Talvez você devesse pensar no assunto — opina Dylan, mas lhe lanço um olhar que o faz mergulhar instantaneamente na caixa de pizza para me evitar.

— Quero que isso signifique alguma coisa. Preciso tirar algo bom disso tudo, não só uma liberação pra voltar a competir. O que eles fizeram comigo, como eles fizeram eu me sentir... ninguém deveria ter que passar por isso. E existem outras pessoas *queer* naquela escola...

— Eu sei, meu bem — diz minha mãe, e meus olhos começam a marejar.

— Brian acha que temos que aceitar o acordo? Que nós temos que desistir? — pergunto, a voz trêmula.

E, meu Deus, eu realmente pensei que ser atropelada seria a pior coisa que me aconteceria hoje.

— Não, não — garante minha mãe, esfregando meu braço para me tranquilizar. — Não vamos desistir.

— Beth — adverte meu pai.

— Não vamos desistir — repete ela, olhando nos olhos dele. — Só precisamos lidar com alguns contratempos.

— Tipo?

— Brian diz que a acusação de assédio não vai dar em nada, por exemplo, porque você também revidou pesado, e precisamos mostrar uma imagem favorável de você...

— Esse não é o maior dos problemas — interrompe meu pai.

Olho de um para o outro.

— Então qual é? — questiono.

Papai franze a boca, como se estivesse decidindo o quanto dizer.

— Como a St. Mary's é uma escola particular, todas as leis típicas de liberdade de expressão e discriminação não se aplicam.

— Você tá falando sério? — A raiva se acumula dentro de mim. — Então foi tudo em vão?

— Não — responde meu pai. — Não. A visibilidade desse processo colocou uma pressão tremenda neles. A escola está disposta a desistir da suspensão da liberação agora, e antes eles nem cogitavam isso! Eu considero uma vitória. Você teria sua vida de volta.

— É só isso? — grito. — Eles simplesmente se safam, então?

Papai suspira.

— Morgan…

— Existe um precedente na Califórnia — intervém mamãe. — O estado determinou que os alunos de escolas particulares não percam seus direitos constitucionais. Podemos tentar investir nisso e ver o que acontece. Brian diz que a chance é pequena, mas existe.

— Ok. — Respiro fundo e tento me acalmar. — Ok, então continuamos lutando, certo? Uma chance pequena é melhor do que nenhuma.

— Podemos tentar, meu amor — diz minha mãe, com um sorriso suave.

Meu pai se levanta e faz barulho ao deixar os pratos na pia. Ele fica parado por um momento, apoiado no balcão, a cabeça baixa, porém, quando se vira, um sorriso familiar está estampado em seu rosto.

— Está passando algum jogo, Dyl?

— Hum, sim — responde meu irmão, levando o próprio prato para a pia e, em seguida, tirando algumas cervejas da geladeira. — Yankees contra Red Sox, começou faz uns quinze minutos.

Papai abre uma cerveja e vira metade dela de uma vez.

— Vamos lá, Yankees.

9

Ruby

Minha mãe passa o sábado todo chorando.

Eu me sento no escuro com ela e peço desculpas várias e várias vezes por ter perdido o concurso. Prometo conseguir o dinheiro para cobrir a taxa de inscrição e a conta de luz, até que ela finalmente cai em um sono profundo. É sua noite de folga do trabalho. Ela só se permite uma por semana, e agora eu estraguei seu horário de sono com todo o meu drama.

Pelo menos Chuck não está aqui. Ele disse para minha mãe que ia fazer uma viagem de caça com os amigos. Ela acreditou, embora eu duvide que seja temporada de caça de qualquer coisa neste estado. Mas tanto faz. Isso não é problema meu.

Eu a ajeito na cama e vou para o meu quarto, com vergonha de ligar para Everly e dizer a ela que estamos sem luz de novo e sem querer correr o risco de desperdiçar a bateria do meu telefone. Está muito escuro para ler agora, e não tenho mais nada para fazer nem lugar algum para ir, então deito na minha cama e me afogo em pensamentos, enquanto o luar reflete em todos os troféus que ganhei quando pequena.

Minha mãe os deixa expostos em uma prateleira no meu quarto. Sou proibida de tirá-los dali, apesar de o último ter sido conquistado há quase seis anos. Não sei por que ela gosta tanto deles. Talvez porque sejam provas de que já fomos felizes. Nós éramos boas. Fomos vencedoras. Ou talvez ela apenas goste de olhar para coisas brilhantes.

O maior troféu paira sobre todos eles, alto e imponente de uma forma que deveria invocar orgulho, mas na verdade me causa medo. Mas não odeio esse tanto quanto odeio os outros. Porque esse… esse foi de quando ainda era divertido colocar os sapatos de sapateado e sorrir para os jurados. Eu tinha apenas oito anos e ainda acreditava quando mamãe dizia que um dia eu seria Miss América. Eu ainda queria isso.

Quando colocaram a coroa na minha cabeça e me entregaram aquele troféu, tudo o que importava era o tamanho do sorriso da minha mãe e o quão raro era ele aparecer. Só que não parou por aí. Tive a chance de participar de inaugurações e eventos de arrecadação de fundos, e uma vez até lancei o primeiro arremesso em um jogo de um time da segunda divisão. Eu me senti muito orgulhosa. Minha mãe estava muito orgulhosa.

Não importava que vivêssemos de miojo e panquecas. Eu ainda não tinha percebido que algumas pessoas sempre tinham água quente e telefones que funcionavam e TVs com zilhões de canais. Eu ainda não tinha descoberto que éramos inferiores, diferentes de todos os outros.

Mas então as coisas mudaram.

Não imediatamente, ou de uma vez só, mas de uma maneira silenciosa e sutil, embora ainda assim impactante. Era como se o fato de eu ter ganhado o título de Pequena Miss Holloran tivesse acendido um fogo dentro da minha mãe.

No começo, eram desfiles sem sentido nos shoppings. "É só para praticar, minha linda", dizia ela. E então vieram os instrutores de concursos e professores de dança durões demais, que só sabiam ensinar sendo ríspidos.

Depois, conforme fui ficando mais alta e mais velha, a maquiagem passou a não ser mais o suficiente. Precisava de bronzeamento, mechas descoloridas, depilação. De cílios postiços, extensões de cabelo e sapatos que doíam. Precisava de aulas de dança até minhas pernas queimarem e me preparar para entrevistas até memorizar a resposta para todas as perguntas possíveis, de "O que te destaca das outras concorrentes?" até "Qual é o maior problema que nosso sistema educacional enfrenta hoje?".

E o tempo todo esse fogo ardeu dentro da minha mãe, até queimar nós duas. Não tinha mais essa de *minha linda.* No lugar disso, era *pare de reclamar* e *você sabe quanto isso me custou?*.

Mesmo quando parei de conquistar troféus, os desfiles continuaram. E agora tenho dezoito anos, sou mais velha do que minha mãe era quando me teve e ainda estou tentando compensá-la. No fundo, tenho medo de nunca conseguir. Tenho medo de que cada suspiro que eu der pelo resto da minha vida pertencerá a ela. Que nunca serei nada além de um cérebro preso dentro de um corpo que é mais de minha mãe do que meu. Sendo forçada a viver a vida que roubei dela para sempre.

Acordo cedo e vou para a oficina do Billy. Ele ainda não chegou, então me sento na entrada e espero. Eu nem devia vir aqui hoje. Tenho que estar no estúdio em breve para ajudar minha instrutora com as aulas — uma tentativa inútil de pagar minha eterna dívida —, e Billy sabe que algo está errado assim que me vê. Mesmo que eu tente contornar a situação, pedindo horas extras de trabalho ou penhorando algumas peças do meu carro, ele entende tudo e me manda para casa com um sanduíche que comprou para o meu café da manhã e dinheiro suficiente para cobrir todas as despesas.

Billy diz que é um adiantamento do próximo pagamento, mas nós dois sabemos que não é isso.

Dirijo bem devagar durante todo o caminho de volta, olhando para os dois lados e indo abaixo do limite de velocidade. Chego ao sinal onde colidi com Morgan e não consigo deixar de pensar em seu sorrisinho quando lhe entreguei a água com gás. Ou na forma como ela apertou minha mão quando eu estava com medo.

Mas depois, quando estaciono na entrada de casa, ouço minha mãe e Chuck discutindo e me lembro de todos os dez mil motivos pelos quais eu nunca mais deveria falar com ela.

10

Morgan

Ruby Thompson está me evitando.

Primeiro, achei que fosse coisa da minha cabeça. Mas agora, depois de ela passar quase uma semana evitando contato visual enquanto eu tentava fazer meu olhar de cachorrinho pedinte, sei que não foi delírio. Foi proposital.

Caramba, por que sempre acabo gostando de garotas assim?

Eu devia ter aprendido a lição no colégio antigo. Eu *aprendi* a lição lá. Mas aqui estou eu de novo, sem conseguir evitar olhar furtivamente para as arquibancadas enquanto corro ao redor da pista com Lydia, torcendo para que Ruby volte a aparecer. Mas isso não acontece, nem uma vezinha durante a semana, mesmo que os amigos dela tenham vindo e o tal do Tyler esteja sempre treinando no campo.

Falando sério, Ruby pode ser hétero. Quer dizer, é lógico que sei que essa é uma possibilidade. Uma grande possibilidade. A maior das possibilidades, se levarmos em conta o capitão do time de lacrosse. Talvez eu esteja vendo coisa onde não tem. Talvez ela só tenha se sentido culpada por quase me atropelar e tenha tentado ser educada... mas talvez eu esteja enxergando as coisas exatamente como são e esse seja o problema. Pode ser que Ruby esteja com medo.

Olho mais uma vez para as arquibancadas, notando a ausência dela, e percebo Lydia rindo e avançando no último segundo. Nós duas cruzamos a linha de chegada e nos curvamos, as mãos nos quadris enquanto tentamos recuperar o fôlego.

— Você está onze segundos abaixo da sua marca, Matthews — critica a treinadora ao se aproximar. Massageio o quadril sem perceber, e ela levanta as sobrancelhas. — Ainda está dolorido?

— Não, treinadora — minto, me endireitando. — Estou bem.

Ela rabisca algo nas páginas de sua prancheta.

— Quero que você descanse. Tire uma folga no fim de semana.

— Não preciso.

— Não estou dando uma sugestão, é uma ordem. — A treinadora olha nos meus olhos antes de voltar a atenção para Lydia. — Bom trabalho hoje, Ramírez.

— Argh — geme Lydia depois que a treinadora se afasta. — Correr sem você no fim de semana vai ser muito chato. Allie nunca consegue acompanhar o ritmo.

— Pelo menos você vai poder participar — murmuro.

Perder até as nossas corridas não oficiais me deixa com vontade de evaporar.

— Ei, ficar um ou dois dias sem correr não é o fim do mundo. Todo mundo sabe que você está tentando não mancar na nossa frente.

— Não estou.

Lydia arqueia uma sobrancelha.

— Ainda não engoli aquela desculpa que você deu pra treinadora de que "pisou errado quando desceu da calçada".

Dou de ombros, porque esta é a quinta vez que ela tenta, em vão, arrancar a verdade de mim.

— Acho que eu só me machuco muito fácil, talvez? — replico, dando mais uma olhada para as arquibancadas.

— Quem você tá procurando? — pergunta Allie, trotando até nós. — Seu irmão vem?

Ela abre um sorriso esperançoso. Allie meio que está com uma quedinha por Dylan desde que foi lá em casa alguns dias atrás depois do treino. Seria perturbador se ele notasse. Felizmente, Dylan não faz a mínima ideia. E tenho certeza de que ele está muito a fim de uma mulher que leva o filho de três anos para cortar o cabelo no salão dele, mesmo que ele ainda não admita.

— Desculpa te decepcionar, mas ele trabalha até as sete hoje.

— Então quem é? — questiona ela, com uma expressão confusa ao seguir meu olhar.

— Não sei do que você tá falando. Eu só tô dando uma olhada ao redor — replico.

Droga. Não percebi que estava sendo tão óbvia.

— Pode ser que ela esteja só caçando o motivo de ter perdido onze segundos na corrida de oitocentos metros hoje — sugere Lydia.

— Não, é óbvio que ela está procurando alguém. — Allie bate no queixo. — Se não é o irmão mais velho charmoso... Ahh! É alguém do Clube do Orgulho? — Ela avalia meu rosto. — Ai, meu Deus, você *conheceu* alguém, né? E era pra pessoa vir assistir hoje?

— Não é isso. — Balanço a cabeça. — Bem, tecnicamente, eu conheci pessoas, só não da forma que você está insinuando. Pode acreditar, não estou saindo com ninguém. E ninguém veio aqui me ver.

— Bom, isso é óbvio, porque senão eu não teria ganhado de você de forma épica — afirma Lydia. — Eu já vi você se exibindo antes, e hoje não foi assim.

— Eu estava me poupando! Foi só uma corrida de treino.

— Espera, você bateu mesmo a Morgan? — Allie está focada na transição para velocista, então agora os treinos dela acontecem do outro lado da pista. Ela não deve ter visto que a vitória aparentemente "épica" de Lydia não foi nada mais que uma ultrapassagem de leve quando cruzamos a linha de chegada ao mesmo tempo.

— Bati, e foi incrível — responde Lydia.

Jogo minhas mãos para cima.

— Eu estava me poupando!

— Aham. Tá bom, pode ficar de segredinho por enquanto, mas eu vou descobrir. Eu conheço, tipo, todas as garotas assumidas da escola. Aaah, mas e se ela não for assumida? — Allie sussurra para Lydia de forma conspiratória. — E se ela for tipo você? A maioria das pessoas nem sabe sobre você.

Lydia revira os olhos.

— Só porque não sou *assumida*, não significa que não *me assumi* — argumenta.

Allie e eu só conseguimos piscar para ela.

— Vocês entenderam o que eu quis dizer — resmunga Lydia.

— Só tô falando que talvez a garota misteriosa da Morgan não seja "assumida, assumida", mas também pode não ter "se descoberto".

— Não tem nenhuma garota misteriosa — insisto, sentindo minhas bochechas ficarem quentes não só pelo fato de Ruby Thompson não ser assumida, mas porque tudo indica que ela não tem nada para assumir.

Mas a forma como a mão dela deslizou pela minha pele...

— Aham — zomba Allie.

— Olha, deixa isso pra lá, tá?

Elas parecem perceber minha mudança de humor, e Allie imediatamente volta a reclamar sobre como deve ser uma violação de seus direitos constitucionais a treinadora forçar as velocistas a fazerem corridas de longa distância semanalmente. Já faz uns cinco minutos que ela está divagando sobre a diferença no comprimento das passadas quando meu telefone toca.

É uma mensagem de Aaron me avisando que ele e algumas pessoas do grupo vão se encontrar na lanchonete mais tarde e se oferecendo para me buscar se eu quiser ir. Eu respondo que quero, mas prefiro pedalar até lá. Essa cidade nem é tão grande assim, e, por mais que seja meio ruim pensar isso, prefiro ter uma desculpa para ir embora se as coisas ficarem estranhas. Tirando algumas mensagens aleatórias durante a semana, eu mal falei com ele, e se há uma coisa que aprendi depois do desastre da St. Mary's, é sempre ter um plano de fuga. Melhor levar uma bicicleta e desejar não ter levado do que pegar carona com um estranho e passar o trajeto todo numa situação constrangedora. Lydia se aproxima e lê minhas mensagens.

— Ah, maneiro, eu adoro aquela lanchonete. E Aaron é muito legal. Vocês com certeza vão se dar bem.

Olho para ela.

— Você e Allie querem vir comigo? Sei que são só as pessoas do Clube do Orgulho, mas não acho que se importariam. E não é como se você não se encaixasse.

A expressão dela muda.

— Não, não posso hoje. Mas obrigada.

— Ok — digo, mais decepcionada do que deveria. — Te vejo amanhã, então.

— Não vê, não — debocha Lydia. — Porque você está proibida de correr, e espero que passe o fim de semana inteiro descansando no sofá.

— Nem me lembra disso.

Aaron e Anika chegaram antes de mim na lanchonete, e estão lá com outras duas pessoas que reconheço do Clube do Orgulho, mas com quem ainda não conversei. Anika está em uma das minhas aulas, mas deletei todas as minhas redes sociais quando me mudei e ainda não trocamos telefone. Os outros eu realmente só vi pelos corredores.

Eles abrem espaço para mim e Aaron gesticula com sua batata frita, como um maestro regendo uma orquestra.

— Morgan, você lembra de Brennan e Drew, né?

— Sim, oi, pessoal — cumprimento, e sou recebida por sorrisos calorosos e acenos conforme deslizo para o meu lugar.

— Como vai a vida? — pergunta Aaron.

— Tudo bem, acho — digo enquanto a garçonete traz pratos de frango empanado e quesadillas para acompanhar nossas batatas fritas aparentemente ilimitadas.

Eu me viro para pedir ketchup, e é neste momento que noto Ruby sentada com alguns amigos no balcão. Nós nos olhamos e eu sorrio, mas ela se vira lentamente em seu banquinho.

— Geralmente dividimos aperitivos — avisa Drew, evitando que eu passe mais tempo olhando para o perfil de Ruby. — Mas se isso te assusta, pode pedir alguma coisa só pra você ou passar.

Pego uma tirinha de frango e arranco um pedaço, calculando quanto será a minha parte da conta e rezando para ter dinheiro suficiente. Mamãe e papai têm enviado dinheiro para Dylan cuidar de mim, e ele tem me dado um pouco, mas me sinto mal de sair gastando, sabendo quanto eles estão pagando aos advogados. Sendo sincera, sinto que *eu* é quem deveria estar mandando dinheiro para eles, isso sim.

Aaron ainda está me olhando, e percebo tardiamente que ele deve querer que eu responda mais do que um "Tudo bem, acho".

— Sinto falta dos meus amigos, da escola e da vida de antes — confesso com um suspiro. — Mas gosto demais da equipe de atletismo daqui, especialmente de Allie e Lydia. Eu tentei fazer com que elas viessem hoje, mas… — Percebo uma troca de olhares entre Aaron e Anika. — O que foi?

— Nada.

— Não, sério. O que eu perdi?

De repente, todos da mesa parecem extremamente interessados em suas respectivas comidas e celulares.

— Nada importante — responde Anika.

Eu me mexo no banco, nitidamente desconfortável.

Anika olha para Brennan, que dá de ombros.

— É só que você estava certa na reunião. Os atletas da escola não saem mesmo com a gente. Então não leva pro pessoal isso de elas não virem. Você é mais a exceção do que a regra.

Reviro os olhos.

— Elas não são assim. Allie e Lydia são, tipo, as pessoas mais distantes da arrogância que eu já vi, e olha que lidei com muita gente arrogante na minha antiga escola.

— Pera aí, quem disse alguma coisa sobre ser arrogante? — pergunta Aaron, franzindo a testa.

Minhas orelhas ficam quentes, porque eu simplesmente presumi...

— Pensei que você estava dizendo que elas não viriam por causa de alguma coisa de popularidade esnobe de esporte.

Brennan põe a mão no meu braço.

— Não sei como era a hierarquia social na sua antiga escola, mas os atletas não estão necessariamente no topo da cadeia alimentar aqui.

— Ah, tá bom. Desculpa — murmuro para meu copo d'água.

— Mas você *está* meio que certa, sim — diz Drew.

— Eu não...

— Elas não são assim. Mas também não são que nem você — continua. — Allie é fofa, mas essa não é a onda dela. E Lydia... Bem, ela é mestre do lema *não vou confirmar nem negar*, então não espere que ela apareça nas reuniões do Clube do Orgulho nem saia depois da escola usando um botton escrito CUIDADO: LÉSBICA.

Passo a mão na lapela da minha jaqueta jeans, dando uma risada ao tocar meu botton.

— É, acho que não sou muito sutil — digo.

Não mais, pelo menos. Na verdade, esse botton saiu direto da gaveta da escrivaninha para minha jaqueta favorita assim que meus pais foram embora no fim de semana passado.

— Também tem isso de você já ter chegado aqui assumida — comenta Drew. — Claro que vão pegar menos no seu pé e tal. Mas só porque a maioria das pessoas da escola fica de boa com o fato de um novo aluno ser *queer*, não significa que vão aceitar quando for a vez de alguém com quem dividem os lápis desde o jardim de infância. Acredite, eu sei como é.

— Algumas garotas chegaram a trocar a posição dos armários no ginásio depois que eu me assumi porque achavam que eram, sei lá, algum tipo de presente dos deuses para garotas que gostam de outras garotas e que eu não conseguiria parar de olhar para elas — acrescenta Anika, bufando. — E foram só umas otárias na aula de educação física. Bem provável que seja vinte vezes pior quando é um colega de equipe.

— Mas seu colégio... *nosso* colégio — corrijo — tem um Clube do Orgulho ativo! Que inclusive é divulgado publicamente! Tem muito mais apoio aqui do que na St. Mary's. Achei que as coisas eram diferentes.

Drew balança a cabeça, molhando sua quesadilla em uma porção de *sour cream*.

— Bom, devem ser mesmo, pelo menos pra você. Mas a verdade é que este lugar é uma espécie de zona morta quando se trata de ideais progressistas. A cidade até se esforça, mas ainda é bem conservadora por trás de todos os adesivos com bandeiras do arco-íris que colocam em alguns estabelecimentos. Muitos adultos aqui ainda estão na idade da pedra, e isso acaba afetando os filhos deles. Se seus pais são uns babacas, você vai se sentir muito mais livre para ser um babaca. E se seus pais são babacas e você é parte da comunidade LGBTQIAP+, aposto que você vai se conter muito em vez de tocar no assunto.

— Caramba, que merda — replico, talvez um pouco alto demais, enquanto parto meu frango. Eu não me assumi na minha antiga escola para ser empurrada de volta para o armário aqui. — É mesmo um delírio pensar que as pessoas deveriam namorar quem quiserem sem ter que esconder, se mudar ou processar alguém?

— Ei, ei, você tá querendo ensinar o padre a rezar a missa — diz Anika.

Dou uma olhadinha para trás, só para ver se Ruby me ouviu e se não ia, sei lá, pular da cadeira concordando. Desvio o olhar depressa quando me deparo com sua feição séria.

— Você devia ir até o Centro — sugere Aaron.

— O Centro?

— Sim, tem um Centro de Recursos LGBTQIAP+ saindo da cidade, perto da faculdade. Uma das coisas que fazemos por lá é participar do grupo de aconselhamento, e alguns atletas provavelmente se inspirariam na sua história. Você devia conversar com a srta. Ming, é ela quem coordena os voluntários. Também vale como horas complementares, se você precisar.

— Viu, a cidade não é tão horrível — argumenta Anika, puxando com o canudo o restinho de seu refrigerante. — Só um pouco.

— Pode ser uma boa — pondero. — Eu ia adorar sentir que estou fazendo *alguma coisa* pra ajudar. Tenho me sentido como se meus pais e os advogados estivessem fazendo tudo enquanto só vou no embalo.

— Maravilha — diz Aaron. — Acho que você vai ser dar bem com o pessoal. Vou lá no domingo, se quiser ir comigo.

— Sim, vai ser ótimo.

Sorrio e pego mais uma batata frita, deixando a conversa fluir para outros temas. Estou pegando o pouco de ketchup que resta quando Ruby passa, indo em direção ao banheiro.

Me levanto sem pensar duas vezes e vou atrás dela. Quer dizer, eu devia *mesmo* lavar as mãos depois de tocar em toda aquela comida gordurosa, certo? Certo.

— Você está me perseguindo agora? — questiona Ruby, semicerrando os olhos quando entro no banheiro feminino.

Ela está retocando a maquiagem no espelho, passando o delineador com precisão quase cirúrgica.

— Não — respondo. *Mais ou menos.*

— Tá.

Ela não parece acreditar.

Corro para uma das cabines e fecho a porta atrás de mim. Eu realmente não pensei no que faria depois de vir para o banheiro. Acho que só queria ver se Ruby olharia para mim do jeito que olhou na minha casa naquele dia, como se eu fosse alguém de quem ela gostasse, em vez de alguém que não suporta.

Mas ela não me olhou daquele jeito, e agora estamos cercadas por vasos sanitários com descarga automática e cheiro de toalhas de papel molhadas e purificador de ar ruim. Não foi assim que imaginei que seriam as coisas. Talvez o fato de eu ter sequer cogitado que algo pudesse acontecer tenha sido um grande erro.

— Você sabe que dá pra ver seus sapatos perto da porta, né? — pergunta Ruby. — Eu sei que você só tá parada aí. Se veio aqui falar alguma coisa, só fala. Se não, vê se para de ser esquisitona.

— Ah — solto, porque, imagina, isso não é nem um pouco vergonhoso. Por que é tão difícil?

Talvez porque quando finalmente expus meus sentimentos por Sonia Delecourte — depois do nosso terceiro encontro, veja bem — ela me disse que estava me beijando só para experimentar, para ver se gostava, e não gostou.

Depois, no dia seguinte, ela disse ao diretor que eu tinha dado em cima dela.

E depois fui chamada para uma reunião de conduta.

Tenho lidado com uma longa e dolorosa lista de "e depois" desde então, o que de alguma forma me trouxe para este momento, em que estou parada em um banheiro, possivelmente cometendo o mesmo erro de novo.

— Olha, se você está se preparando para me processar ou qualquer coisa do tipo por te atropelar, só me fala. Não tenho mais tempo pra me estressar com isso. — Eu a ouço fechar a bolsa. — Eu tenho o Miss Tulipa amanhã, e perder aquele último concurso estragou tudo. Preciso me concentrar nisso, e não em *Por que a Matthews está se escondendo em um banheiro?*.

Espera, ela ainda acha mesmo que eu iria meter um processo nela? É por *isso* que está me evitando? Não porque está incomodada, mas porque está nervosa? A esperança vem com tudo quando abro a tranca e praticamente caio para fora da cabine.

— Não vou te processar. Eu só quero…

Mas perdi minha chance. Ruby não está mais aqui, e a porta do banheiro se fecha, o sorriso desaparecendo do meu rosto.

Então eu o vejo: o delineador, esquecido sobre a pia. Começo a sentir uma crescente e selvagem sensação de esperança, porque amanhã é um novo dia, um dia de folga para mim… um dia em que sei exatamente onde ela vai estar.

E tenho um delineador para devolver.

11

Ruby

A última coisa que espero ver ao dar um passo à frente para receber o terceiro lugar no concurso Miss Tulipa é a maldita Morgan Matthews sentada na terceira fila desta tenda superaquecida que a cidade desenterrou de algum lugar. Ela me lança um sorrisinho e acena, e eu quase tropeço enquanto pego minhas rosas e a faixa, porque *caramba, Morgan!*

Foi estranho o suficiente ela ter me seguido até o banheiro ontem à noite, mas isso aqui superou. O que ela está fazendo? Isso é algum tipo de vingança por causa do fim de semana passado? Ela vai me entregar os papéis do processo na frente de toda essa gente? Porque, assim, eu pesquisei sobre ela. Sei que os pais dela estão dispostos a processar qualquer coisa.

Merda, achei que já era ruim o bastante ela estar andando com Aaron, meu vizinho, o que significa que provavelmente vamos acabar nos encontrando na vizinhança qualquer dia desses. Não cogitei que teria que me preocupar com ela aparecendo aqui também.

Meu sorriso falso vacila por meio segundo, e luto contra a vontade de lamber a vaselina dos meus dentes. Em vez disso, olho para minha mãe, tentando focar em sua presença. Ela está de pé agora, os dedos apoiados nos cantos da boca, puxando os lábios para cima como uma versão transtornada do Coringa. Eu sorrio ainda mais, deixando meus dentes perfeitamente clareados serem o centro das atenções, meu batom vermelho intacto enquanto seguro minhas flores.

O anfitrião prossegue, anunciando Lily Carter como vice-campeã e coroando Melanie Cho como a nova Miss Tulipa, e eu permaneço congelada, olhando fixamente para o fundo da tenda, dando orgulho para minha mãe. Ao meu lado, Lily pega minha mão e a aperta. É um sinal para *me ajude a não surtar*.

Por um segundo, eu me permito lembrar da sensação da mão de Morgan na minha, e então me recomponho. Ela não está aqui por nenhum motivo bom. Ninguém vai ficar de mãos dadas aqui. *Não vai rolar.*

— Droga — diz Lily, no segundo em que deixamos o palco. — Achei que esse tava garantido.

Lily e eu participamos de concursos juntas desde que éramos bebês. Em outra vida, uma em que minha mãe não desconfiasse inerentemente de tudo e de todos, provavelmente seríamos melhores amigas.

Atualmente, mantemos uma relação meio que de colegas de trabalho educadas.

— Sinto muito, Lil — digo enquanto andamos em direção ao vestiário. — Eu também achei que você ia conseguir.

Ela dá de ombros e desaparece entre o borrão de vestidos de cetim e garotas chorosas, e vou direto para o canto onde escondi minhas coisas mais cedo. Se eu sair daqui e entrar no meu carro o mais rápido possível, corro menos risco tanto de minha mãe vir até os bastidores e ter uma crise (algo que acontece com uma frequência vergonhosa) quanto de eu ter que descobrir o motivo horrível de Morgan ter aparecido aqui. (Tem que ser algo ruim. O que mais poderia ser?)

Eu me troco a toda velocidade e pego minhas coisas, passando por mais ou menos umas dez garotas. Dou um rápido abraço de parabéns em Melanie, enxugando suas lágrimas obrigatórias de felicidade do meu rosto, e abro a cortina que nos separa do restante da tenda. Em seguida, levanto uma aba de emergência e saio pela parte de trás.

— Ei — Morgan me chama assim que chego do lado de fora.

E, que merda, estamos sozinhas aqui. Atrás da tenda. Aonde ninguém costuma ir. Como ela…?

— Acaba logo com isso — digo, estendendo a mão.

Nunca fui processada antes, porém imagino que deve ser ok me entregar os papéis atrás de uma barraca em vez de na entrada da minha casa.

Morgan franze a testa.

— Ok.

Ela coloca algo na minha mão, mas com certeza não é papel. É o meu delineador da sorte, o único item de luxo que realmente é só meu. Eles nem vendem no Walmart; eu tenho que pedir direto da Sephora. Passei a manhã inteira procurando por ele.

— Onde você encontrou isso?

— Você deixou na lanchonete ontem.

— E você veio até aqui só para me devolver? — Inclino a cabeça. — Por quê?

Morgan olha para o chão, pisando em um pedaço de grama morta.

— Eu queria te agradecer pelo outro dia. Por cuidar de mim quando eu estava machucada. Sei que você perdeu um concurso por causa disso, e eles parecem muito importantes para você. Acho que isso nos deixa quites?

E a atitude é tão inesperadamente fofa que meu estômago se revira.

— Obrigada — respondo, me virando para ir embora. — Pelo delineador e por não me processar.

— Ainda tá nessa de processo? Por que eu faria isso?

Olho para ela com as sobrancelhas levantadas.

— Eu te atropelei.

— Eu caí, lembra? — diz ela com um sorrisinho. — Você estava lá por acaso.

Balanço a cabeça.

— O que você quer, Matthews?

— Nada.

— Você dirigiu *mesmo* até aqui só para devolver isso? — questiono, segurando o delineador.

Ela dá de ombros.

— Talvez eu também estivesse curiosa para ver quem seria a nova Princesa das Flores. Parece uma informação crucial para se ter, agora que moro aqui.

Eu sorrio; não consigo evitar.

— Miss Tulipa — corrijo. — E é a Melanie Cho.

Ela fica com ruguinhas nos olhos quando se inclina para a frente, ficando perto a ponto de eu sentir o calor de sua pele contra minha bochecha, sua respiração em meu ouvido. Meu coração está batendo tão forte que juro que o mundo inteiro seria capaz de ouvir.

— Você devia ter vencido — diz ela.

Engulo em seco.

— Eu…

— Ruby, eu estava lá na frente esperando você. O que está acontecendo?

Eu me afasto ao notar minha mãe se aproximando nós, séria. Quase derrubo meu vestido.

— Nada! — respondo.

— Quem é essa sua amiga?

— É só uma garota da escola. — Eu me posiciono para ficar entre as duas.

— Meu nome é Morgan — se apresenta ela, dando a volta em mim com o braço estendido, nitidamente sem entender meu objetivo.

Minha mãe a cumprimenta, mantendo uma expressão cética.

— Ruby nunca convidou nenhuma amiga da escola para os concursos.

— Ah, bom, eu não fui exatamente convidada. Eu…

— Já estamos acabando aqui — interrompo. — Te encontro no carro, mãe?

Minha mãe me encara por um segundo antes de tirar o vestido das minhas mãos e se virar em direção ao estacionamento.

— Não demore.

— Sua mãe parece legal — comenta Morgan assim que ela está fora de alcance.

E, merda, essa falsa gentileza, esse esforço para fingir que minha mãe não foi completamente rude, é insuportável. Abaixo o rosto.

— O que te fez vir aqui de verdade, Matthews?

— Eu só queria devolver o seu…

— Bem, você devolveu. Acho que é só isso, então?

Tento fazer minha voz soar dura.

A surpresa — e mágoa — no rosto de Morgan me deixa tonta. Eu odeio isso. Muito.

Mas não tanto quanto odeio a conversa que sei que vou ter com minha mãe no carro.

— É, acho que sim.

Ela parece irritada. E, meu Deus, eu mereço isso.

— Quem era aquela com quem você estava conversando? — pergunta minha mãe quando estamos a caminho de casa. — Vocês duas pareciam próximas.

Noto o tom de acusação em sua voz.

— É só uma garota da escola, como eu disse — murmuro, porque se há um assunto sobre o qual eu definitivamente não quero falar com ela é Morgan Matthews.

— O que ela estava fazendo lá?

Suspiro.

— Ela só estava devolvendo uma coisa que esqueci na lanchonete ontem à noite. Meu delineador.

— Vocês realmente estavam muito perto uma da outra.

— Eu não conseguia ouvir o que ela estava dizendo. Estava muito barulhento lá.

Mamãe resmunga um pouco para si mesma e olha pela janela.

— Só não quero que as pessoas achem nada de você, entende, Ruby? Eu sei como você fica.

Como eu fico.

Aperto um pouco mais o volante, me lembrando de quando eu tinha treze anos e minha mãe decidiu que eu estava ficando muito próxima de Katie Seawell, uma garota que estava sempre nos concursos de beleza, assim como eu. Katie era diferente das outras meninas, ao menos para mim. Seus sorrisos pareciam sinceros, e ela ria alto e com frequência. Eu não conseguia decidir se queria ser melhor amiga dela ou se queria ser *ela*. Eu sempre encontrava uma desculpa para garantir que nos arrumaríamos juntas. A gente retocava a maquiagem uma da outra e caçoava dos jurados. Era… divertido.

Depois de uma derrota particularmente difícil, minha mãe viu Katie enxugando minhas lágrimas nos bastidores e me dizendo várias vezes que eu era linda e que ficaria tudo bem. E talvez tivesse ficado, se minha mãe tivesse dormido o suficiente, ou se Billy não tivesse acabado de abandoná-la, ou se eu não tivesse deixado escapar um comentário sobre ter crush em uma famosa durante o café da manhã. Mas minha mãe não tinha dormido bem, Billy tinha ido embora e eu ainda não tinha aprendido a importância de manter minha boca fechada.

Foi aí que ficou decidido que eu não poderia mais me arrumar com as outras meninas. E não deveria falar com Katie nunca mais. Depois disso, eu meio que me isolei, e todas as outras garotas dos concursos aprenderam a manter distância.

Minha mãe bate a unha no apoio de braço e depois fixa o olhar em mim.

— Mas já chega desse assunto. Queria muito ter te visto ganhar hoje.

— Desculpa — mantenho os olhos fixos na estrada, apertando levemente minha mandíbula.

— Você hesitou durante a entrevista.

— Não hesitei, eu estava ponderando.

— Pareceu mais que você não sabia o que responder.

Mordo minha língua até doer e então forço um sorriso.

— Mas eu sabia. Só fiz uma pausa, mãe. Não hesitei.

— Você precisa de mais sessões com Charlene se quisermos levar isso para o próximo nível — afirma ela. — E você foi desleixada na hora de apresentar seu talento também. Talvez a gente possa investir em aulas particulares de sapateado, porque essas aulas em grupo não parecem estar funcionando.

Balanço a cabeça, engolindo a verdade: o problema não está nas aulas de sapateado, está em mim. Eu mal consigo treinar mais. Cada batida do sapato no chão me faz sentir como uma marionete. E é minha mãe quem controla tudo.

— Nunca gostei de aulas em grupo — continua ela. — Se você quer se destacar…

— Não podemos pagar aulas particulares agora e, além disso, eles me disseram da última vez que não aceitam mais cheques pré-datados. — Suspiro. — Talvez não haja um próximo nível para mim.

— Não vou desistir do seu futuro só porque estamos sem dinheiro. Posso pegar turnos extras, se precisar. Nós duas sabemos que estou sentada ao lado da futura Miss América.

Esfrego minha testa. Porque toda vez que ela diz "desistir do seu futuro" fica implícito que gostaria de acrescentar *como tive que fazer com o meu para ter você*. Nada como passar mais uma tarde de sábado me sentindo culpada por ter nascido.

— Ei — diz ela, mexendo na alça da bolsa. — Só quero o melhor para você.

— Não tenho nem chance de…

— Você merece ter o que eu não tive.

E, aparentemente, o que ela não teve foi uma carreira lucrativa como rainha de concurso. No ano em que engravidou de mim, minha mãe vinha ganhando todas as competições das quais participava e estava de olho no Miss Teen Estados Unidos. Ela era ainda mais bonita naquela época, antes de a mãe cortar relações com ela e expulsá-la de casa, antes de o meu pai abandoná-la sozinha e grávida de seis meses, antes de o peso do mundo lutar contra o Rei Tempo e deixar marcas na sua pele.

Talvez eu lhe deva o meu futuro por ter roubado o dela, não importa o quanto eu queira me jogar em um carro velho potente e nunca mais olhar para trás.

— E se eu não for Miss América? — pergunto, como um prisioneiro implorando uma saída. — Não ganho nada há anos. Nem mesmo os concursos de shopping, que nem contam. Acho que não me classificaria nem para uma competição estadual.

— Ah, Ruby — diz minha mãe, dando um tapinha em minha perna. — Nunca duvide de si mesma, querida.

— Eu… — Não chego a completar a frase. Deixo o mal-entendido pairando no ar.

Não adianta falar sobre isso com ela. Mas como ela não consegue enxergar? Como?

— Eu sei que não temos tanto quanto algumas das outras garotas, mas você tem uma mãe que te ama e vai fazer de tudo para te levar aonde você precisa estar — garante ela, colocando uma mecha do meu cabelo atrás da minha orelha. — E isso já é meio caminho andado.

Assinto e ligo o rádio, esperando que a música abafe todo o caos na minha cabeça. Parece que vou pagar por essa dívida enquanto viver.

— Falando nisso, tenho boas notícias! — anuncia ela, se virando tão rápido que quase piso no freio.

— Que boa notícia?

— Consegui te inscrever no concurso do condado.

— Você o quê?

O prazo era ontem, e sei que a gente não tem como pagar. É um dos mais caros.

— Sobrou dinheiro da semana passada.

— Era pra conta de luz — gemo. — Como você conseguiu fazer eles religarem a energia, então?

— Chuck colocou no nome dele, disse que está alugando a casa. Coloquei um pouco do dinheiro na nossa conta conjunta e o resto foi para a taxa de inscrição.

— Esse dinheiro podia pagar uma parte das dívidas!

— Não precisa se preocupar — diz minha mãe, como se fosse simples assim. — Você queria algo para te classificar para o estadual, né? Bom, aí está.

— Não foi isso que eu quis dizer — replico, os dentes cerrados.

— Isso pode abrir muitas portas para nós, Ruby. Muitas. Você já tem a idade certa para ser Miss América, querida. Agora só temos que conseguir esses títulos, e este é um ótimo primeiro passo.

— Na real, esse não parece tão ruim — comenta Everly, deslizando o notebook na cama. Ela abriu o site do concurso do condado.

— Não importa, Ev.

— Mas esse tem um prêmio que sua mãe não vai poder tirar de você.

Sinto a vergonha tomar minha barriga. Não importa o quanto eu tente mantê-la fora disso, Everly sempre consegue perceber o caos que as coisas estão.

— Duvido — retruco.

— Bem, se ela conseguir, vai ser realmente impressionante, porque o prêmio é uma bolsa de estudos na Universidade de Hudson para as seis primeiras colocadas, e inclui uma bolsa para os dormitórios. Isso pode te tirar da casa da sua mãe pra sempre. — Ela toca na tela. — Essa pode ser a sua salvação.

— Não posso largar minha mãe.

— Ela ficaria bem, Ruby.

— Ok, nesse caso, se Everly Jones diz que ela ficaria bem, pode deixar, vou só arruinar os sonhos dela e abandoná-la que nem todas as outras pessoas.

Estou sendo dramática, mas não consigo evitar.

— E os seus sonhos?

— Não tenho nenhum — digo.

Sorrio e fecho o notebook de Everly. Ela revira os olhos e se joga ao meu lado, me observando de canto do olho.

— Você é uma mentirosa.

— Vamos lá, tenho tanta probabilidade de ir para a faculdade quanto de ganhar o Miss América. Você e eu não somos iguais.

— Ruby, eu te amo, mas sai dessa. Eu tiro fotos das pessoas quando elas não estão olhando. Você restaura carros e faz eles continuarem funcionando. Se tem alguém aqui que está preparada para ter uma carreira, não sou eu.

— Você acha isso mesmo? — pergunto, porque nunca pensei dessa forma.

Ela cruza os braços e me encara até eu concordar de forma relutante que ela *talvez* tenha razão, e então abro o notebook de novo para distraí-la com filmes da Netflix.

Só que, mais tarde, depois que Marcus chega com uma pizza e todos estão dormindo, menos eu, volto para o site e leio as informações sobre a bolsa. Porque meu orientador da escola mencionou uma vez que a Hudson tinha um curso incrível de mecânica automotiva. E se eu *tivesse* algum sonho, provavelmente seria esse.

Sempre imaginei que acabaria trabalhando em um posto de gasolina ou algo do tipo, arranjando peças para Billy entre um concurso e outro com minha mãe. Não parecia que "algo mais" fosse realmente uma opção. Mas Everly está certa; o prêmio cobre a mensalidade, além de hospedagem e alimentação no novo dormitório que eles construíram no ano passado. Terminar entre as seis melhores pode ser difícil em um concurso que inclui todo o condado, mas não é impossível se eu *realmente* tentar. Vou explorando o site, tentando encontrar uma brecha ou letras miúdas, porém tudo parece legítimo.

Diz até que posso solicitar um auxílio para cobrir meus livros e refeições, mas não preciso de tudo isso. Livros, talvez, mas tenho vivido de miojo e suplementos desde que me entendo por gente. Tenho certeza de que daria para trabalhar em paralelo com Billy para bancar pelo menos isso. E eu ainda estaria perto o suficiente para ficar de olho na minha mãe. Talvez a gente possa chegar a um acordo, tipo continuar participando de alguns concursos da região ou sei lá. Talvez este *possa mesmo* ser um primeiro passo, só não da maneira como ela gostaria que fosse.

Everly funga ao rolar na cama, e eu desligo o notebook e baixo a tela, baixando também minhas expectativas irreais. Foi estupidez cogitar isso. Eu tenho responsabilidades. Tenho um dever. Eu estou… com muita energia agora e preciso liberá-la de alguma forma.

Pego meu telefone e digito uma mensagem. Tyler responde na mesma hora.

12

Morgan

Quando entro no Centro, Aaron está parado perto de uma mulher branca que parece ter uns 30 anos, ao lado do que parece ser uma estante arrumada às pressas.

Dylan me deu uma carona, todo animado, me chamando de "topa tudo" e dizendo que estava "orgulhoso de mim" e para "entrar lá e mudar vidas", até chegar a um nível vergonhoso. Eu basicamente tive que enxotá-lo do estacionamento agora há pouco. Mas, pra ser sincera, talvez nem tenha sido tão ruim assim. Acho que eu estava precisando de algum incentivo, depois da maneira como Ruby brincou de pingue-pongue com minhas emoções ontem.

— Morgan! — O rosto de Aaron se ilumina. Ele coloca uma pilha de livros no chão e se aproxima para me dar um abraço de boas-vindas. — Você veio!

— Não podia perder — digo. — Obrigada pelo convite.

— Imagina! Hum, esta é a Izzie. — Ele aponta para a mulher, que parece um pouco exasperada quando alguns livros caem ao seu lado. — E, Izzie, esta é Morgan.

— Oi, Morgan. Desculpa a bagunça. Recebemos um monte de novas doações este mês e estou tentando organizar tudo. — Ela assopra uma mecha do cabelo castanho-escuro, afastando-a dos olhos. — Que bom te conhecer finalmente. Aaron falou muito bem de você.

— Quero muito ajudar aqui com o que vocês precisarem. — Olho um livro em particular, com um menino e um cachorro na capa, coberto com o que parece ser... post-its? — Todos esses livros foram doados? Que incrível.

— Sim, temos alguns benfeitores muito generosos. Todos os livros têm um protagonista que se encaixa na comunidade LGBTQIAP+. Pode pegar os livros emprestados, se algo chamar sua atenção.

— Legal — respondo, pegando o do cachorro. — Vou pegar com certeza.

— Perfeito. Sei que o final do semestre pode ser estressante para os alunos. É sempre bom se dedicar a coisas que te façam bem de vez em quando — comenta ela. — A biblioteca está disponível a qualquer momento durante nosso horário de funcionamento, e é um sistema baseado na honestidade, não é preciso assinar nada. Nós confiamos em você. — Ela se inclina para chegar mais perto. — E, sinceramente, não nos importamos se alguns desses livros não voltarem, desde que encontrem um bom lar.

Eu sorrio, porque isso é extremamente legal. Sou o tipo de pessoa que devolveria 200% de todos os livros que peguei emprestado — não sou capaz de marcar lombadas nem dobrar páginas —, mas fico um tanto obcecada com a ideia de que se uma pessoa realmente se apaixonar por uma das histórias, pode continuar com ela para sempre.

— Então, o que vocês fazem aqui, exatamente? — pergunto.

— O que a gente *não* faz? — retruca Aaron.

— Ele tem razão, fazemos um pouco de tudo. — Izzie dá de ombros. — Aconselhamento, apoio, visitas escolares. Ajudamos na criação de Clubes do Orgulho e associações de apoio LGBTQIAP+ onde ainda não existem. Inclusive, Aaron e eu ajudamos a criar o grupo da sua escola com a srta. Ming. Ajudamos a colocar adolescentes em contato com os recursos necessários se estiverem em uma situação de insegurança. Também nos encarregamos de bailes de formatura inclusivos e outros eventos divertidos…

— Somos, tipo, faz-tudo da comunidade *queer*. — Aaron faz gracinha, e eu tento não rir. — Vamos lá, vamos te mostrar tudo aqui.

Observo cada uma das salas obedientemente enquanto eles indicam o escritório da direção, o lounge, a cozinha, as salas principais, o espaço de acolhimento e o playground no quintal, como se estivessem tentando me convencer de como o lugar é incrível e tudo mais. Mas eu já sabia que ia topar antes mesmo de chegar aqui.

— Então, o que eu faria como conselheira?

— Os conselheiros são estudantes que se voluntariam, seja para garantir horas complementares ou simplesmente porque eles querem — explica Izzie. — Nós os combinamos com outros adolescentes que achamos que se beneficiariam de suas experiências, e muitas acabam sendo combinações mutuamente benéficas. Nossos conselheiros tendem a tirar tanto proveito da situação quanto os adolescentes que estão sendo ajudados. Se você tiver interesse, vamos pedir para que estude nosso manual on-line e, é claro, faremos uma verificação de antecedentes. Vamos te colocar em algumas sessões com Aaron ou comigo até que se sinta confortável. Aaron é nosso conselheiro sênior, então pode sempre te ajudar com qualquer pergunta que você tiver ou te auxiliar em uma sessão difícil.

— Então a gente só... conversa?

— Mais ou menos — responde Aaron. — Às vezes as pessoas só querem que alguém as escute. Em outros casos, elas querem conselhos. Você vai entendendo a demanda de cada um à medida que for avançando.

Izzie inclina a cabeça.

— Na verdade, já tenho até alguém em mente que gostaria de colocar com você. Acho que seria uma excelente combinação, considerando as histórias de vocês.

— O jogador de futebol? — questiona Aaron.

Ela concorda com a cabeça.

— Temos um menino que vem aqui de vez em quando que é atleta, igual a você.

— Ele sempre dá um nome falso, mas parece que não os decora, então nunca é o mesmo — conta Aaron. — Com certeza não estuda na nossa escola, então nem sabemos se ele vem de longe. Algumas pessoas percorrem um longo caminho para chegar aqui, pois correm menos risco de alguém que conhecem vê-las entrar.

— Entendo. Odeio essa situação, mas entendo — digo.

— Acho que você seria perfeita para dar conselhos pra ele.

— É — concordo. — Quero muito encontrar uma forma de trabalhar com alunos atletas. É uma situação bem ruim. As pessoas não entendem o que passamos se não viverem a situação na pele.

— Acho que trabalhar aqui vai ser um grande primeiro passo nessa direção. Ajudar as pessoas de forma individual é um bom aprendizado.

— Acho que vai ser ótimo.

— Bem-vinda a bordo, então — diz ela. — Aaron vai criar um perfil on-line para que você possa dar uma olhada em todo o material. Ele tem uma sessão no final da tarde também, então, se você tiver tempo livre, pode acompanhar.

— Sim — respondo.

Quero aprender tudo sobre o Centro o mais rápido possível, sentir pela primeira vez que estou fazendo algo que importa, em vez de me esconder atrás de meus pais e seus advogados.

Mais tarde, depois de participar de uma sessão de Aaron com uma garota chamada Caroline, preencher um monte de papelada e responder a alguns questionários on-line, estou oficialmente registrada como conselheira. Ainda preciso assistir a mais algumas sessões enquanto esperamos que minha verificação de antecedentes seja liberada, e Izzie vez ou outra vai aparecer para dar uma conferida em mim quando eu já estiver fazendo minhas sessões de aconselhamento sozinha, mas me parece um grande passo.

No fim do dia, meu irmão chega em casa com um bolo de comemoração e me dá um abraço bem apertado.

— Pra que isso? — pergunto quando ele finalmente me solta.

— Nada — responde ele. — Estou feliz por você ser minha irmã.

13

Ruby

Charlene sorri quando entro no estúdio que ela divide com a irmã gêmea, June. Ela é alta, quase 1,80m, tem dentes brancos e brilhantes e cabelo pintado de preto para esconder o grisalho. Ganhou o título de Miss Estados Unidos há mais de trinta anos e está um pouco mais velha e menos firme do que costumava ser, mas ainda é uma grande referência no círculo dos concursos.

— Olá, Ruby — cumprimenta ela. — Você chegou cedo.

— Eu sei. — Abaixo a cabeça. — Estava querendo conversar com você.

— Claro. Por que não conversamos no meu escritório antes dos seus alunos chegarem?

Ela coloca os papéis que está segurando na mesa da recepção e se dirige para os fundos. Charlene não é apenas minha instrutura de concurso; ela também é meio que minha chefe. Ela e a irmã administram um pequeno mas respeitado negócio — Charlene coordena o treinamento para concursos e June ensina ballet e dança contemporânea. Muita gente tinha demanda para os dois tipos de serviço, então fazia sentido abrirem uma sociedade.

Sigo Charlene até o escritório menor — ela diz que foi condenada a isso por ser três minutos mais nova que a irmã — e me sento a sua frente.

— No que posso te ajudar, meu amor?

— Eu quero ganhar o concurso do condado. — As palavras saem, parecendo mais uma manifestação de culpa do que uma declaração de interesse. — Queria saber se você estaria disposta a fazer algumas sessões extras comigo se eu pegar mais aulas para ministrar. Sei que mal estou cobrindo o que já devemos a você, mas *preciso* disso.

— Posso perguntar o motivo?

— Preciso chegar e vencer o estadual para chegar no Miss América.

Odeio mentir para Charlene, mas não posso correr o risco de que ela conte a verdade para minha mãe: que, embora ela veja isso como um importante primeiro passo, eu enxergo como a saída de emergência de um navio que está afundando.

Charlene se inclina para a frente na cadeira, analisando meu rosto. Luto contra o desejo de me encolher, evocando minha melhor postura de miss.

— Não dá para mentir para um mentiroso — diz ela, juntando as mãos.

— Não estou mentindo — me forço a falar. — Preciso da sua ajuda.

Essa parte pelo menos é verdade.

— Nós duas sabemos que esse é o sonho da sua mãe, não o seu.

— Por favor — imploro.

Sinto a oportunidade se esvaindo. A porta batendo na minha cara. Sem curso de mecânica. Sem saída. Vou fazer concursos de quinta categoria em shoppings e em feiras pelo resto da minha vida.

Charlene suspira.

— A assistente de June está de licença-maternidade. Eu ia contratar uma substituta, mas se você puder ser um par de olhos extra nas aulas de desfile e postura, além de continuar dando suas aulas de maquiagem, ficamos quites. Te dou uma aula particular por semana com tarefa para casa, mas você tem que estar mesmo disposta, Ruby. Você está fingido há anos. Se sua mãe não tivesse sido uma das minhas melhores alunas, eu já teria desistido de você. Sei do que você é capaz. E sei o que está em seu DNA. Tudo pode ser seu, basta você querer.

— É — digo, e olho para baixo, esfregando uma mancha de graxa na ponta do polegar. Como todo mundo parece saber o que está no meu DNA menos eu?

— Agora vá se arrumar. As meninas chegam em breve para sua aula, e temos as crianças de 6 a 8 anos vindo para a aula de desfile e postura depois. Você fica para as duas e podemos começar suas aulas extras na semana que vem.

— Combinado — digo, apertando a mão dela.

Eu estava planejando ir para o Billy depois, mas vou mandar uma mensagem para ele avisando que não posso. Uma perda a curto prazo para um ganho a longo prazo.

14

Morgan

Estou jogada em uma cadeira de barbeiro vermelha brilhante no trabalho do meu irmão, observando-o varrer o piso quadriculado preto e branco. Ele acabou de cortar todo o meu cabelo — bem, deixou um pouco no topo, o suficiente para dizer para minha mãe que é tipo um corte pixie quando ela ligar mais tarde. O fato de ele também estar pintado de rosa é algo que talvez eu precise... contar aos pouquinhos para meus pais. Só Deus sabe que nunca teriam permitido isso na minha antiga escola. Até Dylan hesitou no começo, mas quando eu disse que daria um jeito em casa com um pouco de alvejante e suco em pó, seu coraçãozinho mole e apaixonado por cabelo aceitou bem rápido.

A julgar pelo sorriso que ele deu quando espanou todos os fios de cabelo soltos e me virou para encarar o espelho, percebi que ele amou o resultado tanto quanto eu.

Só que, embora cortar e tingir meu cabelo de uma cor com que antes eu só podia sonhar me deixe empolgada, porque *parece* uma mudança real, palpável, preciso admitir que no fundo eu sei que não é. Ou pelo menos não é o suficiente.

Fico virando a cadeira em círculos devagar. Ao meu lado, Owen, o melhor amigo de Dylan, está raspando uma parte difícil do cabelo de um garoto de 12 anos, enquanto a mãe e a irmã do menino assistem de uma fileira de assentos do metrô na extensão da parede. Owen e Dylan se conheceram no curso de barbearia e se tornaram "melhores amigos do nada", nas palavras de Dylan. Eles podem não se conhecer desde sempre, mas parece que a intensidade do curso de barbearia cria vínculos fortes. Cada um seguiu seu rumo logo depois, mas assim que puderam abrir uma loja juntos, foi o que fizeram.

Giro mais algumas vezes, com um suspiro. Dylan levanta uma sobrancelha e afasta meu pé ao passar a vassoura debaixo da minha cadeira.

— Já que você está tão entediada, que tal varrer seu próprio cabelo?

— Não estou entediada a esse ponto.

— Então o que tá rolando? — pergunta Owen, tirando o avental do menino e afastando o cabelo do pescoço dele. — Porque seus suspiros estão assustando os clientes.

O menino olha para Owen quando ele diz isso, e a mãe ri enquanto entrega o dinheiro, antes de sair.

— Viu só como eles foram logo embora daqui? — diz Dylan, descansando o braço e o queixo na vassoura. — Ok, vou morder a isca. O que rolou?

— Não precisa ficar todo paternal comigo — replico, bufando.

— Pra início de conversa, quando foi que o papai disse *O que rolou?*? E, depois, não estou sendo paternal, estou sendo mais fraterno, algo que se tornou um direito meu desde que você encheu meu quarto vago com todas as suas coisas.

— Ah, como se você não amasse me ter por perto — provoco.

— Eu não falei isso. Eu disse que te ter aqui me dá o direito de me intrometer.

— É verdade — acrescenta Owen. — Está no estatuto dos irmãos.

— Humm — digo. — Não li nenhum regulamento.

— Lógico, você é uma irmã.

Mordo meus lábios e os solto com um estalo.

— Sabe, às vezes eu acho que, mesmo se procurasse no mundo todo, nunca encontraria duas pessoas mais idiotas do que as que estão bem na minha frente.

— Morgan, chega de mudar de assunto — retruca meu irmão. — Por que você está jogada em uma das minhas cadeiras e suspirando que nem uma princesa da Disney?

Eu não queria falar sobre isso, de verdade. Meio que só queria deixar esse momento de leviandade marinando dentro de mim até não me importar mais. Mas é o Dylan, e eu conto tudo para ele — independentemente do "estatuto dos irmãos".

— De verdade?

— De verdade — diz ele.

— Acontece que muitas pessoas aqui não se sentem seguras para se assumir, assim como era na St. Mary's. Principalmente as que praticam esportes. Quando meu treinamento acabar, eles vão me colocar com um jogador de futebol que dirige, tipo, uma eternidade só para chegar no Centro. E tem a Lydia, que não quer nem pisar em uma reunião do Clube do

Orgulho, embora haja aliados heterossexuais lá. Ela está presa nesse limbo da porta do armário entreaberta, e isso é um saco.

Owen inclina a cabeça.

— Ela te disse que é um saco?

— Bem, não — respondo, girando para ele. — Mas eu já estive lá e sei que é.

Dylan semicerra os olhos.

— Se ela não parece se incomodar com isso, então eu me preocuparia menos com ela e mais com quem quer sair do armário e acha que não pode.

— E como é que eu vou encontrar todas essas pessoas?

— Parece que você mal começou e já encontrou um no Centro.

Eu suspiro. É um bom argumento, mas…

— Não parece suficiente. Eu tomei toda uma atitude na escola antiga, e agora estou aqui e parece que nada mudou de fato. É a mesma coisa, apenas um lugar diferente.

— Bem, está mudando na St. Mary's, graças ao seu processo.

— Talvez. E, de novo, é só *uma* escola.

— Isso pode ajudar muitas crianças no futuro, talvez abrir um precedente para todo o estado.

— Algo me diz que, mesmo que eles adotem uma política oficial de tolerância a alunos *queer* na St. Mary's, ninguém vai se sentir muito à vontade saindo do armário em uma escola católica particular ultraconservadora. Não quero mudar as coisas só na teoria.

— Eu sei — diz Dylan. — E é por isso que acho que ajudar no Centro vai ser muito bom para você.

— Sim. É provável.

— Isso não soou lá muito convincente — comenta Owen.

Dylan franze a testa.

— Realmente não.

— Acho que temos que pegar pesado nessa coisa de ser paternal até ela sorrir — sugere Owen, e vem em minha direção.

— Ai, meu Deus, não — digo, rindo.

Dylan vai para o lado do amigo, e ambos colocam a mão no queixo, imitando a pose e o semblante pensativo de meu pai.

Reviro os olhos.

— Eu tô bem. Eu juro.

— Sinto muito, Morgie. Não convenceu.

— Sim — diz Owen. — Conta com a gente. Se tiver qualquer problema, seus irmãos-pais vão resolver.

Eu pisco para eles.

— Não, não vou pedir ajuda pra vocês — declaro.

Mas os dois continuam olhando para mim com cara de súplica, como se fossem dois filhotes de Golden Retriever que, sei lá como, se transformaram em pessoas bem diante dos meus olhos.

— Vocês acham mesmo que vou começar a desabafar sobre a escola, a liberação, Ruby e todo o resto só porque vocês estão me olhando desse jeito?

— Ruby? — Dylan olha para Owen. — Espera aí, quem é Ruby?

— Pois é, nós com certeza nunca ouvimos falar de uma Ruby.

Putz. Não acredito que deixei isso escapar.

— Não é ninguém. Só uma garota da escola.

Owen grunhe.

— Como assim você já tem namorada? Estou aqui há dois anos e não tenho nenhuma.

— É porque você é irritante, Owen — comenta Dylan, apertando o ombro do amigo. Eu rio; não consigo evitar. — Você *tem* uma namorada, Morgan?

— É, não. Tenho uma pessoa que não consegue decidir se gosta de mim ou se me odeia, mas ela também pode ser hétero ou estar tão no fundo do armário que ainda não percebeu que não é.

— Oooooh, parece que alguém tem um crush — cantarola Owen, a mão no peito.

Eu resisto à vontade de bater nele. Ter um irmão intrometido já era ruim. Como acabei com dois?

— Morgan — diz Dylan, a voz ficando séria. — Me promete que não vai se contentar com isso, hein? Encontre alguém que respeite seus sentimentos e o seu tempo.

Ele deixa o *não que nem a última garota de que você gostou* subentendido, mas eu ouço muito bem.

Engulo em seco.

— Vocês dois não têm cabelo para varrer?

Porque não importa o tamanho da atração que estou sentindo, eu sei que ele tem razão. Não vou cometer esse erro de novo. Nunca mais. Eu mereço ser conquistada. Mereço saber que a pessoa por quem estou me apaixonando também está se apaixonando por mim. Mereço grandes demonstrações de afeto e romance e todas as outras coisas boas.

Se Ruby Thompson — ou qualquer outra pessoa — estiver interessada em ter algo comigo, ela vai ter que dar o primeiro passo, e vai ter que ser um grande.

15

Ruby

Eu não tinha a intenção de ouvir.

Eu nem estaria passando por aqui agora, debaixo dessas nuvens cinzas ameaçando chover a qualquer segundo, se não tivesse pegado detenção por ter chegado atrasada. Pelo menos foi por uma boa causa — o carro da minha mãe não pegou depois do turno da noite e eu tive que ir buscá-la. Não podia simplesmente deixá-la sentada lá o dia todo. Deus sabe que Chuck nunca gastaria gasolina para ir pegá-la.

Quando lembrei que precisava dar uma explicação, já estava atrasada e a meio caminho da escola. Voltar teria me feito chegar ainda mais tarde, e eu teria que acordar minha mãe para que ela escrevesse um bilhete. Eu não ia fazer isso com ela. Sei que ela realmente precisa dormir.

Então eu me atrasei. De novo. Detenção automática. Nada como se sentar em uma sala minúscula e escrever uma dissertação sobre o impacto do atraso no corpo discente para fazer o sangue correr.

Em seguida, tive que encontrar a sra. Morrison para falar sobre minhas notas. Não estou abaixo da média, graças a Deus, mas não estou muito longe disso. É que a aula de política me dá sono. A mesma coisa com a de inglês e, ok, a maioria das aulas, para ser sincera, exceto as práticas. Só preciso me mexer, fazer as coisas com as mãos. Não consigo me concentrar quando estou parada.

Mas isso não importa mais. Eu tenho que levar as coisas a sério. Tenho que mandar bem em *todas* as matérias. Tenho que me formar no tempo normal, não ficar de recuperação. Porque agora estou segurando a pergunta de Everly feito um colete salva-vidas: *E os seus sonhos?* E se eu conseguir uma classificação alta o suficiente no concurso para ganhar aquela bolsa de estudos, não quero acabar perdendo por causa de algum detalhe técnico, como não ter me formado no ensino médio.

Em outra época, eu já estaria na oficina do Billy resolvendo o problema com o carro da minha mãe, ou saindo com Everly e Marcus, ou fazendo qualquer coisa que não fosse dar de cara com Morgan Matthews e Chad e Clayton Miller, uns idiotas do time de lacrosse. Nessa outra realidade, eu não teria ouvido os dois a chamando de certas coisas, ou visto aquele novo corte de cabelo que faz suas maçãs do rosto parecerem vidro lapidado da melhor qualidade.

Mas infelizmente não é o caso. Então paro e espero para ver o que acontece, me agachando perto da entrada do campo, o suficiente para que ninguém me veja.

Estou torcendo para que ela vá embora, porque assim eu também posso ir. Posso só seguir direto para o meu carro como se nada tivesse acontecido. Mas isso não faz o tipo dela. Isso não seria uma atitude de Morgan Matthews. Eu nem precisava do Google para me dizer isso.

— Do que você acabou de me chamar? — pergunta ela, com as mãos já em punhos.

— Não é isso que você é? — pergunta Chad, estufando o peito.

— Talvez seja — diz Clayton. — Ou talvez ela só precise de um bom pinto na vida dela.

Reviro os olhos. Os gêmeos são péssimos, mas sempre odiei Clayton um pouco mais. Ao menos agora não preciso me sentir mal por isso.

Ela dá um passo à frente e *não, não, Morgan, vai embora*. Essas não são pessoas com quem você entra num impasse. São pessoas com as quais você não deixa seus amigos sozinhos nas festas.

— Bom, você deve ter um pintinho — diz Morgan, tentando passar por eles. — E não, não estou interessada.

— Vai se foder. — Clayton a empurra.

— Não me toca!

Ela o empurra de volta. Ele mal se mexe; uma corredora pequena não é páreo para um meio-campista enorme.

— Clayton! — grito, indo até eles antes que piore. — Que idiotice você está fazendo?

— Por que você se importa, Ruby? Ela te levou para um passeio no arco-íris também?

Tensiono o maxilar e, por meio segundo, fico em pânico pensando que ele realmente descobriu o que venho tentando ignorar. Essa coisa que tenho me esforçado tanto para esconder.

Mas é o Clayton. Ele não é inteligente, é só um idiota.

— Bacana — digo. — Não. Mas se ela denunciar vocês e vocês forem suspensos por isso, vou ter que ouvir Tyler reclamando sobre a perda de dois dos melhores jogadores dele pelo resto da temporada. — Eu lanço a ele um olhar mortal que espero que pareça convincente. — Agora dá o fora daqui antes que eu estoure o alternador do seu carro e te dê um bom motivo para reclamar.

— Você não precisa bancar sempre a vadia, sabia? — Ele esbarra no meu ombro quando passa, arrastando Chad junto.

Eu os sigo com os olhos, primeiro para ter certeza de que eles estão realmente indo embora, mas principalmente para dar a Morgan uma chance de se recompor. Quando finalmente olho para ela, com um pequeno sorriso de alívio no rosto, me deparo com um metro e sessenta de pura raiva.

— Eu não precisava da sua ajuda — ela praticamente rosna.

— Óbvio — digo, a irritação tomando conta de mim ao perceber que ela acha que eu estraguei tudo *de novo*. — Você estava a dois segundos de entrar em uma briga com um meio-campista de lacrosse. Definitivamente estava tudo sob controle. Claro.

— Estava. — Ela se abaixa furiosa para refazer o laço do sapato. — Eu já lidei com coisa pior do que ele.

— É, mas não sem advogados.

Ela olha para mim, os olhos atentos.

— O quê?

E, caramba, isso foi meio que um golpe baixo. Eu recuo um pouco, esfregando meu pescoço.

— Eu só tava tentando encontrar seu Instagram. Não é minha culpa se em vez disso apareceram um monte de notícias.

— Ótimo. Então todo mundo sabe?

— Provavelmente. Duvido que eu seja a única pessoa que decidiu jogar o nome da garota nova no Google.

Ela abre a boca para dizer algo no exato momento em que as nuvens escuras acima de nós finalmente se abrem, fazendo a chuva cair em cascata. Que momento oportuno. Ficamos encharcados em um piscar de olhos, correndo para debaixo do toldo da velha lanchonete para escapar do pior do aguaceiro.

— Maravilha — geme ela, enxugando a água do rosto.

Eu puxo meu moletom um pouco mais, fazendo de tudo para ignorar o caminho que a água da chuva faz na pele de Morgan. Tanta pele. Meu Deus, esse colégio não tem um código de vestimenta? Como esse uniforme de corrida minúsculo é permitido?

Morgan pigarreia e, merda, sabe-se lá há quanto tempo estou olhando para suas pernas, seu pescoço, seus braços, seus...?

— Você quer uma carona para casa? — deixo escapar, embora eu saiba que é uma má ideia, uma ideia colossalmente ruim, uma ideia drasticamente pior ainda agora que o frio está fazendo com que ela...

— Não, obrigada — diz ela, e sai correndo para a chuva.

Eu fico lá por um segundo, atordoada por sua saída brusca, antes de recobrar meus sentidos.

Tudo bem. Deixa ela correr pra casa. Vai vendo se eu me importo. Porque eu não ligo. *Não mesmo.*

Vou para o carro e bato a porta quando entro. Nem ligo se estou molhando o banco. Coloco a chave na ignição, e o carro ganha vida — bem no momento em que ela passa pela entrada da escola.

Tanto faz. Morgan Matthews não é problema meu. Ela não significa nada pra mim. Nem mesmo aquele novo corte de cabelo é capaz de mudar isso. Ela é só a mais nova distração em uma longa linha de distrações que definitivamente não importam. Eu não dou a mínima.

Saio do estacionamento, tentando não pensar em como está difícil enxergar ou em como Morgan tem o hábito de correr na estrada.

— Droga — digo, pisando no freio.

Eu devia continuar. Se ela quer correr até em casa nesta tempestade ridícula, não tenho que impedir. Então, por que estou parando o carro? Por que estou abrindo a porta oposta à minha enquanto ela passa correndo?

— Eu não preciso que você sinta pena de mim — grita Morgan, parando apenas por tempo suficiente para falar.

— Não é pena.

— Então, o que é? — questiona, e então seus olhos encontram os meus, e, por um segundo, parece que ela me enxerga por inteiro.

— É…

Hesito, porque não sei, porra, e não consigo pensar direito com ela me encarando encharcada e tremendo. Como ela ainda consegue ficar gostosa nessas circunstâncias? Isso não é justo.

— É… — repete ela, gesticulando como se dissesse *vai logo*.

— Meu dever cívico?

Um lado de sua boca se ergue um pouco.

— Seu dever cívico — debocha Morgan.

— Eu…

Mas ela já está deslizando para o assento ao meu lado e colocando o cinto de segurança.

— Parece certo.

Eu espero que ela feche a porta, e então piso no acelerador meio rápido demais, fazendo o carro dar uma guinada.

— Então, procurar meu Instagram pra me stalkear também era seu dever cívico? — pergunta ela.

Merda.

— Eu estava… curiosa? — Eu olho rapidamente pro lado para avaliar a reação dela, mas Morgan está olhando para a estrada, indiferente.

— Eu deletei antes de me mudar pra cá.

— Claramente, do contrário eu não teria passado pelo horror de rolar três páginas de resultados do Google.

Ela ri, e é sutil, então eu provavelmente não devia me sentir bem por isso, mas me sinto. Agarro o volante com um pouco mais de força, tentando me concentrar na estrada, no som dos meus limpadores de para-brisa, em qualquer outra coisa que não seja a garota sentada ao meu lado e a forma como todos os pelinhos do seu braço estão arrepiados…

— Sobre o que você estava tão curiosa? — questiona ela

É uma pergunta intensa demais para se responder com sinceridade.

— Só coisas — digo finalmente.

Ela faz "hum" e olha pela janela, e sinto como se tivesse falhado em um teste.

— Eu estava curiosa para saber como você era na sua antiga escola — deixo escapar quando o silêncio se estende por muito tempo.

— Por quê?

— Fiquei me perguntando se você sempre foi tão *chamativa*.

— Como assim?

— Você sabe o que eu quero dizer — respondo com um suspiro. — Você está sempre, tipo, andando por aí com Aaron ou o resto do Clube do Orgulho…

Tento não demonstrar ciúme quando digo o nome de Aaron. Houve um tempo em que ele era um dos meus melhores amigos, até minha mãe se meter.

— Por que não posso andar com o Clube do Orgulho?

— Você pode — digo. — Mas, enfim, você tá sempre com eles, e ainda tem aquela camisa que você usou no outro dia…

Ela olha para mim.

— O que tinha de errado com a minha camisa?

— Estava escrito *I CAN'T EVEN THINK STRAIGHT* em letras gigantes de lantejoulas nas cores do arco-íris.

— E?

— Eu só estava pensando... você tem sempre que anunciar isso? Porque todo mundo já entendeu. Você gosta de garotas. Você já tentou agir mais como...

— Como quem? — retruca ela.

— Não sei, como a Lydia?

— Você queria que eu escondesse quem eu sou, então?

— Não, só... por que tem que ser uma coisa que você joga na cara de todo mundo? Os gêmeos Miller provavelmente nem teriam feito essa merda hoje se... Quer dizer, eu não entendo por que...

— Não, lógico que não entende. Para o carro. Vou correndo daqui. — Ela abre a porta antes que eu consiga encostar.

— Jesus. Fecha a porta. Você está deixando a chuva entrar.

— Não!

Eu belisco a parte de cima do meu nariz.

— Não é seguro correr nessa chuva!

— Por que você se importa? — grita Morgan.

— Só... Por favor. Eu te levo. Você não tem que falar comigo pelo resto do caminho.

— Tanto faz — diz ela, fechando a porta enquanto um estrondo baixo de um trovão e um relâmpago rasgam o céu.

— Obrigada.

Nós avançamos em silêncio por um tempo, mas posso senti-la me observando. Tentando me entender, talvez.

Quando enfim chegamos ao apartamento dela, ela suspira.

— Qual é a sua? Sério. Parece que você leva tudo que eu faço para o lado pessoal ou algo do tipo. Uma hora eu acho que estamos nos dando bem, na outra você está criticando meus amigos e minhas roupas.

— Eu não estava. Eu... — Olho para a frente, tentando decidir o quanto estou disposta a admitir ou se quero responder. — Você não acha que sua vida seria mais fácil se você... Você não pode simplesmente ser mais sutil sobre certas coisas às vezes? Pelo menos até ir embora daqui e estar em sua faculdade chique, onde caras como Chad e Clayton não podem ameaçar você?

— Sempre vão ter mais caras como Chad e Clayton. — Ela sai do carro, puxando a mochila. — Não vou passar minha vida fingindo ser algo que eu não sou, nem me diminuir ou ficar quietinha só porque outra pessoa acha que eu deveria fazer isso.

Fecho os olhos, engolindo em seco e me sentindo tonta com aquelas palavras, que de alguma forma me inspiram e confundem ao mesmo tempo. Eu olho para ela, sentindo na ponta da língua palavras que não reconheço, bem no instante em que ela fecha a porta.

Morgan sobe os degraus de casa, me lançando um breve aceno que não retribuo. E está tudo bem. Tudo bem. Enfio as palavras bem fundo aqui dentro, onde não podem machucar ninguém, muito menos a mim, e levanto o queixo. É melhor assim.

Eu não posso deixar uma garota e seu corte de cabelo ridículo e perfeito e seu rosto ridículo e perfeito e seu cérebro ridículo e perfeito atrapalharem a única chance que tenho de mudar minha história. As pessoas podem estar dispostas a ignorar a orientação sexual de uma estrela do atletismo que veio de outra cidade, mas coroar uma miss sáfica nunca será uma realidade por aqui.

Não se as pessoas souberem que estão fazendo isso, pelo menos.

16

Morgan

Não consegui dormir ontem à noite.

Minha mãe ligou depois do jantar dizendo que havia outra complicação com o "negócio da St. Mary's", como ela costuma chamar ultimamente, e que os advogados precisavam de mais uma declaração por escrito sobre o que aconteceu e o impacto que teve no meu "bem-estar emocional".

Entre isso e minha conversa com Ruby, fiquei tão irritada que passei as duas horas seguintes escrevendo inúmeros rascunhos, até a coisa ir de uma declaração curta e profissional para uma carta raivosa de dez páginas sobre tudo de podre na St. Mary's e como a cultura do conservadorismo e da homofobia em uma atmosfera acadêmica de elite como aquela impactou não apenas minha vida, mas as vidas de outros adolescentes que não irei citar por temer pela segurança delas. Adolescentes que viraram as costas para mim muito rápido quando as coisas aconteceram. Adolescentes como Molly Valentine, meu primeiro beijo e amiga mais antiga, cujos pais a fizeram bloquear meu número praticamente assim que minha transferência foi oficializada.

Pelo visto, o desgosto é uma motivação poderosa.

Mas quando finalmente fechei meu notebook e recuperei meu semblante tranquilo, *ainda assim* não conseguia parar de repassar minha conversa com Ruby. Fiquei deitada na cama, virando e me revirando, tentando juntar todas as peças do quebra-cabeça de nossas interações — embora neste momento eu nem tenha certeza se elas são mesmo um combo.

À meia-noite, resolvi que iria questioná-la sem rodeios. Mas, por volta das duas da manhã, a dúvida voltou a sussurrar. *E se você fizer papel de boba de novo? Ou pior?*

Ainda assim, agora de manhã, aqui estou, procurando por ela no intervalo das aulas, torcendo por um vislumbre da garota, como se, de alguma forma, vê-la fosse fazer tudo ter sentido. Ou talvez a verdade seja que não me importo se tudo faz sentido. Eu só quero vê-la. Tento afastar a empolgação quando entro na aula de política, nossa única aula juntas e o único lugar em que ela não pode me evitar, porque sei que Dylan está certo. Eu mereço mais. Só que...

Allie se senta ao meu lado, e a escuto parcialmente enquanto ela fala sobre a logística do nosso próximo evento em equipe, em que ainda não tenho permissão para competir. Todo o processo da minha liberação não avançou absolutamente nada — é como se a St. Mary's tivesse colocado todo o meu futuro em pausa, mas eu realmente não posso pensar nisso agora.

Eu tento acompanhar a conversa, balançando a cabeça e dizendo "aham" em momentos apropriados, meus olhos fixos no lugar vazio de Ruby e meu coração batendo em alta velocidade conforme a espero.

Ela finalmente entra, de fone de ouvido, e bate com a mochila no meu cotovelo ao passar, sem nem pedir desculpa. Eu quero saber o que ela está ouvindo. Quero saber do que ela gosta.

Minha mente divaga, nos imaginando deitadas lado a lado, compartilhando seus AirPods falsificados. Ruby com o cabelo espalhado. Eu de lado, apoiada no cotovelo para vê-la melhor, esperando o momento certo da música para me inclinar para a frente e...

O *que foi?*, Ruby faz com a boca do outro lado da sala. Sua testa está franzida. Cacete, eu a estava encarando esse tempo todo. Desvio o olhar, me contorcendo na carteira e voltando minha atenção para Allie.

— Então, hum, a treinadora colocou a Lydia de volta nos 1.600 metros, já que estou fora?

— Olá, Morgan, bem-vinda à conversa. — Ela ergue as sobrancelhas. — Fico feliz por saber que estava falando sozinha nos últimos cinco minutos.

— Desculpa, eu me distraí.

— Sim, eu notei isso — diz ela, lançando um olhar penetrante na direção de Ruby. Devo estar com uma expressão apavorada, porque ela rapidamente acrescenta: — Ou sei lá.

Ela pega seu livro, e Lydia se senta ao nosso lado assim que o sinal toca.

— Ok, turma, vamos começar — diz a sra. Morrison, com um sorriso enorme. — Vocês sabem que dia é hoje, certo?

Alguns alunos resmungam, incluindo Ruby. Eu me inclino para Allie e sussurro:

— Que dia é hoje?

— Trabalho em grupo — sussurra de volta Allie. — Ela estava prometendo isso o ano todo. Sorte sua, você se transferiu bem na hora.

— Trabalho em grupo para quê? — questiono, tentando descobrir o que é que podemos fazer em uma aula tão fácil que me disseram que só exigia, no máximo, mais uma redação.

— Isso mesmo! É a melhor época do ano, hora do trabalho em equipe! — anuncia a sra. Morrison, distribuindo algumas folhas. — Por enquanto, vou deixar vocês escolherem seus próprios grupos de dois ou três integrantes, mas se alguém não conseguir, vou encaixar a pessoa em um. Agora, rufem os tambores, por favor. — Ela faz uma pausa, como se fôssemos realmente fazer isso, antes de continuar: — Ok, então, já que estudamos as diferentes maneiras como o governo dos Estados Unidos funciona durante todo o semestre, vou pedir que vocês escolham um ato legislativo importante que foi aprovado com sucesso em nossa história e o explorem com mais profundidade. Vocês verão uma lista de opções aceitas nas folhas, assim como datas. Agora, enquanto fazem isso, lembre-se: não estou apenas procurando informações sobre o ato em si. Quero que vocês usem suas habilidades de pensamento crítico, o que significa que quero entender o contexto. Quero as razões por trás da criação de cada ato e as reações da sociedade a eles. Quero saber tudo. Vamos passar as próximas duas semanas na fase de pesquisa. No fim, cada aluno vai ter que escrever uma dissertação, então se você for o preguiçoso do grupo, eu vou descobrir. Além disso, os grupos vão fazer também uma apresentação compartilhada para a turma.

Olho de relance para Ruby, que parece muito desconfortável, e depois para Allie, que já está ansiosa circulando atos e fazendo anotações na margem da folha. Olho para a página à minha frente, vendo tudo, desde o Ato Judiciário de 1789 até a legalização do casamento homossexual.

— A apresentação deve durar entre oito e dez minutos — informa a sra. Morrison. — Utilizem recursos visuais como um PowerPoint ou escrevam uma música, recitem poesia, reencenem momentos importantes! O céu é o limite!

Eu analiso a sala. A maioria das pessoas já está gesticulando freneticamente umas para as outras para garantir os grupos para este exercício ridículo. Quem recitaria poesia voluntariamente na frente de toda a turma?

— Ok, vou dar a vocês uns instantes para se dividirem em grupos — diz a sra. Morrison. — Também tenho alguns livros aqui para auxiliar na escolha, embora tenha certeza de que todos estejam com o celular no bolso e, portanto, acesso ao Google. Vocês terão o resto do tempo de aula para definir parceiros e tópicos, e despois quero um membro de cada grupo para registrá-lo. Se outro grupo escolher o seu tópico primeiro, vou ter que pedir que escolham outro, então decidam rápido.

Allie agarra meu braço e o de Lydia.

— Já tenho o meu grupo — diz ela, e Lydia concorda com a cabeça. — Então, o que a gente quer fazer? Estou pensando na Lei Nacional de Idade Mínima para Beber ou na Lei de Bem-Estar Animal, mas estou definitivamente disposta a falar sobre qualquer uma das outras. Essas duas só pareceram as mais divertidas.

Olho rapidamente para Ruby, ainda sentada ali sozinha, enquanto Lydia examina a lista.

— Gosto da Lei das Espécies Ameaçadas — comenta ela.

— Aah — diz Allie, — essa também é boa. O que você acha, Morgan?

— Hum? — pergunto, ainda observando Ruby.

Ela não se levanta, nem tenta se juntar a um grupo, e isso é muito frustrante. *Vai lá, Ruby. Levanta. Vá atrás do que você quer. Isso é mesmo tão difícil?*

— Turma, temos algum grupo de dois disposto a aceitar um terceiro membro ou um grupo de três que poderia se separar? — questiona a sra. Morrison depois de alguns minutos. Quando ninguém diz nada, ela suspira. — Por favor, não me façam definir os grupos.

Talvez eu devesse seguir alguns de meus próprios conselhos. Levanto a mão.

— Eu troco, sra. Morrison.

Pego minhas coisas, me desculpo rapidinho com as meninas e vou para perto de Ruby. E, eu sei, talvez trabalhar em uma apresentação juntas não seja exatamente o mesmo que perguntar se ela gosta *gosta* de mim, mas é um começo. Ou seria, se Ruby não parecesse tão irritada agora.

— Eu não preciso de parceria por pena — resmunga ela. — Posso fazer sozinha.

— Não é pena — digo, me lembrando de suas palavras ontem. — É meu dever cívico.

Seus lábios se curvam por um segundo, como se um sorriso tentasse escapar antes que ela pensasse melhor.

— Então, qual você quer?

— Estava pensando na Legalização do Casamento Homoafetivo.

— Claro que estava. — Ela revira os olhos. — E não.

— Deixa eu adivinhar, você prefere a política do *Se não falarmos sobre o assunto, ele não existe*, né? De que tudo bem ser LGBTQIAP+ nas forças armadas se a pessoa ficar no armário? — digo isso de brincadeira, mas ela fica séria.

— O que você quer dizer com isso?

— Eu estava... você sabe, me referindo ao que você disse ontem no carro.

Ela semicerra os olhos.

— Sobre eu chamar atenção e sobre como ficar calada seria mais fácil — continuo. — Foi uma piada. Desculpa. É que escolhi uma lei supergay, e ontem você estava me mandando calar a boca sobre ser superlésbica, então a piada era...

— Por favor, para de falar. — Ela suspira. — Vamos pegar a Lei das Espécies Ameaçadas — diz, com tanta convicção que quase concordo na hora. Mas só "quase".

— Acho que Allie e Lydia querem fazer essa. Talvez a gente possa...

— Então é melhor eu ir lá primeiro.

Ruby se levanta e, juro por Deus, ela não chega a marchar até a mesa da sra. Morrison, mas está perto disso.

A sra. Morrison olha para mim e então escreve algo com um sorriso antes de lhe entregar um maço de folhas. Ruby o pega, parecendo cheia de si.

— O quê?

— Conseguimos — declara. — Lei das Espécies Ameaçadas. Toda nossa.

E ela está completamente empolgada com a ideia de superar Allie e Lydia. Eu provavelmente devia me sentir culpada por isso. Principalmente quando as vejo caminhar até a mesa da sra. Morrison alguns minutos depois e ela balança a cabeça negativamente. Mas eu meio que não me sinto mal. Gosto de ver Ruby assim.

— Então, pra que isso tudo? — pergunto, apontando para o maço enorme de papéis na nossa frente.

— Temos que preencher tudo isso para a parte de pesquisa. Tem um monte de perguntas diferentes para nos guiar e tudo mais.

— Entendi. — Examino tudo rapidamente. Parecem bem simples, mas também vão dar trabalho. Logo no início está escrito que, mesmo que o tempo de aula seja dedicado a este projeto, espera-se que os alunos se encontrem fora da escola ou durante horários vagos para completar o que não conseguirem finalizar em aula. — Quer me encontrar na biblioteca no sábado? Tem um evento do time nesse dia e eu não posso ir. Podemos aproveitar a oportunidade.

— Eu tenho... um compromisso no sábado.

Eu me pergunto se é outro concurso, mas não falo nada. Ela não foi muito receptiva quando apareci da primeira vez.

— Então outro dia?

— Sim, talvez.

E, ah. Ah. Agooooora eu entendi por que ninguém mais quis fazer dupla com dela. Bem, não é a primeira vez que vou fazer todo o trabalho de um projeto em grupo sozinha e provavelmente não será a última. Mas a sra. Morrison vai ter que descobrir isso por conta própria na parte da redação, porque não vou deixar Ruby destruir minha nota na parte da pesquisa.

— Quer saber? Vou avançar na pesquisa sozinha. Está tudo bem — digo. — A gente pode comparar opiniões depois. Eu preciso saber de tudo para a redação de qualquer forma. Não tem problema.

— Claro que tem.

— Olha, eu sei como funciona. Não me importo de fazer toda a parte da pesquisa, mas não vou escrever sua redação pra você. E você vai ter que se esforçar durante a apresentação, para não estragar minha nota. Combinado?

— Eu *vou* te ajudar com a pesquisa. Eu só... — Ela para, balançando a cabeça.

— Eu já disse que tá tudo bem.

— Quer parar com isso? — Ela bufa. — Vou estar lá, ok? Só precisa ser mais tarde, tipo umas quatro. Você pode pelo menos esperar até essa hora pra "avançar na pesquisa"?

— Sim, posso esperar até as quatro — respondo lentamente. Porque eu pensei que tinha entendido pelo menos *essa* faceta dela. Mas não, Ruby Thompson continua sendo um enigma.

— Ok, excelente — resmunga ela. No entanto, não parece que está achando nada excelente.

— Encontro marcado — digo alegremente, por hábito e instinto e nada mais, juro. Mas ela franze a testa mesmo assim. — Não quero dizer um *encontro* de verdade, é óbvio. Só um encontro, com data e hora marcadas. Um compromisso, na verdade. Um compromisso para completar uma tarefa que nos foi atribuída.

— Para de falar — repete ela.

E, tá bem, ok. Provavelmente é uma boa ideia.

17

Ruby

— Ah! — solta Morgan quando eu me jogo sem cerimônia na cadeira em frente à dela na biblioteca. — Eu estava começando a pensar que tinha levado um bolo.

Ela olha para mim por meio segundo. Percebo que suas bochechas coram quando nossos olhares se encontram, e então ela desvia rapidamente.

Eu franzo minha testa e então lembro da maquiagem. Da tonelada de maquiagem de concurso que atualmente cobre meu rosto. Eu ainda estou pegando aulas extras, e hoje estava trabalhando com as alunas menores de Charlene. Eu as subornei, prometendo que deixaria que me vissem fazer uma maquiagem completa no final da aula caso se comportassem. Para elas, não é um fardo — é mágico. Infelizmente, isso me fez chegar atrasada.

— Sim, desculpa. Eu sei que pareço uma palhaça — comento, puxando um lápis da minha mochila e tentando afastar o constrangimento. — Eu teria demorado mais uma hora se tivesse…

— Eu gostei — confessa ela, toda moderada, e por um segundo a vergonha se mistura com outra coisa. — Então, você participa de um concurso por semana?

— Não — rabisco meu nome no topo do maço de folhas e deslizo de volta para ela. — Na verdade, isso aqui foi para uma aula que estou dando. Meio que negociei algumas aulas extras com minha instrutora. Eu ajudo a dar aulas e demonstro técnicas de maquiagem e, em troca, ela me ajuda a não colocar tudo a perder nas partes de entrevista das minhas competições.

— Uau, que dedicação.

— Longe disso — murmuro.

— Como assim?

— Nada.

Ela escreve seu nome todo bonitinho, logo abaixo do meu.

— Se na real você não ama fazer isso, então por que faz?

A pergunta me pega de surpresa, tanto por ela supor que tenho liberdade de escolha quanto por sugerir que, se eu tivesse, não escolheria esse caminho.

— Quem disse que eu não amo?

— Tá na sua cara.

Eu suspiro.

— Tá bem. Minha mãe participava de concursos antes de me ter. É muito importante pra ela que eu siga seus passos.

Eu adapto a verdade para cobrir certas camadas da história. Como se pudesse só ignorar todas as outras complicações de conviver com e amar minha mãe, e deixo por isso mesmo.

— Você sempre faz o que as pessoas querem que você faça? — O rosto dela é tão sincero, tão honesto. Ela não está só jogando conversa fora; ela realmente quer saber.

— Só quando se trata da minha mãe. A vida é muito mais fácil assim — respondo, extremamente grata pelos quilos de maquiagem cobrirem a vergonha que vem à tona ao admitir algo assim.

Especialmente para alguém como Morgan. Alguém que vive de forma tão autêntica, de jeitos que eu nunca ousaria.

— Sinto muito — lamenta Morgan, se voltando para o livro à sua frente.

— Não precisa, está tudo bem.

— Ok, então.

Ela vira uma das páginas. Aposto que está me dando uma oportunidade de mudar de assunto ou de confrontá-la ou qualquer coisa assim. E, por alguma razão — não sei qual —, quero desesperadamente que ela saiba que eu tento, mesmo, mas que preciso trabalhar com o que tenho, para lutar as batalhas que realmente tenho chances de vencer.

— Mas vou entrar no concurso do condado — comento, e ela olha para cima. — Esse eu quero ganhar. Por mim.

— Sério?

Ela bate a caneta contra os lábios como se estivesse tentando me entender. Quase permito isso.

— Sim — respondo. — Os seis primeiros colocados ganham uma bolsa de estudos para uma faculdade comunitária. Tem um curso de mecânica automotiva lá, e se eu for aceita e puder pagar… — paro, perdendo a coragem. Eu nunca disse isso em voz alta antes, nem mesmo para Everly. O que Morgan tem que me faz falar tanto assim? — Esquece, é bobo.

— Não parece bobo.

Ela se recosta na cadeira, ainda analisando meu rosto. Percebo quando seus olhos se fixam em meus lábios, brilhantes e com uma cor forte, se demorando um pouco mais do que o necessário e enviando uma descarga elétrica até meus dedos dos pés. Sua expressão agora… Não sei. É como se ela estivesse fascinada. Como se estivesse descobrindo uma nova espécie e estivesse muito, muito animada com isso. Como se eu fosse um grande achado ou algo assim.

Desvio o olhar antes de fazermos algo que cause arrependimento nas duas.

— O que tem de bobo nisso? — insiste ela.

— Você provavelmente vai para uma faculdade muito boa, então...

— Parece que você também.

Eu levanto minhas sobrancelhas perfeitamente preenchidas.

— Estou aqui sentada te dizendo que vou tentar vencer um concurso para pagar um curso de mecânica em uma faculdade comunitária, e você é, tipo, uma atleta D1 ou sei lá o quê.

— Ainda não sou. E talvez nunca seja, se eu não pegar leve com minha antiga escola.

Eu olho para ela, uma pergunta na ponta da língua, mas ela faz um gesto de "deixa pra lá". Tudo bem. É com ela. Devíamos mesmo estar falando sobre o trabalho.

— Eu acho que o curso de mecânica parece incrível — comenta ela de repente, abrindo um sorriso tão caloroso e genuíno que dá um nó no meu estômago. — Levando em conta seu carro, imagino você tenha habilidades pra fazer acontecer. Estou, assim, completamente impressionada agora.

— Por quê?

— Porque você está fazendo algo que importa! Você conserta coisas e as deixa inteiras de novo. Isso é importante! É meio incrível. — Ela cora e morde o lábio. — Tudo o que sei fazer é correr muito rápido.

Eu pigarreio e desvio o olhar. Toda a sua atenção de repente parece muito para mim. Não quero que ela pare, mas preciso que pare.

— Ok, a Lei de Espécies Ameaçadas — diz Morgan, se virando para a primeira página do maço.

Como se nada estivesse acontecendo. Como se fôssemos apenas duas alunas trabalhando em um projeto novamente, em vez de... o que quer que esse momento que aconteceu fosse.

Ou talvez não tenha sido nada.

Talvez ela não sinta o calor se acumular na barriga quando olha para mim, como acontece quando olho para ela. Talvez ela não pense em mim à noite quando tudo está em silêncio. Talvez esteja tudo na minha cabeça.

Honestamente, seria melhor assim. Porque a outra opção é que ela é simplesmente perfeita. Que ela já consegue me ler, percebe quando me perco em meus pensamentos e sabe exatamente como me resgatar deles. Ela sabe o momento certo de me pressionar ou de me dar espaço.

Pego meu telefone, querendo evitar cair nessa armadilha.

— Aqui — digo, abrindo alguns sites que salvei na noite passada e divagando sobre alguns fatos que aprendi.

Ela sorri de novo, de vez em quando olhando para cima enquanto escreve as respostas que já encontrei.

— O quê? — pergunto por fim, quando não consigo mais ignorar seus sorrisos e olhares.

Ela continua escrevendo, sem nem titubear.

— Nada.

— Não, sério. O que foi? — pergunto novamente, insegura.

Ela continua sem olhar para cima.

— Você realmente é uma caixinha de surpresas.

E sim.

Eu meio que gosto disso.

18

Morgan

— E aí, ser parceira da Ruby está sendo péssimo ou o quê? — pergunta Lydia, curiosa.

Ela está me acompanhando até a reunião do Clube do Orgulho, antes de ir para a sala de estudos.

— Na verdade, já fizemos boa parte do trabalho — digo, um pouco na defensiva.

Ela ri.

— Quer dizer que *você* fez, né?

— Não, ela ajudou bastante.

— Ruby Thompson ajudou? Ela fez a parte dela? Do tipo, ela realmente apareceu na biblioteca e não ficou lá sentada só reclamando e esperando que você encontrasse as respostas?

— Não — respondo, parando na porta. Ainda queria que Lydia entrasse, mas estou me esforçando muito para superar o fato de que ela não vai.

— Sério?

— Sério — garanto, em um tom ligeiramente exasperado. — Já respondemos a maioria das questões, e ela provavelmente fez mais do que eu. Foi até divertido. Ela foi muito legal o tempo todo.

E isso faz com que as sobrancelhas de Lydia cheguem no céu.

— Ruby Thompson *não é* muito legal. Pera, será que nós pulamos para uma outra linha do tempo? Isso é alguma coisa tipo efeito borboleta? Você está se sentindo bem? — Ela coloca a mão na minha testa. — Humm, nada de febre.

Empurro a mão dela para baixo.

— Ai, meu Deus. Nada de febre nem viagem no tempo, sério. Acho que vocês não entendem ela direito. Até me ofereci para fazer tudo sozinha, e ela insistiu para ajudar. — Eu me apoio no batente da porta, saindo do caminho quando Anika e Aaron entram rindo juntos. — Acho que você não a conhece tão bem quanto pensa.

Lydia dá uma risada.

— Eu conheço Ruby desde o quarto ano. Talvez ela possa te enganar por um tempo, mas…

— Mas o quê?

— Só cuidado, tá? Eu ia odiar se você se envolvesse no drama dela.

A srta. Ming passa por mim e entra na sala, me interrompendo antes que eu possa responder.

— Tem certeza de que não quer entrar? — pergunto. Lydia balança a cabeça. — Mesmo se você não quiser sair do armário, você ainda pode…

— Não — corta Lydia ao se afastar. — Divirta-se no seu clube. Te vejo na pista.

Reparo no jeito que ela diz "seu clube".

— É, te vejo na pista.

Brennan começa a reunião com os assuntos de sempre — aprova atas do último encontro e repassa assuntos antigos, como arrumar os quadros de avisos e fazer novos panfletos do clube para a escola. Depois, passa a palavra para a srta. Ming falar sobre novos temas.

Ela se senta em sua mesa e junta as mãos.

— Ok, é hora de pensarmos pra valer no nosso projeto comunitário de fim de ano. Alguma ideia?

Todo mundo fica quieto.

— Não precisa ser algo enorme ou totalmente planejado. Basta dizer o que vocês estão pensando, e então podemos construir algo a partir daí. Acho que, no geral, tivemos um ano excelente, mas será que perdemos alguma oportunidade? Podemos expandir nosso alcance ou nosso foco de alguma forma para ajudar os outros?

Aaron pigarreia.

— Ainda não sei como, mas adoraria fazer alguma coisa que abordasse as dificuldades que as crianças trans enfrentam. Meus pais têm sido bem tranquilos em relação a isso, mas essa não é a realidade de todo mundo.

Anika se ajeita.

— E o clube com certeza pode ir além e fazer algo para mostrar como as pessoas são tratadas de forma diferente dependendo do tom de suas peles também. Falar sobre toda a centralização da branquitude em espaços LGBTQIAP+ e tal.

A srta. Ming concorda.

— São temas excelentes. Como podemos transformá-los em um projeto prático? O que podemos fazer para contribuirmos com essas conversas e fazermos parte das soluções?

Nós nos entreolhamos, como se fôssemos encontrar as respostas ali, e aquele aperto no meu peito volta, aquele sentimento de não estar fazendo o suficiente, que parece que nunca consigo superar.

— Não faço ideia — murmura Drew, quebrando o silêncio e fazendo algumas pessoas rirem.

— Tudo bem — diz a srta. Ming, indo até o quadro branco para escrever *Qual é o problema e como podemos ajudar?*. — Nosso clube pode resolver todas as questões complicadas a respeito da comunidade trans ou da desigualdade racial na comunidade LGBTQIAP+ durante uma tarde? Lógico que não. Então, vamos tentar transformar isso em algo mais administrável. Alguém pode pensar em um problema mais específico relacionado a esses tópicos? Assim que identificarmos, vai ser mais fácil pensar em soluções.

Anika bate os dedos na mesa enquanto pensa.

— Falta de moradia — diz finalmente. — Isso afeta demais a juventude LGBTQIAP+ em geral, mas li outro dia que afetava mais as comunidades trans e não branca.

A srta. Ming escreve *falta de moradia* no quadro.

— Sim, isso é verdade — concorda Aaron. — Muitas pessoas que visitam o Centro querem ajuda com isso. Muitos jovens são expulsos pelos pais ou fogem porque têm medo da reação deles.

Eu me mexo na cadeira, pensando em todos os livros que Izzie disse serem de vários doadores, e isso me dá uma ideia.

— E se fizermos, tipo, uma campanha de arrecadação de roupas e alimentos?

A srta. Ming parece pensativa.

— E o problema dos jovens LGBTQIAP+ sem teto?

— Podemos pedir doações de comida, roupas, pasta de dente, cartões-presente, qualquer coisa — digo. — E então Aaron e eu podemos levar para distribuir no Centro, para os adolescentes que precisam de ajuda.

— Isso parece bem legal — comenta Anika. — Talvez a gente possa até fazer com que as pessoas doem mochilas também. Podemos organizar as doações nelas e distribuí-las para esses adolescentes.

— Tenho certeza de que Izzie ia amar, e ela ainda não tem um programa como esse — acrescenta Aaron. — Ela provavelmente nos deixaria ter uma na entrada para as pessoas que quisessem apenas entrar e pegar as coisas. Tipo, mesmo que você não se sinta confortável em dizer que precisa de ajuda, ainda pode ter acesso a ela.

— Isso não vai fazer as pessoas simplesmente roubarem? — pergunta Brennan.

Aaron dá de ombros.

— Se alguém realmente quer roubar pasta de dente de um centro comunitário LGBTQIAP+ dessa cidade furreca, então deixa. A pessoa provavelmente precisa. E mesmo que não precise, é um risco que estou disposto a correr.

— Podemos colocar caixas de doações no refeitório? — pergunta Anika.

A srta. Ming assente.

— Acho que a escola seria receptiva a isso. E eu também posso entrar em contato com a sra. Hall para ver se alguns dos alunos do programa de liderança podem nos ajudar a separar as coisas. Eles estão sempre atrás de trabalho voluntário extra nessa época do ano. O que vocês acham? Vamos votar?

— Vamos nessa! — diz Drew.

Eu sorrio, porque finalmente parece que estou fazendo a diferença.

— Votos a favor? — indaga a srta. Ming.

Todas as pessoas na sala levantam a mão.

19

Ruby

Eu olho para o meu celular, franzindo a testa ao ver uma mensagem de Tyler: **tá ocupada hoje de noite?**

Eu sei que há outro grande jogo prestes a acontecer, que isso faz parte do nosso acordo de sempre, mas ouvi um boato de que ele estaria "desabafando" com Allie Marcetti desde que comecei a me afastar. Ia ser ótimo se ele só mandasse uma mensagem pra ela e me deixasse fora disso.

— Algo importante? — pergunta Morgan, e eu viro o telefone antes que ela veja.

— Não. — Sorrio.

Estamos deitadas em um tapete felpudo gigante no quarto dela, com as caras enfiadas nos nossos livros e notebooks — na verdade, no notebook dela, já que eu não tenho um —, espalhados entre nós, junto de alguns papéis e do resto do nosso bloco de perguntas, que está quase pronto.

Eu tenho outro concurso daqui a pouco, um daqueles horrorosos de shopping, em que você só se veste e fica na fila. Devemos estar gostosas e torcer para que algumas de nós talvez arranjem um contrato de modelo — mas nunca arranjam. Mamãe diz que é bom "para ter experiência". Se eu pudesse revirar os olhos com mais força, faria isso.

Quando Morgan soube que eu tinha um hoje, ela se ofereceu para ir à minha casa para fazer o trabalho. Pensou que seria mais fácil do que eu carregar todas as minhas coisas para cá, mas eu disse que não. Ela pode até morar em um apartamento pequeno, mas é um *bom* apartamento. Silencioso e muito limpo. E minha casa raramente é o primeiro e nunca o segundo adjetivo. Principalmente quando Chuck e minha mãe estão por perto.

— Ok, então acho que temos tudo o que precisamos para escrever as redações — diz Morgan, preenchendo a última resposta. — E isso significa que precisamos oficialmente decidir o que queremos fazer na apresentação.

Eu suspiro.

— Não estou ansiosa para essa parte.

— Sério? — Ela morde a borracha do lápis com um olhar incrédulo.

— Espera, você acha que eu realmente *gosto* dessas apresentações? — Eu franzo a testa. — Ninguém gosta.

— Bom, não pessoas normais, mas eu pensei... quer dizer, você não é...

— Eu não sou o quê? — A suposição de que não sou normal me irrita imediatamente.

— Não é que nem todo mundo — declara ela.

— Como assim? — pergunto, querendo cavar um buraco para colocar meu coração.

Todo mundo aqui sabe que eu não valho a pena. Pelo visto era apenas uma questão de tempo até que Morgan descobrisse também.

— Ah, fala sério. — Ela se senta e meio que gesticula com as mãos, como se eu devesse saber o que isso significa. — Você... Você participa de desfiles e essas coisas. Eu vi você no palco, você é uma artista nata! Aquilo foi... Você foi incrível.

Desvio o olhar ao sentir um rubor subindo pelo meu pescoço, minhas orelhas, minhas bochechas e depois indo até os dedos dos pés em reação ao som de sua voz. Porque "incrível" não é uma palavra usada para me descrever, e ela fala como se não fosse grande coisa.

— Obrigada — murmuro, me sentando depressa.

De repente, parece um pouco quente aqui, parece que estamos um pouco perto demais, que seu olhar calmo e seu sorriso estão a apenas alguns centímetros de mim. Eu me arrasto para trás até bater na sua mesa de cabeceira e pego meu caderno para tentar fazer parecer proposital.

Ela solta uma risadinha e puxa uma nova folha de papel.

— Então, acho que para a apresentação...

O alarme do meu telefone a interrompe.

— Merda.

— O que foi?

— Eu tenho que me arrumar. Desculpa.

Não sei dizer se ela está triste ou aliviada quando me levanto e pego minha bolsa. Também não sei dizer como eu mesma me sinto.

— Posso ver? — pergunta Morgan, andando atrás de mim em direção ao banheiro, e a pergunta soa inocente, mas parece muito pesada.

— Claro — digo, como se eu não estivesse ouvindo meu coração batendo forte só de pensar nisso.

Ela senta na beirada da banheira, me observando atentamente enquanto pego meu arsenal: pincéis, sombras, sprays de fixação, primers, blushes, batons, lápis de boca, brilhos labiais e tudo mais que é necessário para me transformar da Ruby comum na Ruby dos concursos.

— Uau — solta Morgan, lendo o verso de um frasco de spray fixador. — Isso parece trabalhoso.

— Pois é, precisamos de muitas camadas para fazer uma garota como eu ficar apresentável — digo, tentando fazer graça, mas nitidamente não dá certo.

— Não — replica ela, franzindo a testa, e coloca o spray fixador no chão.

Sua resposta paira no ar, e não tenho certeza de como responder. Em vez disso, começo a maquiagem colocando a base e fazendo o contorno até que minhas maçãs do rosto estejam destacadas e meu nariz, perfeito. Depois preencho minhas sobrancelhas, passo a sombra e colo cílios postiços.

Morgan fica quieta no começo, me observando com olhos de águia, mas logo começa a tagarelar. Ela me diz que está enlouquecendo por ficar de fora das corridas e, por fim, me conta tudo sobre a história da sua liberação.

Eu odeio o colégio antigo dela.

Quando já estou na metade do processo, crio coragem para perguntar a Morgan por que ela gosta tanto de correr. Minha pergunta gera um longo silêncio.

— Eu meio que entrei nessa depois que minha avó morreu, quando eu tinha onze anos — diz ela, finalmente.

Eu paro com o pincel na mão.

— Parece uma forma estranha de começar a correr.

— Nós éramos muito próximas. — Morgan dá de ombros. — Ela vivia no meio de uma reserva ecológica incrível. Jurava que tinham lobos por lá, mas nunca vi nenhum. A gente fazia casinhas de fadas juntas e depois caminhava pelas trilhas deixadas pelos cervos, escondendo cada uma. Eu tinha certeza de que a reserva era mágica.

— Que fofo — comento, inclinando a cabeça de um lado para outro no espelho para ter certeza de que estou bem maquiada de todos os ângulos.

— Era mesmo, até minha avó morrer.

— Certo. — Esqueci onde iríamos chegar com a história.

— Depois do funeral, corri de volta para a reserva. Dylan correu atrás de mim até onde pôde, até que a floresta "me engoliu". Palavras dele, mas pareceu isso mesmo. Ele nunca ia comigo e com a vovó nas nossas caminhadas, então não conhecia as trilhas como eu. Fiquei feliz por poder sumir lá. Eu podia fingir que minha avó estava por perto ou na próxima curva adiante. Mas é claro que ela não estava. Corri até não poder mais. E então saí de lá exausta, com minhas roupas do funeral suadas e sujas. Dyl estava deitado na grama me esperando. Ele não ficou bravo nem nada. Só disse: "Vamos lá, Usain Bolt, vamos para casa". E foi aí que eu percebi que era *rápida*.

— Isso com certeza você é — concordo.

Nossos olhos se encontram no espelho. Ela sorri como se fosse a coisa mais natural do mundo, e eu sorrio de volta. Como se estivesse bem. Como se eu também tivesse permissão para isso. Desvio o olhar, mexendo em todos os meus potes e embalagens.

— Você ainda corre na floresta?

— Quando treino cross-country, sim. Caso contrário, fico nas estradas, a menos que esteja chateada. Me perder entre as árvores ainda me acalma, acho.

Meus olhos permanecem nos dela um segundo a mais do que o aceitável. Em algum nível, sei que estou aqui apenas para fazer o trabalho da escola e que estou fazendo minha maquiagem da mesma forma que fiz dez mil vezes no meio de umas dez mil outras garotas — mas não consigo me livrar da sensação de que, de alguma forma, isso é diferente.

Eu me aproximo do espelho e coloco um pouquinho de iluminador em cima do batom no meu lábio inferior, fazendo com que pareça mais carnudo e beijável. Estou atrás de problema, eu sei, mas não consigo parar de pensar em como Morgan estava na biblioteca, não importa o quanto eu tente. Olho para ela e sua boca se abre com um pequeno bufo, explanando seus sentimentos. Ela sempre deixa tudo muito na cara, mesmo sem querer. *Especialmente* sem querer.

Eu me deleito com sua expressão, só um pouquinho, antes de enfiar o iluminador de volta no meu kit.

O que estou fazendo?

Isso é só um projeto de grupo, tento me lembrar. É para a escola. E só. Morgan pode até fingir que não importa que seja uma garota que gosta de garotas. Ela pode até agir como se isso fosse certo e normal. Mas não é assim que todo mundo encara. Não é assim que *minha mãe* encara. Não é assim que os juízes encaram. E, mesmo sabendo disso, enquanto olho para Morgan Matthews e para o jeito como ela acabou de lamber os lábios, eu quase tenho vontade de...

— No que você está pensando? — pergunta ela, e tento desesperadamente tirar da minha cabeça qualquer devaneio sobre beijá-la.

— Só que... — Tento afastar a confusão que está criando teias de aranha na minha cabeça. E se todo esse tempo eu não tiver sido a aranha fazendo a teia, mas sim a mosca?

— Que...?

Olho para baixo, fingindo vasculhar a bagunça que fiz no banheiro dela. E eu nem arrumei meu cabelo ainda.

— Só que eu esqueci as presilhas que uso quando faço cachos no cabelo. Você não tem nenhuma, por acaso, né?

— Tenho uns grampos de cabelo, se ajudar. Mas eu meio que não tenho mais cabelo, sabe? — Ela vira a cabeça e aponta para seu corte pixie rosa, que só serve para fazer seu pescoço parecer ainda mais delicado e atraente.

Eu tô muito ferrada.

Semicerro os olhos e expiro, interrompendo essa linha de pensamento.

— Não, precisava daqueles prendedores grandes — digo quando finalmente retomo o controle do meu cérebro. — Aqueles que usam em salões de beleza para separar o cabelo na hora de cortar.

— As pessoas realmente compram isso? — questiona Morgan, parecendo um pouco horrorizada. — Achei que fosse o tipo de coisa que só existe em salão. Nem sei se o Dyl tem na *barbearia* dele. Você está dizendo que isso é, tipo, um item comum para se ter em casa?

— Talvez não sejam *comuns*, mas, sim, as pessoas têm em casa. Muitas pessoas. — Eu rio. — Fica cem vezes mais fácil enrolar o cabelo quando uma parte dele está separada.

— Se você só precisa dele fora do caminho, então eu posso segurar, né? É um prazer ser seu prendedor de cabelo em forma humana.

— Claro — respondo, mesmo que tudo dentro de mim esteja gritando que esta é uma péssima ideia.

Ligo meu babyliss, esperando que esquente, e prendo parte do meu cabelo. Ela chega perto, tão perto que consigo sentir o cheio do amaciante de suas roupas.

— Deixa comigo — diz.

Ela afasta o cabelo do meu pescoço e eu estremeço com seu toque, não consigo evitar. No espelho, observo seus dedos passarem pelo meu cabelo, seus olhos fixos na pequena cicatriz no meu ombro, que ganhei ao tropeçar em um concurso quando tinha seis anos e ainda não havia percebido como os novos sapatos de sapateado eram escorregadios.

Morgan olha para cima, e eu desvio o olhar, pegando o babyliss. Demoramos um minuto para acertar o ritmo, mas, no fim, ela está se antecipando e segurando meu próximo cacho antes de mim.

— Uau — solta ela quando eu finalmente termino.

E acho que quero viver aqui, no instante desse "uau", uma pequena sílaba que ela conseguiu encher de adoração e alegria.

Mas meu celular toca o alarme de *agora é sério, você tem que ir*, estourando a pequena bolha que construímos. Peço licença e pego meu vestido no cabide do quarto dela. Ela sai do banheiro logo em seguida, sentando em sua cama enquanto eu desapareço, fechando a porta. Eu visto minha cinta modeladora para chegar o mais próximo possível da "forma feminina ideal" desta indústria e coloco o vestido.

— Morgan — chamo, abrindo a porta do banheiro. — Me ajuda?

Aponto para as minhas costas, onde o zíper ainda está aberto, como se eu não conseguisse fechar meu vestido mesmo de olhos vendados e de cabeça para baixo desde que tinha cinco anos.

Estou brincando com fogo, e as mãos dela são como gasolina.

Eu me viro quando ela se aproxima, prendendo a respiração conforme ela puxa o zíper para cima lentamente, em segundos agonizantes. Um arrepio percorre minhas costas, eriçando os pelinhos do meu pescoço enquanto imagino o que aconteceria se eu pedisse para ela abrir o zíper.

Sua respiração pesada roça em meu pescoço quando ela termina, e eu me inclino para trás, só um pouco, em direção ao seu toque.

— As pessoas vivem me dizendo para ficar longe de você — comenta ela baixinho, e um pouco da sensação quente e confusa em minha cabeça desaparece.

— Sei — digo, me afastando.

Ela puxa minha mão gentilmente, me virando até ficarmos cara a cara.

— Você acha que eu devia? Porque eu realmente não quero.

Eu também não quero, mas que direito tenho de dizer isso?

Eu puxo minha mão para trás devagar, sem saber bem como responder.

— Não posso me atrasar.

20

Morgan

Meus pais fazem uma surpresa e vêm para o almoço em vez do jantar hoje, o que me deixa bem feliz. Eu ia perder o jantar por causa do trabalho voluntário no Centro mais tarde, e realmente preciso de um abraço da minha mãe depois da manhã de estudos confusa com Ruby. Eles não têm nenhuma novidade sobre o processo, então, pela primeira vez, podemos só relaxar e rir entre colheradas da caçarola de rabanada da minha mãe e garfadas dos ovos mexidos do meu pai. É perfeito.

Quando vão embora, rumo à longa viagem de retorno para casa, eu me jogo na cama e volto a ficar obcecada lembrando da minha última interação com Ruby. Isso está se tornando um hábito incômodo, por isso decido deixar minha bicicleta de lado e me dedicar a uma longa e boa corrida até o Centro. Nada melhor do que correr para clarear minha mente.

Aumento o volume nos meus fones de ouvido e acelero o passo, fazendo o possível para esquecer Ruby a cada toque do meu tênis no asfalto. Entretanto, observá-la basicamente colocar diferentes pontos de tinta em seu rosto para transformá-lo em quase um outro rosto foi bem impressionante. E a maneira como ela prendeu a respiração quando puxei o zíper...

Balanço a cabeça e continuo correndo, porque tudo depois disso — o jeito que ela se afastou, a evasiva quando perguntei se eu deveria ficar longe — foi uma droga. E, nossa, eu preciso parar. Eu preciso me concentrar. Não posso investir mais nessa baboseira de *amantes desafortunadas se olhando no espelho do banheiro*, nem ficar procurando a garota pelos corredores. Ela está sendo rebaixada do arquétipo de namorada para uma colega aleatória que gosto de olhar. Porque não posso negar que gosto *bastante* de olhar pra ela. E conversar com ela. E...

Corro ainda mais rápido, agora praticamente em um *sprint*, tentando fugir de qualquer pensamento a respeito do lábio inferior de Ruby, que é praticamente um sonho. Eu preciso me controlar. Isso é só uma reação química ridícula no meu cérebro. Nada mais. Não vou permitir que passe disso.

Só que estou tão perdida em meus pensamentos, tentando me convencer de que isso é verdade, que quase passo direto pelo Centro. Viro à esquerda e entro no estacionamento no último segundo.

— Ei — diz Aaron quando entro toda suada e sem fôlego.

Mesmo que tenha sido eficaz, vir a pé até aqui provavelmente não foi a melhor das ideias.

— Oi. — Me inclino com as mãos nas coxas. Eu definitivamente devia ter evitado aquela acelerada no final.

— Você está pronta ou precisa de um minuto? — pergunta ele. — Já tem gente te esperando.

Me levanto, motivada com a notícia. Hoje, vou conhecer "Danny", o atleta de quem me falaram antes. Aaron vai aparecer em alguns momentos, mas eu vou comandar o show sozinha pela primeira vez.

— Estou definitivamente pronta.

Sorrio, e Aaron me leva até a sala de aconselhamento, onde um menino mais ou menos da minha idade está sentado. Quando entro, ele me cumprimenta com a cabeça, o cabelo castanho cheio, e então fixa seus olhos diretamente nos meus. Seu corpo está tenso, seu joelho balança a mil por hora, como se toda a sua psique estivesse decidindo entre ficar ou ir embora.

— Danny, essa é Morgan. Morgan, Danny. Vou deixar vocês dois se conheceram, mas estou do lado de fora se algum de vocês precisar de qualquer coisa — avisa Aaron, que sai dando um breve aceno.

Eu me jogo na cadeira confortável em frente a Danny. A sala é pequena, porém não minúscula, as luzes fluorescentes do teto desligadas, deixando só as luminárias de chão, com luz quente. Há uma mesa e uma cadeira no centro, porém costumo ficar sentada nessas poltronas estofadas quando acompanho as reuniões de Aaron e Izzie, e gosto mais delas. Estar ao lado da pessoa com quem estou falando parece muito mais natural do que sentar de lados opostos em uma mesa.

Danny se mexe na cadeira e eu sorrio.

— Então, que esporte você pratica?

Ele me olha com desconfiança.

— Isso é importante?

— Acho que não. — Não me dou o trabalho de informar que sei que ele joga futebol e que o nome dele, embora eu não tenha certeza de qual seja, definitivamente não é Danny. Eu também não vou dizer a ele que o vi jogar contra minha antiga escola, mais de uma vez. — Sobre o que você quer falar, então?

— Por que seu cabelo está rosa? — pergunta ele.

— Você quer falar sobre o meu cabelo? — De forma alguma imaginei esse sendo o rumo da conversa.

Ele sorri.

— As pessoas não pintam o cabelo com cores estranhas se não quiserem que ninguém perceba.

— Justo. — Cruzo meus braços. Ele tem razão. — Fui transferida de uma escola particular super restrita que não permitia "cores de cabelo não naturais". Infelizmente, também não permitia que garotas beijassem outras garotas, e isso é algo que, sabe, eu realmente gosto de fazer. Então agora estou aqui, morando com meu irmão, que por acaso é dono de uma barbearia cheia de tinta de cabelo, tentando me agarrar a esse meu novo começo da forma que eu puder.

Danny levanta uma sobrancelha.

— E cabelo rosa ajuda nisso?

— Mais ou menos. É uma coisa completamente nova para mim. Sem falar que... — Eu faço uma careta de falsa confusão. — Tá vendo como fica *fofo*? Todo mundo devia pintar o cabelo de rosa. Inclusive, posso mandar uma mensagem para o meu irmão e ver se ele tem uma vaga, se você...

Danny ri e balança a cabeça.

— Não, eu tô de boa.

— Tudo bem — digo. — Bom, se você não está aqui para dar uma repaginada no visual, talvez a gente possa conversar sobre o motivo pra *ter* vindo.

Ele respira fundo e se prepara enquanto concorda com a cabeça. E então as palavras saem. Ele me conta que é gay. E está com medo de que seus companheiros de equipe reajam meio mal se ele se assumir. Eu resisto ao impulso de tranquilizá-lo com banalidades como *Eles não* vão, ou *Vai ficar tudo bem*. Sei que pode não ser verdade. Que as pessoas podem mudar com ele. Elas provavelmente vão. Mudaram comigo, por exemplo.

Então, em vez disso, digo a ele o que minha mãe sempre me diz: "Se alguém não acha que merecemos amar e ser amados do jeito que queremos, com qualquer pessoa que quisermos, então essa pessoa não merece nosso tempo ou atenção".

Ele não parece ter comprado essa.

Eu não vou suavizar a verdade. Digo a ele que provavelmente será difícil e desconfortável no começo, mas que todos devem viver como são de verdade. E que se ele se sente pronto para se assumir, ele deveria. Aaron sorri da porta em uma de suas aparições e faz um sinal de positivo para mim antes de desaparecer mais uma vez.

— E se eu me assumir e eles me expulsarem do time?

— Eles podem tentar — admito —, mas espero que não consigam ir muito longe com isso.

Ele olha para mim, confuso, e então conto minha história. Ele diz que ouviu falar de mim e viu minha família no jornal. Finjo estar surpresa quando ele me diz que estuda em um colégio particular não muito longe de onde eu morava.

E então digo a ele que torço para que um dia, assim que este processo judicial for resolvido, as escolas não ousem fazer essa porcaria — nem mesmo escolas particulares superfaturadas e superestimadas como as nossas. Ele fala que gostaria que esse dia fosse hoje.

E, é, eu também.

***

Dylan chega tarde em casa com uma pizza. Ele me conta, todo empolgado, que finalmente convidou aquela mulher de quem ele estava a fim para sair e ela aceitou. Tento não pensar muito em como eu queria que isso acontecesse comigo e Ruby. Ele vai para a cama cedo, mas eu fico acordada assistindo Netflix a noite toda e remoendo tudo.

E então, por volta da meia-noite, jogo a cautela pro ar, pego meu telefone e mando uma mensagem para ela: **Espero que tenha dado tudo certo no concurso!** ☺

21

Ruby

Leio a mensagem dela umas dez mil vezes, pensando em umas cem maneiras diferentes de responder, mas, no final, não faço nada. Não mando nem mesmo um rápido "obrigada". Eu a deixo esperando. Que nem uma idiota.

Na segunda-feira, podemos usar a aula toda para trabalhar em nossa apresentação. Meu estômago está se revirando, ansiando para saber o que ela dirá. Mas ela não diz nada. Morgan age como se não houvesse nada entre nós. Como se eu fosse só mais uma colega de classe ou de trabalho ou algo assim. Ela não fica brava. Nem faz piada sobre o assunto. Ou comenta qualquer coisa sobre. Ela está... completamente de boa, e eu odeio isso.

Sei que não tenho esse direito, que mereço pior do que isso por sair correndo e ainda por cima ignorar a mensagem dela, mas eu preferia mil vezes que ela parecesse irritada ou com raiva do que indiferente.

Na terça-feira, ela simplesmente me ignora, sem olhar para mim nos corredores, e eu não aguento. Não faço meu caminho de sempre até o carro depois da escola e acidentalmente acabo na pista assistindo ao treino dela. Everly está lá tirando fotos dos meninos do lacrosse e tira outra foto espontânea do que ela chama de minha "cara de apaixonada pelo Tyler".

Bom. Deixa ela pensar isso.

Infelizmente, isso confunde muito o Tyler, que parece pensar que eu realmente *estou* lá para vê-lo treinar. Naquela noite, respondo sua mensagem tentadora com uma foto de um hidratante e alguns lenços.

Ah, e Morgan? Ela não olhou para as arquibancadas em nenhum momento.

Na quarta-feira à noite, depois de outro longo dia sendo ignorada, começo a entrar em parafuso. Envio uma mensagem para ela com uma matéria que cavei sobre um corredor que fez uma ultramaratona. Nem sei o que é uma ultramaratona, mas acho que ela vai gostar.

Ela não responde, porque carma é assim.

Enquanto isso, Everly fica me perguntando por que estou tão tristonha, e até mesmo Billy me ligou para saber de mim, já que não estive na oficina a semana toda. Não admito para nenhum deles que, além do dever de casa, do trabalho para Charlene e da preparação para os concursos, tudo o que eu fiz foi ficar em casa lambendo minhas feridas.

Na aula de quinta-feira, pergunto a Morgan se ela recebeu minha mensagem. Ela responde que sim e que achou interessante, mas seu tom é estranho. Tipo, não hostil, mas educadamente apático. Como se eu tivesse dito *Dia bonito, né?*, em vez de pesquisado cinquenta matérias de corrida diferentes para tentar impressioná-la. Ela nem está perguntando *como* ou *por que* encontrei isso.

É difícil me concentrar em um discurso sobre a Lei das Espécies Ameaçadas quando me sinto como uma bomba--relógio prestes a explodir.

À noite, tento apostar nas mensagens de novo: **Pronta pra nossa apresentação amanhã?**

Desta vez ela responde. Só com uma palavra, mas vou aceitar: **Sim.**

Na manhã seguinte, estou extremamente inquieta. Como se eu tivesse bebido uma dúzia de xícaras de café e mais um energético. Não sei por quê. Mentira, sei exatamente o porquê. Porque Morgan respondeu.

Mas foi apenas uma palavra, e não consigo entender o tom. Foi um sim reconfortante? Ou um sim irritado? O uso do ponto final também não ajuda.

Posso não saber o que ela está pensando, mas sei o que quero que ela pense: que ela definitivamente *não* deve ficar longe de mim, mesmo que isso seja o melhor. Eu fico alternando meu arrependimento entre desejar ter dito isso na cara dela… e ter deixado que ela corresse para casa na chuva no outro dia.

Mas as mãos dela, Jesus, as mãos dela nas minhas costas. E o toque de pluma da respiração dela na minha orelha. E agora temos que falar sobre proteção de espécies ameaçadas enquanto estou frustrada e confusa e completamente noiada.

— Você está bem? — me pergunta ela, baixinho, quando Lydia e Allie vão apresentar a Lei de Bem-Estar Animal.

Eu dou de ombros como se não fosse grande coisa, mesmo que seja. Porque percebi ontem à noite que ela pode nunca mais falar comigo depois que este trabalho de grupo acabar. Quem participa de concursos de beleza por escolha própria e *ainda por cima* não quer que um trabalho de grupo idiota acabe? A nova eu. Aparentemente. Mas apenas por razões nefastas, então ainda vale.

Estou tão avoada que de início não percebo a mão de Morgan se aproximando levemente da minha e a apertando, como ela fez quando eu estava com medo do policial. Meus olhos se fixam nos dela, buscando respostas. Porque colegas de turma indiferentes não dão as mãos. Nem debaixo da mesa. Um pequeno sorriso cruza seus lábios e ela sussurra:

— Relaxa, a gente dá conta.

Eu aperto sua mão de volta, assentindo a cabeça, embora eu saiba que ela está falando sobre a apresentação e não... sobre nós. O calor de sua mão se espalha pelo meu pulso, girando em minhas veias até que se acumula dentro de mim, no lugar onde todas as minhas quedinhas *inocentes* por garotas ficam, aquela partezinha de mim que fica meio derretida e talvez um pouco de algo mais também.

Fico bem parada. Não consigo decidir se nossas mãos devem se mover ou ficar ali mesmo, mas não quero ser a responsável por essa decisão.

Morgan aperta mais uma vez e depois se afasta, organizando os cartões em duas pilhas separadas à sua frente. Um para mim e outro para ela. Como se duas garotas pudessem simplesmente dar as mãos e seguir em frente com suas vidas ou algo assim.

E é aí que a vergonha se aproxima. Aquele pensamento horrível de *eu não devia querer isso, minha mãe vai me matar, que droga é essa que estou fazendo, as pessoas vão pensar coisas sobre mim*, a vergonha do tanto que eu gosto de...

— Ruby? Morgan? Vocês são as próximas — anuncia a sra. Morrison, e puta merda, fiquei desorientada durante toda a apresentação de Lydia e Allie.

Morgan olha para mim meio que com expectativa, então pego os cartões e caminho até a frente. A sra. Morrison já colocou nossa apresentação na tela e oferece o pequeno controle para passarmos os slides. Eu pego o objeto com as mãos ligeiramente trêmulas enquanto Morgan se aproxima para ficar ao meu lado.

Mas ela está um pouco perto demais, perto num nível *eu consigo sentir o cheiro de seu xampu*, e todo e qualquer pensamento racional abandona minha cabeça quando inspiro um pouco mais fundo. Dou um passinho para o lado. Apenas o suficiente para lembrar que deveríamos estar falando sobre animais em risco de extinção e não escrevendo canções de amor sobre xampu de frutas e sabonete líquido de lavanda. Mas então ela me acompanha, sorrindo como se eu a estivesse convidado para chegar perto e não tentando escapar do seu cheiro de... O que é isso, afinal? Pêssegos? Dá realmente para o cabelo das pessoas cheirar a pêssego?

— Ruby? — sussurra ela com o canto da boca, sorrindo para a turma.

Certo. Eu tenho o primeiro cartão.

Tento virar o cartão de título e ler o próximo, mas deixo todos caírem. Eles se espalham na minha frente e eu chuto alguns na pressa de pegá-los. Algumas pessoas na sala riem. Minhas bochechas queimam.

É por isso que não faço apresentações.

É por isso que não faço trabalhos em grupo.

É por isso que tenho notas bem na média.

Eu sou uma piada aqui. Uma coisa descartável e vergonhosa que faz todo mundo se sentir melhor com a própria vida.

Tudo é diferente no palco dos concursos. Eu sou boa naquilo. É como se eu apertasse um interruptor e me tornasse outra pessoa. Confiante. Inteligente. Espirituosa, até. Mas aqui só há espaço para minha insegurança, minha infâmia e tudo em que sou péssima, tudo ao mesmo tempo.

A sra. Morrison manda a turma ficar quieta, e Morgan se abaixa ao meu lado para me ajudar a organizar os cartões. Ela engancha o dedo mindinho no meu por um segundo, tão rápido que quase acho que foi fruto da minha imaginação, e aí sussurra:

— Você consegue, Ruby.

E não acho que consigo, mas também não quero desapontá-la.

Respiro fundo e me levanto, um pouco mais ereta, me impondo, fingindo que estou em um palco. Sorrio e me concentro em um ponto na parede do fundo da sala, depois de olhar para meus cartões de anotações. E então começo.

Não a vejo novamente até depois do último sinal, quando estou a caminho do meu carro para chegar a uma aula em que irei substituir Charlene e Morgan está indo para a pista, com seus tênis de corrida pendurados no ombro. Lydia e Allie vão andando na frente, mas Morgan diminui o passo, recuando para me acompanhar assim que me vê.

— Você foi incrível hoje — elogia ela, inclinando a cabeça em minha direção enquanto caminhamos.

E de novo aquela palavra. *Incrível*.

— Você cuidou das partes difíceis — digo, porque é verdade.

Ela montou o PowerPoint e me impediu de perder a cabeça.

— Nem pensar, você não pode fazer isso.

— Fazer o que?

— Subestimar o tanto que você trabalhou nisso e como mandou bem lá em cima. Eu fui um desastre e você arrasou.

— Você estava nervosa? — pergunto, arqueando minhas sobrancelhas. — Não parecia mesmo.

— Que bom, então talvez a gente consiga uma nota decente. Você entregou sua redação, certo?

— Sim.

Não menciono o fato de que tive que ficar depois da aula duas vezes esta semana para pedir ajuda da sra. Morrison com isso.

Ela para de andar e gesticula por cima do ombro em direção à pista.

— Bom, tenho que...

— Sim, eu também tenho. Tenho que cobrir uma aula para a minha instrutora de concurso e depois tenho outra aula para mim.

— Parece intenso.

Jogo meu cabelo para trás com um suspiro exagerado.

— Preciso me esforçar bastante para ser maravilhosa assim, sabe.

— Não — diz ela, e quando eu a encaro, seus olhos parecem muito sérios. — Eu duvido muito disso.

— Matthews! — chama a treinadora, apitando. — Vem logo pra cá.

Qualquer que seja o feitiço sob o qual estávamos foi quebrado. De novo. Toda vez.

— É melhor eu... — declara ela.

— Certo.

— Ei, você vai estar por aqui neste fim de semana?

A pergunta me pega desprevenida.

— P-Por que...? O trabalho acabou — gaguejo, e a expressão dela se esvazia.

Eu não quis dizer desse jeito. Não mesmo. Eu só estava surpresa por *ela* ainda...

— Sim, é verdade — diz Morgan, andando para trás em direção à pista. — Só estava pensando em estudar ou algo assim.

Ela está tentando passar uma postura tranquila, mas percebo que está envergonhada.

— Tem uma festa do pessoal do lacrosse hoje à noite — deixo escapar.

— Ah, é?

— Você devia vir — digo, o que a faz inclinar a cabeça. — Quer dizer, é aberto ao público em geral, então você não precisa do meu convite. Mas é melhor do que estudar. Assim, se você ficar entediada.

— Sim, se eu ficar entediada — repete Morgan, e morde o lábio, o que me...

— Matthews! — grita novamente a treinadora.

— É melhor você ir.

Ela abre um sorriso tão grande que seus olhos chegam a enrugar.

— Sim, é melhor.

22

Morgan

— **Por que é que a gente** está indo para a festa do pessoal do lacrosse mesmo? — reclama Lydia, passando outra camada de rímel.

— Fala sério, é um rito de passagem, e a Morgan nunca foi — diz Allie. — Todo mundo deveria experimentar o esplendor de sair com um bando de caras bêbados do lacrosse pelo menos uma vez durante o ensino médio, certo?

— Mas por que eu tenho que sofrer junto com vocês?

— Uau, vocês não estão me convencendo — digo, tentando soar desinteressada, embora eu realmente queira ir.

Só a possibilidade de ver Ruby de novo, especialmente a Ruby em seu habitat natural, e não a Ruby que surta na apresentação de um trabalho em grupo ou a Ruby dos concursos de beleza, já me deixa ridiculamente intrigada. Tão ridiculamente intrigada, na verdade, que estou disposta a arriscar encontrar os gêmeos Miller de novo para fazer isso.

— Lydia só está sendo dramática — afirma Allie, vestindo uma regata justa dourada. — Essas festas são sempre divertidas, sem falar que tem bebida grátis para as garotas. Só os caras pagam.

— Essa parte é legal — admite Lydia. — Mesmo que seja egoísta e ao mesmo tempo de leve a moderadamente perigoso.

— Então... o que você vai vestir? — me pergunta Allie, querendo mudar o assunto.

— Hum, isso aqui? — Aponto para as roupas que estou usando.

— Ah, não — diz ela, me provocando. — Você não pode ir para uma festa de short e camiseta de banda. Desculpa.

— Eu gosto de shorts e camisetas de bandas — argumento.

Só que então penso em Ruby e em como ela pode querer me ver sem meu uniforme tanto quanto eu quero vê-la sem o dela. Espera, isso saiu errado... Ou talvez não. Eu nem sei mais.

— Eu tenho algo melhor — declara Lydia, desaparecendo dentro de seu closet e saindo com um jeans preto justo e uma regata que mal tem tecido.

— Acho que isso é muito pequeno — digo, e então percebo que toda a parte de trás é amarrada. — Não é nem uma camisa. É tipo uma meia camisa. Isso é...

— Exatamente o objetivo — completa Lydia, me empurrando para dentro de seu banheiro para que eu me troque.

Vinte minutos depois, estamos todas no carro de Allie.

— Afinal, onde é essa festa? — pergunto.

— Ah, não é muito longe — responde ela. — Nós até podíamos ir andando até lá, se eu não estivesse com esses sapatos.

— É na casa do Tyler Portman — diz Lydia. — O pai dele viaja muito a trabalho, e a mãe geralmente vai junto, então ele fica sozinho. Ele tem dado festas arrasadoras desde que tínhamos quatorze anos.

— Tyler Portman? — repito, sentindo meu estômago revirar.

Tipo, o Tyler Portman com quem Ruby estava, e possivelmente ainda está, saindo?

Fico mexendo na roupa, de repente me sentindo ainda mais exposta e fora da jogada. Se eu pelo menos ainda estivesse usando minhas coisas, poderia dar um jeito e fugir. Com isto aqui, estou definitivamente condenada. Mas sério, o que Ruby está tentando?

— Ele tem um jeito bem de moleque, sabe, mas fazer o quê? — comenta Allie. —Ele dá as melhores festas e, para falar a verdade, é muito fofo quando você fala com ele.

— Desde quando você fala com ele? — zomba Lydia.

— Desde às vezes — responde ela, com um sorriso.

— Ai, meu Deus, você está pegando o Tyler agora? — geme Lydia e balança a cabeça, mas Allie apenas ri.

— Não posso confirmar nem negar. Mas se eu saísse, seria só uma coisa bem casual, sem compromisso. Tipo, nós não somos exclusivos ou algo assim. Ainda não, pelo menos.

— Sua merdinha — diz Lydia, socando o braço de Allie. — Eu não acredito que você não me contou!

— É recente. Muito recente.

E eu me recosto no banco com um sorriso. Talvez seja uma coincidência que o primeiro convite real que Ruby me fez foi para a casa *dele*. Talvez ela tenha terminado com Tyler, e esta é sua forma de dizer isso a ele. Talvez, talvez, talvez.

Tudo bem que eu nunca estive em uma dessas festas em casa antes, mas deixei meu grau de expectativa bem baixo para poder me impressionar. Agora que estou aqui, percebo que deveria ter abaixado ainda mais, deixado tipo no piso do porão.

Conforme adentramos a casa, em direção à cozinha, todos os espaços estão lotados. Allie vai na frente, rindo e gritando:

— É hora da cerveja, vagabundas!

A música toca alto o suficiente para fazer as paredes tremerem, e tudo está pegajoso e cheirando a suor e cerveja velha. Eu nunca desejei tanto estar em qualquer outro lugar — e isso foi antes de notar Ruby dançando agarrada com um bando de caras do lacrosse.

Ok, esquece tudo o que pensei no carro. Vou cair fora.

Eu me viro para sair, mas Allie me impede, com duas cervejas nas mãos. Ela me dá uma e levanta a outra no ar, dançando no meio da sala ao som de um coro de assobios. Que lugar encantador, realmente, uma casa cheia de garotos idiotas.

Lydia vem para o meu lado com seu copo, levantando uma sobrancelha para nossa amiga dançarina.

— Allie adora essa merda — diz ela, tomando um grande gole de cerveja.

Eu sigo o exemplo, tentando não tossir quando o líquido quente e espumoso atinge o fundo da minha garganta.

— É sempre tão nojento assim? — pergunto.

Mudo meu peso de um pé para o outro para desgrudá-los do chão, sem ter certeza se estou me referindo à cerveja ou literalmente a todo o resto. Lydia assente, bebendo o resto de sua cerveja em um só gole enquanto observa Allie no meio da multidão. Percebo sua mandíbula ligeiramente tensa, cabeça inclinada… e um desejo em seus olhos que quase combina com o meu.

— Puta merda, Lydia, você gosta…

— Vou pegar mais cerveja — me interrompe ela, com um olhar que diz *esquece isso*, antes de desaparecer na multidão.

Interessante. Talvez eu não seja a única garota sáfica com um interesse amoroso sem futuro aqui presente.

Anika e Drew estão no canto e, assim que nos vemos, eles começam a me chamar. Me movo no meio da multidão, sendo empurrada aqui e ali. Quando estou quase chegando perto deles, aceno de leve, bem no momento em que algum garoto dá um passo para trás, fazendo com o que sobrou da minha cerveja espirre em cima de nós dois.

— Que isso! — grita ele, se virando como se quisesse me bater... no exato segundo em que alguém envolve minha cintura e me puxa para trás.

— Desculpa, Travis — diz Ruby por cima do ombro, nos levando para longe. — Não foi de propósito.

O garoto — Travis, aparentemente — balança a cabeça, puxando a camisa encharcada de cerveja e torcendo-a.

— Você veio! — grita Ruby, acima do barulho da música, me puxando para o canto oposto da pista de dança.

Eu consigo perceber de cara que ela está bêbada, mas tento ignorar, porque ela parece legitimamente feliz em me ver. Eu olho para Anika e Drew, que me lançam expressões confusas, e faço "desculpa" com a boca.

— Acho que fiquei entediada — grito de volta, e a música muda, a batida pulsando na pista de dança.

Ruby dá um sorriso tão grande e leve que quase me afogo nele. Estou muito ferrada, completamente entregue a essa garota na minha frente, essa garota que está sorrindo como se me ver fosse a melhor coisa que aconteceu no seu dia.

Ruby segura o cabelo comprido, puxando-o para o alto da cabeça e deixando cair em cascata sobre os ombros quando começa a dançar. *Obrigada por isso, universo*. Eu definitivamente nunca vou esquecer desse momento enquanto eu viver.

— Eu amo essa música! — grita ela, se aproximando ainda mais até que esteja roçando em mim a cada movimento.

Eu fico parada, sem jeito, sem saber quais são as regras nesta situação, se esta performance é para mim... ou para todos os outros.

— Dança comigo — sussurra ela em meu ouvido, me girando para que ela fique atrás de mim, e um rubor perpassa todo o meu corpo, deixando minha pele em chamas.

Ela coloca as mãos nos meus quadris, me empurrando e puxando até eu encontrar o ritmo, sentindo seu corpo pressionado contra minhas costas e sua respiração em meu ombro enquanto ela canta junto. Ela desliza os dedos do meu quadril para a minha mão do nada, entrelaçando nossos dedos e, em seguida, os passando pela minha barriga. Prendo a respiração quando ela os abaixa um pouco mais, logo embaixo do cós da calça muito apertada de Lydia, antes de me girar para encará-la. Eu perco o ritmo, rindo enquanto ela morde o lábio. Ruby solta minha mão, passando os dedos pela lateral do meu corpo e no meu pescoço. Suas mãos percorrem todos os lugares, até que sejamos apenas nós duas na pista de dança, sua perna encaixada entre as minhas enquanto o mundo inteiro desaparece.

— Eu sei que você gosta de mim — sussurra ela em meu ouvido.

E eu... Eu não sei o que fazer. Ela coloca minhas mãos em seu pescoço e abaixa a cabeça para o meu ombro, passando a língua de leve na minha pele antes de se afastar. Ela enxuga o lábio como se fosse apenas uma gota perdida de cerveja. Estou totalmente perdida na sensação de seu corpo sob meu toque...

E então as pessoas começam a gritar e assobiar, e percebo a quantidade de garotos do lacrosse que estão assistindo, aplaudindo e aclamando nosso espetáculo. Eu odeio isso.

Ruby ainda está dançando, deleitando-se com a atenção sem perceber que não estou mais acompanhando. E então Tyler aparece atrás dela, transformando nosso casal em um trio, e eu paro de dançar por completo. A cerveja revira meu estômago, afogando todo o frio na minha barriga quando as mãos dele tocam a pele dela.

Tyler agarra os quadris de Ruby e a puxa para ele. Ela ri, sem perder o ritmo, e eu saio da pista de dança e subo as escadas, como uma garota em um filme de terror, sem saber para onde estou indo, apenas precisando fugir. Algo bem adequado para este pesadelo. Encontro um quarto vazio e corro até a janela, abrindo-a e engolindo o ar frio da noite.

Sinto alguém acariciar minhas costas, e eu pulo, meu cérebro estúpido e desesperado rezando para que seja Ruby. Mas não é. É Anika parada ali, com Drew atrás dela me lançando um olhar cúmplice.

— Tá tudo bem, tá tudo bem — diz Anika, e eu nem percebo que estou chorando até ela me puxar para um abraço.

— Eu só, sei lá — solto, fungando em seu ombro. — Eu não entendo. Eu pensei que ela gostava de mim.

— Ela é complicada, Morgan — comenta Drew, apertando meu ombro com um olhar de empatia.

— Mas o que ela quer? — replico, chorosa, como se eles soubessem. Acho que nem ela sabe. — Eu disse que nunca faria isso de novo. Isso de me apaixonar por mais uma garota que vai ferrar com a minha cabeça. E aí fiz. É tipo um padrão. O que tem de errado comigo?

— Ei, ei, pare — diz Anika. — Não tem nada de errado com você. Por que a gente não sai daqui? Vamos nos encontrar com o resto do pessoal no restaurante. Vem com a gente.

— Eu arrastei Allie e Lydia para cá só para poder ver Ruby. — Solto uma risada curta e amarga. — Não posso largar as duas.

— Mesmo? — pergunta Drew, parecendo hesitante em me deixar. — Tenho certeza de que elas vão entender.

— Não posso — repito.

Não quero admitir que uma pequena parte de mim ainda espera que Ruby apareça num passe de mágica e peça desculpa.

Anika e Drew trocam um olhar.

— Eu sei que não somos melhores amigos nem nada — diz ela. — Mas até eu consigo ver o quanto isso está incomodando você. Só vem com a gente, por favor? Vamos conversar sobre isso enquanto beliscamos comida ruim numa iluminação pior ainda. Aaron também vai. Ele pode dar uma de conselheiro oficial.

Eu balanço a cabeça.

— Eu só preciso de um minuto para me recompor. Mas vão lá, divirtam-se. Eu estou bem, eu juro.

Anika me puxa para um abraço desajeitado.

— Ok, bom, mande uma mensagem se precisar da gente.

— Vou mandar — digo, e forço um sorriso.

Acontece que "um minuto" foi uma estimativa ruim. Na verdade, passo mais uns quinze sentada no chão, acalmando meu estômago, apaziguando minha libido maltratada e tentando muito não chorar pelo fato de que a experiência romântica mais intensa da minha vida pode ter sido apenas um showzinho de Ruby se exibindo para o ficante, Tyler, e os amigos dele.

Meu lado desesperadamente ingênuo espera que eu esteja errada e que Ruby não tenha subido porque ainda está lá embaixo me procurando. Talvez ela já tenha repreendido Tyler, mas não faço ideia, porque ela não pode me encontrar enquanto estou aqui em cima fazendo beicinho em vez de lutar pela garota que eu quero.

Recolho os cacos de meu ego e desço, puxando uma respiração profunda quando viro no corredor — e imediatamente esbarro em Lydia.

— Achei você! — Ela parece irritada. — Eu tava te procurando em tudo quanto era canto!

— O que houve?

Ela passa o braço em volta do meu e puxa.

— Vamos embora. Agora. Allie está no carro chorando pra cacete.

— Por quê? O que aconteceu?

Juro por Deus, se algum desses garotos tocou nela ou a machucou de alguma forma, eu vou…

— Aquilo aconteceu — responde Lydia, apontando para trás.

Viro a cabeça bem a tempo de ver Tyler dançando com Ruby na pista, seu rosto no pescoço dela, beijando-a atrás da orelha. Ela vira a cabeça quando ele a puxa para cima, seus olhos sonolentos encontrando os meus, se arregalando um pouco antes de fecharem assim que ele beija o canto da boca dela.

— Idiota do caralho — solta Lydia, olhando para Tyler enquanto me puxa porta afora. — Enganando Allie assim, fazendo ela pensar que era mais do que era.

— Sim — sussurro. — Idiota.

23

Ruby

Eu acordo no dia seguinte na cama de Tyler, minha cabeça latejando e as roupas da noite passada desconfortavelmente grudadas em mim. Merda. Eu examino o quarto com um olhar lento e faço as contas para saber se consigo fugir pela janela sem que ele perceba, e então vejo que ele nem está aqui.

De repente, as lembranças todas voltam: a dança, Morgan, seu olhar quando ela viu Tyler e eu. Merda, merda, puta merda.

Ouço passos vindo da porta, o que me faz fechar os olhos e fingir estar dormindo, mas abro um deles ao ouvir o som de uma xícara sendo colocada na mesa de cabeceira e sentir o cheiro de café flutuando até meu nariz.

— Eu sei que você tá acordada — diz Tyler, se agachando perto da cama e tirando meu cabelo do rosto com um nível de afeto que normalmente não compartilhamos.

— Bom dia — murmuro, estremecendo de leve.

— Você ficou durante a noite. — Ele me entrega a caneca. — Deve ser algum tipo de recorde. Devemos falar com os jornais?

Tomo um gole do meu café, olhando para ele.

— É, desculpa por isso. Não quis quebrar o protocolo.

— Não, foi bom, pra variar — comenta ele, se levantando para pegar um frasco de Advil na mesa e jogá-lo na cama ao meu lado. — Ou teria sido bom, se você não tivesse passado metade da noite chorando.

— Hum — digo, meu estômago se revirando, porque não me lembro dessa parte. — Eu bebi demais ontem.

— Percebi.

Eu me mexo desconfortavelmente, enrolando o cobertor um pouco mais em volta de mim.

— A gente... você sabe?

Ele fica completamente horrorizado.

— Jesus, Ruby. Você realmente acha que eu tentaria ficar com você quando você tava tão bêbada?

Desvio o olhar, porque a verdade é que não o conheço muito bem. Nós não conversamos muito, tirando toda essa coisa que temos nesse último ano, uma ou outra mensagem ou um cumprimento na escola.

— Uau. — Tyler veste um short por cima da cueca boxer. — Sendo assim, estou indo para a academia. Por que você não foge como normalmente faz antes de eu voltar? Vamos fingir que a noite passada nunca aconteceu.

Ele parece realmente chateado agora, e odeio isso. Odeio estar machucando todo mundo que parece se preocupar comigo pelo menos o mínimo.

Eu sou péssima.

— Desculpa — digo —, mas eu precisava perguntar. Nem todo mundo é...

— Eu nunca faria nada sem o seu consentimento. — Ele está sério. — E ontem à noite você também nem estava em condições.

Eu olho para baixo.

— Você não se lembra de nada, né? — pergunta ele. — Jesus, quanto você bebeu?

— Muito — respondo. O suficiente para afogar todos os pensamentos conflitantes na minha cabeça, ou pelo menos tentar. — Me ajuda a lembrar? Por favor?

Ele suspira, me encarando por um momento antes de se sentar na cama.

— Bom, você ficou toda se roçando com aquela garota, a Morgan, no meio da minha sala.

— Eu me lembro dessa parte — digo, porque isso é algo que eu nunca, nunca vou esquecer.

— E então começamos a dançar, o que irritou Allie e me confundiu pra caralho.

— Allie Marcetti? Ela estava aqui?

— Sim, eu nem sabia. Estamos meio que saindo desde que você me largou. Eu gosto dela e tal, mas ela não é você. Quando você dançou comigo ontem à noite, pensei que estávamos de volta ou sei lá. Até perceber que você estava completamente bêbada, assim que começou a chorar na pista de dança depois que eu te beijei.

Eu me retraio.

— Desculpa por isso.

— Sim, não foi muito bom pro meu ego ou nem pra minha reputação — diz ele, mas com um tom reforçado de provocação em sua voz, então sei que ele não está bravo. Pelo menos não sobre essa parte. — Eu trouxe você até aqui e tentei te colocar na cama, mas você estava muito chateada. Acabei ficando com você até você finalmente dormir, mas a essa altura todo mundo estava muito bêbado e fiquei preocupado que alguém pudesse entrar aqui enquanto você estava desacordada, então... — Ele aponta para um saco de dormir e um travesseiro no chão. — Decidi ficar por perto.

Eu desvio o olhar. Mostrar fraqueza para Tyler e ele ser legal a respeito disso me faz sentir ainda mais vulnerável, como se talvez eu tivesse perdido um pouco de pele quando ele estava descascando as camadas.

— Escuta, Ruby, eu definitivamente não preciso mais ser seu pau amigo ou o que quer que você queira chamar, mas você também não tem que me afastar. Eu não me importo de ser seu amigo, ponto. Eu até gostaria disso.

Meus olhos assustados encontram os dele, com a certeza de que isso é apenas uma artimanha para me manter por perto, porém a expressão dele é de sinceridade.

— Sério?

— Sério. É um pouco chato, porque você é muito gostosa e nós nos divertimos muito juntos, mas ontem à noite... Olha, não acho que sou o que você quer, e ser amigos não seria o pior dos mundos. É isso que quero dizer. Se você quiser falar sobre o que te fez chorar na noite passada, estou aqui.

Eu coço a parte de trás do meu pescoço.

— Obrigada, vou pensar nisso — digo, porque tenho uma boa teoria do motivo pelo qual estava chorando ontem à noite, mas ainda não estou pronta para compartilhá-la com ninguém.

Exceto, talvez, com ela.

Meu cabelo ainda está molhado quando chego ao apartamento dela e toco a campainha. Eu tentei prendê-lo em um coque bagunçado, mas isso só deixou a parte de trás da minha camiseta — uma emprestada de Tyler que eu amarrei acima do quadril depois do meu banho — encharcada sem motivo.

Everly me mandou uma dúzia de mensagens de manhã, e preciso me encontrar com ela daqui a uma hora e meia para ajudar a escolher algumas fotos para seu projeto de fim de ano. Mas não consigo afastar essa sensação de pura desgraça em meu peito toda vez que penso em Morgan, como se eu tivesse arruinado tudo antes mesmo de descobrir o que era. E foi esse sentimento que me trouxe para esta varanda.

Aperto a campainha pela segunda vez e finalmente ouço passos do outro lado da porta. Eu aceno para o olho mágico, imaginando que alguém está olhando para mim. Não sei se é ela ou Dylan, mas a julgar pelo tempo que passa sem a porta abrir, acho que é ela.

— Ei — digo para a porta ainda fechada. — Podemos conversar?

Uma fechadura estala e a porta se abre. Ela não solta a tranca de corrente.

— Oi, Ruby — diz ela lentamente, me olhando com cautela. — O que você está fazendo aqui?

— Posso entrar?

— Por quê? O trabalho em grupo acabou — replica ela, repetindo minhas palavras de ontem.

— Eu estava pensando em estudar — digo, repetindo a frase dela com um sorriso esperançoso. Ela apenas me encara. — Ou não?

— O que você quer, Ruby? — questiona, a voz séria.

Eu mordo meu lábio.

— Eu só quero conversar.

Ela fecha a porta apenas o suficiente para deslizar a corrente, e a vergonha sobe pela minha espinha — não por gostar dela, desta vez, mas por decepcioná-la. De novo.

— O que você tem pra dizer?

— Não aconteceu nada entre mim e Tyler na noite passada, eu juro.

Ela abre mais a porta, mas ainda não me deixa entrar.

— Por que eu me importaria com o que acontece entre você e Tyler?

— Você sabe porquê.

Ela semicerra os olhos.

— Sei?

— Posso ir embora, se você quiser — digo, me virando para sair, presa entre o pânico repentino de ter entendido tudo errado e o pânico repentino de ter entendido certo.

De qualquer forma, isso não está funcionando.

— Acho que você pode entrar, já que veio até aqui — declara ela, como se seu apartamento não fosse bem no meio da cidade.

Estou a quatro passos da segurança do meu carro, a quatro passos de manter o status quo, a quatro passos de ficar na minha e superar isso... mas nunca girei tão rápido na vida.

Morgan mantém a porta aberta por meio segundo, dando um bom empurrão para que eu tenha tempo de pegá-la depois que ela desaparece lá dentro. Eu a encontro sentada na sala, com a TV no mudo. Dá para ver o estacionamento perfeitamente dali, através das cortinas, o que significa que ela com certeza me viu estacionar. Isso é melhor ou pior? Tipo, ela hesitou, mas também destrancou a porta, no fim.

Morgan olha para mim, na expectativa, e não sei o que dizer. Não sei por que estou aqui, além de pelo fato de me sentir totalmente culpada por ontem à noite, embora tecnicamente não tenha motivo para isso. Mas também tenho muitos motivos para isso. Sinto o coração na boca.

— Imagino que não tenha nenhum concurso hoje, né? — pergunta ela, passando pelos canais na TV ainda sem som.

— Não, hoje não. — Eu mal posso acreditar que ela está falando comigo. — Mas tenho que encontrar Everly daqui a pouco.

— Ah — solta Morgan, de forma evasiva, sem tirar os olhos da televisão. — Acho que isso não nos deixa com muito tempo para estudar, então. A gente devia começar.

— Eu não vim aqui para estudar de verdade. — Eu me encaminho para a mesa de centro, sentando e bloqueando sua visão da TV. — Mas você sabe disso.

Preciso que ela olhe para mim, preciso que ela veja que estou mal pela noite passada. Preciso que ela sinta o que não posso dizer.

Morgan apenas suspira e desvia o olhar.

— O que você *quer*, Ruby?

— Eu não sei — respondo honestamente.

O que as outras pessoas dizem em momentos como este? Eu não costumo ter essas paixões. Não me relaciono com ninguém. Especialmente com garotas. Isso tudo é novidade, por vários motivos.

Morgan se levanta.

— Legal, bom, obrigada pela visita, então.

Eu vou mais para a frente na mesa, pegando sua mão e prendendo suas pernas entre as minhas. Morgan hesita, analisando meus olhos, e então suspira.

— Eu não posso mais ficar nesses joguinhos com você. Não depois de ontem à noite.

— Desculpa — digo. — Desculpa. Eu nunca deveria ter…

— Eu me senti nojenta.

— Ah.

Eu largo a mão dela e deslizo para trás... porque "nojenta" foi o oposto de como eu me senti. Eu *gostei* de dançar com ela. Mais do que gostei, até.

— Como você pôde fazer isso comigo? Você obviamente sabe o que eu sinto por você. Você mesma disse isso! — Ela balança a cabeça e se recosta de novo no sofá com os braços cruzados. — E *mesmo assim* você me usou para chamar a atenção de Tyler? Isso é ridículo, Ruby!

— Espera, o quê? — Porque eu não fiz isso. *Eu não fiz*. Posso não saber o que estava fazendo, mas definitivamente não era isso.

— Esse tempo todo, você só estava mesmo tipo, *Ah, olhe essa garota patética que tem uma queda por mim. Aposto que posso usar isso a meu favor...*

Interrompo suas palavras com um beijo, tentando mostrar a ela o que sinto, tentando expressar com o toque dos nossos lábios tudo o que não consigo dizer, para que ela possa entender finalmente. Mas mal comecei quando suas mãos vêm para meus ombros, me empurrando para longe.

— O que você está fazendo? — grita ela.

— Eu pensei...

Eu paro. Não sei o que pensei. Eu não pensei, na verdade. E, ai não, ai não. Os olhos dela se enchem de lágrimas antes de ela correr pelo corredor e bater a porta.

Fico ali sentada por um segundo, tentando descobrir o que fazer e como li tudo isso tão errado, e então a sigo, batendo suavemente em sua porta.

— Vai embora, Ruby — pede ela, e sei que ainda está chorando.

Merda.

Estendo a mão para a maçaneta, mas me detenho, lembrando da conversa com Tyler sobre consentimento. E aí me viro, deslizando pela porta com as costas contra ela. Estico as pernas e fico tirando meu esmalte. Eu sou péssima em lidar com sentimentos. E sou pior ainda em falar sobre eles. Por que ela não me deixa só mostrar a ela?

— Morgan...

— Por que você ainda está aqui? Vai embora!

Eu inclino minha cabeça para trás, apoiando na madeira.

— Eu vou se você quiser. Mas eu realmente não quero.

— O que você *quer*? — pergunta ela, sua voz mais frustrada do nunca.

Respiro fundo e abro aquela caixinha de sentimentos dentro de mim. Se ela precisar que eu me exponha, eu me exponho.

— Eu nunca... Tyler e eu costumávamos sair, ou tipo isso, mas eu não... — Suspiro, já frustrada comigo mesma. — Eu não me preocupo com ele quando ele não está por perto nem nada. Mas você? Fico o tempo todo querendo saber no que você está pensando. Quero estar perto de você o tempo todo. Todos os pensamentos dentro da minha cabeça são sobre você agora! E às vezes eu odeio isso. E outras vezes eu gosto. Muito. E não sei o que eu quero, não sei, mas sei que não quero ser a pessoa que vai te machucar. Eu não fiz o que você acha que eu fiz ontem à noite. Eu não faria isso. Eu...

A porta se abre e eu me caio de costas no chão do quarto dela.

Ela solta um bufo que pode se transformar em uma risada se eu fizer tudo direitinho. Mas a oportunidade se foi antes mesmo de eu levantar do chão.

— Explique essa última parte — diz ela, indo para a cama e enxugando os olhos.

— Eu juro que não usei você. E desculpa por ter feito você se sentir assim. Não era minha intenção, eu juro. Eu bebi demais, e você estava lá tão…

Eu balanço minha cabeça.

Morgan franze a testa, esperando.

— Tão *bonita* — completo e desvio o olhar, sentindo meu pescoço e minhas orelhas ficando vermelhos.

— Então por que você dançou com Tyler?

— Eu não sei! Tudo ficou tão confuso!

— Por que você me beijou agora?

— Eu queria te mostrar! — confesso. — Eu mal consigo falar perto de você. Você bagunça demais a minha cabeça.

— *Eu* bagunço a *sua* cabeça?

— Não, tipo… Isso saiu errado. Me deixa te mostrar — imploro, me aproximando um passo. Talvez outro beijo, um beijo melhor, conserte isso. Dou outro passo, e outro, até que estou bem na frente dela. — Posso te beijar de novo?

Eu me inclino para que nossos rostos fiquem a apenas alguns centímetros de distância.

— Por quê? — questiona Morgan, e sinto sua respiração em meus cílios enquanto meu coração bate dizendo *não sei, mas é o que eu quero*.

Inclino seu rosto até que nossos narizes se toquem, sorrindo com sua expiração trêmula, e digo:

— Eu só quero experimentar uma coisa.

Morgan puxa a cabeça para trás ao ouvir minhas palavras, seu corpo inteiro seguindo o exemplo. Ela se afasta e sai da cama.

— Você precisa ir. Agora — declara ela, a voz fria.

Meu sorriso encantado é substituído por uma expressão confusa.

— O quê? Por quê? Morgan…

Mas ela já está marchando para fora do quarto, até a entrada da casa, e, quando chego lá, já está segurando a porta aberta. E desta vez, desta vez, sei que ela está falando sério.

— Morgan…

— Eu não sou uma coisa em que testar nada. Eu não sou sua experiência. Fique longe de mim, Ruby. Tá bom? Isso é um erro.

Eu nem tenho chance de responder antes que ela bata a porta na minha cara.

24

Morgan

— Ela te chamou de experiência? — Anika quase grita no meio de uma mordida em um peito de frango.

Estamos todos no restaurante — a essa altura, podemos chamar de uma reunião não oficial do Clube do Orgulho —, e Drew e Anika foram gentis o suficiente por não falarem nada sobre o fato de eu ter aparecido fungando e chorosa, embora eu tenha certeza de que eles tinham uma noção depois da noite passada.

Levei uma hora para criar coragem e contar a todo mundo.

— Sério? — pergunta Drew. — Isso é ridículo até para ela.

— Ela não falou exatamente assim, mas essa era a essência. Ela disse que queria "experimentar uma coisa" e depois foi me beijar. — Pego uma batata frita murcha. — Depois de ver ela e Tyler ontem à noite, mesmo que ela diga que nada aconteceu...

— Sim, ela pode "experimentar" com outra pessoa — declara Anika.

— Cara, e se só saiu errado? — pergunta Aaron, e eu me viro na direção dele.

— Você está defendendo ela?

— O quê, só porque ela é sua vizinha você vai ficar do lado dela agora? — questiona Drew, bufando.

— Você é *vizinho* dela? — praticamente grito.

Ok, nunca estive na casa de Aaron, mas, ainda assim, parece uma informação crucial.

— Sim — diz ele, como se não fosse grande coisa. — E olha, se eu a estou defendendo, é só um pouco. Só quero dizer que fiz um monte de coisas confusas quando estava tentando entender minha identidade também. Dei muita bola fora. Não estou dizendo que ela não é péssima ou que você tem que aguentar isso, mas parece que ela está bem atrapalhada. E a mãe dela é bem…

— O quê? — pergunto. A mãe de Ruby sempre foi um ponto de interrogação para mim.

Aaron parece desconfortável.

— Não quero que pareça que estou falando merda, mas você ouve muita coisa quando mora tão perto quanto nós. Vamos só dizer que a gente cresceu de formas bem diferentes. Na verdade, já fomos muito próximos, mas quando me assumi como trans, a mãe dela parou de me deixar ir lá. Ela não queria "essas coisas" perto da sua filha.

— Uau — diz Brennan.

— Elas têm um relacionamento estranho. A mãe é muito controladora e mente fechada. Não sei o que Ruby está fazendo, mas se ela é uma das nossas, não deve ser fácil viver naquela casa. Tenho certeza que isso deve martelar na cabeça dela.

— Uau — diz Drew.

Aaron empurra o prato de frango para mais perto de mim.

— Não é todo mundo que vai ter um processo de autoaceitação tão óbvio quando o seu, Morgan.

— Óbvio? — retruco. — Tive que mudar de escola no meio do meu último ano! Nenhum dos meus amigos de antes fala comigo! Eu nem posso competir agora! Eu me arrisquei para assumir quem sou, e podia perder *tudo* por causa disso. Como é que foi fácil!?

— Eu não disse que foi fácil — argumenta Aaron. — Eu disse que foi óbvio. E foi, porque você sabe quem você é e o que quer. Você tem pais que te apoiam, um irmão que permite que você fique com ele e — ele gesticula para a mesa — novos amigos que sempre estarão com você. Eu também tive muita sorte, meus pais são as pessoas mais solidárias e de mente aberta do universo! Quando eu disse a eles que estava mudando meu nome para Aaron com *A*, minha mãe literalmente comprou um monte de cobertores e enfeites e tudo o que ela conseguiu encontrar com a nova letra. Ela até queria fazer tipo um chá de revelação para anunciar para toda a família... soltando um monte de balões azuis e tudo, sabe? Felizmente, eu cortei essa ideia.

— Pelo amor de Deus, eu amo sua mãe — comenta Brennan.

— Eu também — diz ele. — Mas a gente precisa lembrar que nem todo mundo tem isso, e ainda mais desde o início. Quer dizer, nosso projeto de final de ano do Clube do Orgulho é literalmente uma campanha de arrecadação de alimentos e roupas porque muitas crianças são expulsas de casa por causa dessa merda.

Eu cruzo os braços.

— Por que de repente sinto que agora sou eu quem está sendo julgada aqui?

— Você não está — garante Aaron. — Só estou dizendo que, se você se preocupa com Ruby e acha que ela vale a pena, dá uma trégua. Esta é a primeira vez que ouço algo sobre ela ter interesse em qualquer pessoa que não seja um garoto, e olha que eu fico bem ligado nos boatos da área.

— Sim, e ela com certeza tem muito interesse em caras — resmunga Anika. — Não precisamos de boatos para saber disso.

Aaron levanta uma sobrancelha.

— Mas a gente não vai ficar difamando a garota.

— Você é tipo o quê, o protetor dela agora? — questiona Anika. — Ela está mexendo com a cabeça da Morgan!

Eu franzo a testa, meu coração um pouco mais balançado. Porque mesmo que eu esteja bem irritada com Ruby, ouvir Anika falando merda sobre ela não ajuda.

— Há quanto tempo vocês todos a conhecem? — pergunto, tentando mudar de assunto.

— Desde o jardim de infância — responde Brennan.

Drew inclina a cabeça.

— Eu também, acho.

— Hum, basicamente desde que a gente nasceu — reflete Aaron. — Nossos pais se mudaram para o parque ao mesmo tempo.

— Desde o terceiro ano do fundamental — diz Anika.

— E ela realmente nunca demonstrou interesse por uma garota antes?

Aaron dá de ombros.

— Não que eu saiba. Mas, de novo, não é como se ela namorasse com caras também.

— É, ela só fica com eles. — Anika faz uma careta. — Muitas vezes.

— Pode parar com isso? — pede Aaron. — Por favor?

— Desculpa — diz ela, parecendo arrependida. — Você está certo. Estou sendo idiota. Só estou chateada pela Morgan.

— Este deveria ser o meu recomeço — comento com um suspiro, deixando a cabeça cair em minhas mãos. — E, em vez disso, estou vivendo exatamente a mesma coisa de novo, me apaixonando por outra garota que não sabe o que quer. Bom trabalho, Morgan.

— Espera, se apaixonando por ela? Tipo *se apaixonando*, se apaixonando mesmo? — pergunta Brennan, franzindo as sobrancelhas.

Eu espio por cima das mãos.

— Por que minha vida é assim?

— Porque você é muito fofa — responde Drew, com um sorrisinho quando olho para ele. — Ah, pobre Morgan. Todas as garotas querem beijar você, mesmo aquelas que a gente *achava* que erem heterossexuais. Bem provável que daqui a pouco você também encontre Anika batendo na sua porta.

Anika dá um soco no braço dele e todos começam a rir. Até eu rio por um segundo, antes que o pavor de *Como vai ser vê-la na escola na segunda-feira?* voltar. Pelo menos o trabalho em dupla acabou, então posso sentar perto de Allie e Lydia. Mas agora que os lábios dela tocaram os meus lábios…

— Terra para Morgan — chama Anika, jogando uma batata frita para mim.

— Desculpa. — Finjo um sorriso. — Acho que vou sair para correr, na verdade.

Eu jogo um dinheiro na mesa e deslizo para fora do banco, agradecida por eu estar usando basicamente roupas de corrida hoje.

— Mas ainda tem comida! — diz Drew.

— Eu preciso tirar isso do meu corpo, sabe? Vou me sentir melhor depois.

— Tem certeza? — pergunta Aaron. — Eu não te irritei com minhas bombas da verdade, não é? Eu sei que às vezes elas fazem um estrago.

— Não, estamos de boa. Foram bons argumentos. Só não sei como lidar com tudo isso ainda.

Ele me cutuca com o cotovelo e me lança um sorriso tranquilizador.

— Espero que você descubra isso durante a corrida.

— Pois é.

Eu também espero.

Meus pés batem na calçada, o ritmo constante contra o asfalto tão familiar quanto meu próprio batimento cardíaco. Eu começo devagar, aquecendo o quadril até que as endorfinas afastem a dor, e então me forço a correr cada vez mais rápido, tentando esquecer o formigamento de seus lábios nos meus, e como eu me permiti senti-los, apenas por um segundo, antes de afastá-la.

Corro até as lojas darem lugar às casas, que dão lugar às árvores, e então corro para dentro da floresta, cortando o que parece ser uma trilha. Não sei dizer se foi feita por um cervo ou um corredor ou talvez, espero, por ambos.

Meu desempenho é melhor na pista — para a maioria das pessoas que correm —, mas existe algo especial em correr por entre as árvores, com galhos se agitando, esquilos pulando e cobras saindo do meu caminho, rastejando. Nada mais importa, exceto meus pés e meu corpo e a terra que me sustenta, enquanto eu a golpeio e me impulsiono nela, acelerando o ritmo até que o mundo finalmente desaparece, como um borrão de nada além de adrenalina, endorfina e paz. Eu fico por lá, todos os meus pensamentos bem longe. Sou apenas um corpo em movimento contínuo, nadando nas substâncias químicas do meu cérebro.

Mas então meu pé esquerdo se prende a uma raiz, o que me faz cair esparramada no chão. Meus fones de ouvido voam assim que viro o corpo para salvar meu tornozelo, batendo minha bochecha em uma pedra enquanto aterrisso em uma grande pilha de folhas.

— Ai — resmungo, me sentando lentamente para avaliar os danos.

Minha cabeça já dói e tenho certeza de que minha bochecha está sangrando, mas estou mais preocupada com meu tornozelo. Puxo o pé para cima e o toco com cuidado. Vai ficar uma marca, com certeza, mas nada parece quebrado. Na pior das hipóteses, tenho uma entorse leve. Volto a me deitar no chão, sorrindo. Já corri com coisa muito pior. Foi por isso que o universo inventou as bandagens elásticas, o gelo e o ibuprofeno. Finalmente, algo com que eu realmente sei como lidar.

Já quase escureceu quando volto mancando para casa, sentindo meu tornozelo gritar enquanto o sangue seca em minha bochecha. Encontro um bilhete de Dylan dizendo que foi a um show em um bar chamado Screeching Weasel na cidade vizinha e que me deixou dinheiro no lugar de sempre, para comprar pizza.

O lugar de sempre é embaixo do pão, que fica em cima do fogão, porque aparentemente "o pão esconde a riqueza". Mas por que ele acha que precisa deixar bilhetes enigmáticos e esconder dinheiro, não entendo. Se um ladrão invadisse, provavelmente seria muito mais provável que roubasse sua

TV gigante e os consoles de jogos do que tentasse decifrar as pistas e caçar vinte dólares.

Eu abro o freezer e paro, minhas mãos no saco de ervilhas congeladas.

Não. Não vou pegar isso.

Eu o empurro para fora do caminho e pego minha bolsa de gelo favorita antes de ir para o banheiro. Preciso de um banho rápido, um pouco de antisséptico para minha bochecha e de uma boa noite de sono.

Amanhã será um dia melhor. Tem que ser.

25

Ruby

Estou bêbada de novo. Não queria ficar bêbada. Ainda mais duas noites seguidas. Mas estou. Bêbada demais. Mais do que bêbada. Tomada de álcool. Completamente alcoolizada.

— Você percebeu que tá falando isso em voz alta? — diz Everly, me cutucando com o pé.

Passamos as últimas horas escolhendo fotos para seu projeto, que ela está chamando de Olhares do Coração. Ela andou tirando fotos das pessoas quando não estão prestando atenção, especificamente quando estão olhando para alguém com quem Everly acha que elas se importam. Aparentemente, não é invasão de privacidade, desde que ela faça isso em lugares públicos. Ótimo. Ela tirou fotos de um monte de pais olhando para os filhos, pessoas olhando para outras com quem estão em um relacionamento… e eu. Com um olhar todo fofo pra porra da Morgan Matthews. Não que Everly saiba disso.

Ela está encolhida atrás de Marcus, agora oficialmente seu namorado, com o queixo apoiado no ombro dele enquanto ele joga Xbox de fone de ouvido e de vez em quando toma um gole de uísque. Vivendo a vida hétero dos sonhos, imagino, e eu sentada aqui, sozinha e bêbada. Bêbada. Beba. Bebinha.

Eu viro de barriga para cima e olho para o céu. Para o teto. Tanto faz. Nem sei mais. Eu só olho para cima e tento pensar em qualquer outra coisa. Porque, de alguma forma, mais ou menos quando já estávamos há duas horas nessa, Everly me convenceu a deixá-la colocar minha foto em sua exposição. Ela ainda acha que eu estava olhando para Tyler. Eu estaria rindo se não estivesse com tanta vontade de chorar.

Então aqui estou. No chão dela. Tentando esquecer os lábios macios e o rosto enfurecido de Morgan. E o fato de existirem evidências fotográficas de como ela me faz sentir.

— Pera aí, os lábios de quem? — questiona Everly.

Merda, eu *ainda* estou falando alto? Estendo uma das mãos, pegando a garrafa apoiada no quadril de Marcus, e bebo um pouco mais, desejando que o álcool possa queimar até o último pensamento no meu crânio.

— Que Morgan? Morgan Matthews? — pergunta Everly, se ajeitando um pouco, o que a faz empurrar Marcus.

— Droga, amor — diz ele. — Você me fez perder a mira.

Mas ele sorri quando ela beija sua têmpora antes de vir se sentar ao meu lado.

Eu viro a cabeça para o outro lado, mas Everly vira de volta para ela.

— Morgan Matthews? Sério? Foi por causa dela que você apareceu na minha varanda com duas garrafas de uísque? Pensei que era por causa do Tyler! Ruby, a Morgan é uma garota.

Tomo outro gole.

— E não é que eu notei? — debocho, me afastando de novo dela, porque não vou chorar por causa disso. Não posso.

— Ai, meu Deus — solta ela, devagar. — Aquela foto... — Everly tenta me aproximar dela mais uma vez, mas me recuso. Puxo meu ombro e me levanto, meio tonta. — Você tava olhando pra ela?

— Não, eu... Esquece isso — murmuro.

— Ruby, tá tudo bem. Só fiquei surpresa. Não...

— Preciso sair daqui — digo, pegando a segunda garrafa de bebida ainda fechada e minhas chaves da mesa de centro.

— Ah, não — diz ela, arrancando as chaves da minha mão. — Você definitivamente não vai dirigir para lugar nenhum.

— Eu tô bem — replico e estendo a mão para pegar as chaves de volta, mas ela as enfia no bolso.

— Para. Você não está pensando direito.

Eu rio e, quando ela parece confusa, acrescento:

— Sobre a sexualidade ou o carro?

— Ai, meu Deus — solta ela, mas não ouço o resto. Subo as escadas e saio pela porta da frente de sua casa.

Infelizmente, ela está bem atrás de mim.

— Ruby, para!

Ela avança e se coloca na minha frente, me acompanhando quando tento driblá-la. Malditos reflexos de pessoa sóbria. Everly não bebe. Isso costumava me irritar pra caralho, até que ela me contou que era porque seus pais estão em recuperação. Ela tem medo de começar e nunca mais parar. *Que responsável*, penso, abrindo a tampa da garrafa.

— O que você quer, Ev?

— Sou sua melhor amiga há sete anos. Você não acha que está mais do que na hora de me falar as coisas?

— Eu já te falo as coisas — grito, levantando as mãos e depois batendo-as na lateral do corpo. — Você já sabe de tudo o que tem pra saber da minha vida de merda. O que mais você quer?

— Ah, sei lá. Digamos, hipoteticamente, que você tenha uma quedinha pela garota nova. Seria bom se a gente pudesse conversar sobre isso. Que nem melhores amigas, sabe? Em vez de você vir e ficar todo nervosa e emburrada no meu porão. Se está com medo de que eu vá achar ruim ou algo assim, deixa disso, porque eu não acho.

— Eu não tenho uma queda por ela — digo, o que tecnicamente não é mentira.

Ela é mais do que uma quedinha, ela é uma maldita... Nem sei. Uma destruidora de vidas tagarela, ladra de cadeiras e batedora de carros. Eu tomo outro gole.

— Ok. — Everly suspira. — Mas se você teve *ou* tiver no futuro, estou aqui por você.

— Está tudo bem. *Eu* estou bem. Não preciso que você esteja "aqui" para mim nem nada. Você e Tyler e todas as outras pessoas podem simplesmente pegar toda essa pena que vocês sentem de mim e jogar no lixo, porque eu não preciso delas! — Enfatizo minhas palavras apontando a garrafa em sua direção. — Você me ouviu? Eu não preciso de nada!

Everly dá um passo à frente, me abraçando com tanta força que quase perco o equilíbrio. Eu não vou chorar. Eu. Não. Vou. Chorar.

— Shh, tudo bem — diz ela.

Eu enterro a cabeça em seu ombro quando Marcus abre a porta da frente. A luz de dentro da casa se espalha pela entrada da garagem, nos engolindo por inteiro.

— Está tudo bem? — pergunta ele.

Dou um passo para trás, para a sombra, e enxugo os olhos.

— Estou indo embora — digo baixinho. — Mas obrigada.

— Vem pra dentro — pede Everly.

Balanço a cabeça, mas estendo a garrafa de uísque para ela.

— Fica com isso e, por favor, me deixa ir. Vou embora andando.

— Me deixa te dar uma carona pra casa, pelo menos. São uns três quilômetros.

— A gente conversa amanhã ou sei lá, ok? Eu só preciso andar.

Ela não parece segura, mas não se move para me impedir. E eu me pergunto: sair do armário é assim mesmo? É sempre tão ruim, desequilibrado e confuso? E ainda conta se você tentar voltar atrás?

Mal cheguei ao fim da rua de Everly quando começo a ficar brava. Irritada por Morgan me fazer sentir essas coisas. Irritada por ela me fazer questionar coisas que eu achava que sabia desde sempre. Coisas tipo *eu só me apaixono por garotas famosas que nunca vou encontrar* e *eu não quero nunca ser namorada de ninguém. Nunca*. Dane-se ela por mexer comigo e depois bater a porta na minha cara. Ela. Bateu. A. Porta.

Eu não preciso dela. Eu não preciso das merdas dela. Aquela...

Existem outras pessoas gatas no mundo, é isso. E se eu acabar no chão, bêbada, confessando que gosto de garotas, vai ser por causa de alguém que mereça. E Morgan Matthews não merece. Eu mereço, sei lá, uma Kristen Stewart ou Tessa Thompson ou, tipo, todas as garotas do elenco de *Riverdale*. É tudo ou nada, né? Elas são tudo, não Morgan. Morgan é tipo nada. Um pontinho. Uma pedrinha no meu sapato que fica incomodando e incomodando e... Eu devia dizer isso pra ela. Agora mesmo. Simplesmente ir até lá e dizer *Ah, você não quer me beijar? Bom, adivinha? Também não quero mais te beijar*.

Uma parte minúscula do meu cérebro grita para mim que essa é uma má ideia, mas eu viro à direita mesmo assim e vou caminhando em direção à casa de Morgan. Porque uma parte muito maior do meu cérebro quer que ela saiba que eu desisto. Que eu tentei. Que *ela* é a bagunça com a qual *eu* não posso me envolver, e não o contrário.

Eu bato na porta. E quando ela não aparece, eu bato de novo, com mais força. E então aperto a campainha até que a porta seja escancarada por Morgan, muito sonolenta, que diz:

— Jesus, Dylan, você esqueceu as chaves ou... — Ela para de falar quando me vê.

Eu ajeito minha postura.

— Oi.

— O que você está fazendo aqui?

Eu coço o pescoço, concordando com a pequena voz em minha cabeça que, sim, talvez aparecer bêbada na porta de Morgan no meio da noite fosse, de fato, um plano terrível. Mas tudo bem.

— Ruby? — Morgan cruza os braços.

Ela está com uma camiseta de evento de corrida e o menor short de dormir que eu já vi. Noto que ela não está usando sutiã, e sei que eu com certeza não devia estar percebendo isso, então desvio o olhar rapidamente antes de ficar encarando por muito tempo.

Tento dizer a ela que não quero beijá-la. Que ela não é Kristen Stewart. Mas tudo fica confuso, e o que sai é:

— Eu quero beijar a KStew.

Ela franze a testa.

— Oooook? Legal?

Respiro fundo e abaixo a cabeça.

— Não. Bom, sim, mas não. Eu estava tentando dizer que está tudo bem você ter batido a porta na minha cara. Porque existem outras dez mil pessoas gatas no mundo, e você é só um pontinho ou... ou... um quebra-molas, sabe, por causa de todo o negócio de...

Ela levanta uma sobrancelha.

— Você ter me atropelado?

— Exatamente. Você lembrou! — Abro um sorriso bobo. — De qualquer forma, estou oficialmente elevando meus parâmetros. Então, é. Você — eu cutuco o peito dela — está fora do jogo.

— Ok, obrigada por me avisar, então. — Ela começa a fechar a porta.

— De nada, pontinho — respondo, empinando o queixo ao me virar para descer os degraus. Mas calculo mal a distância e acabo derrapando nos três de bunda.

Tento me levantar, mas acabo arranhando o braço, no que Morgan aparece ao meu lado, descalça no cascalho afiado, e não, não, não, ela não deveria vir aqui fora por minha causa. Ela devia estar lá dentro com seu short de dormir minúsculo, dormindo.

— Fica quieta. Você tá muito bêbada — diz ela.

Não é uma pergunta, mas uma afirmação. Ela passa o braço em volta de mim e me puxa para cima.

— E daí? — murmuro e tento afastá-la.

Morgan intensifica seu aperto, me conduzindo para dentro de sua casa. Há um pequeno arranhão em sua bochecha que não existia antes, e estendo a mão, acariciando-o suavemente, até que ela me larga sem cerimônia no sofá e sai.

Não tenho certeza do que devo fazer, então fico quieta, exatamente onde ela me deixou, torcendo para que nós duas me odiemos menos amanhã de manhã se eu me comportar. Estou arrependida de ter abandonado minha garrafa. Não que eu esteja sóbria, mas gostaria de estar mais bêbada. Bem mais bêbada. Bêbada nível *não vou lembrar de nada disso amanhã*.

Ela volta um segundo, um minuto, uma hora depois — o que é o tempo quando se está doidona de uísque roubado no sofá da sua crush? — com uma toalha e um pequeno kit de primeiros socorros. Ela limpa o arranhão no meu braço e enfia um band-aid na minha mão.

— Aqui — diz.

— Obrigada — agradeço, abafando um sorriso. Porque eu definitivamente não devia achar Morgan tão gata assim enquanto ela banca a enfermeira.

— Algo mais, ou já terminamos? — pergunta ela, se afastando.

Eu abaixo a cabeça.

— Acho que não.

Ela suspira e segue pelo corredor, desaparecendo em um dos quartos. Não tenho certeza se devo ficar ou ir embora. Provavelmente ir, certo?

Estou quase na porta da frente quando ela volta.

— O que você está fazendo?

— Indo embora — digo, e ao me virar noto que ela está segurando um travesseiro e um cobertor.

— Não, você não vai assim. — Ela joga as coisas no sofá. — Por favor, me diz que você não dirigiu até aqui.

— Everly pegou minhas chaves.

— Everly devia ter pegado você inteira e te colocado na cama.

Ela estende o cobertor e afofa o travesseiro.

— Ela tentou, mas eu sou teimosa — explico.

— Já reparei.

— Você não tem que fazer isso.

Morgan coloca a mão no quadril.

— Eu não vou deixar você ir pra casa sozinha, e meu irmão está em um show com o carro. É isso ou eu me visto e te levo de bicicleta pra casa, e eu realmente, realmente não estou com vontade de fazer isso, ok? Será que você pode só deitar e dormir logo, pra eu poder voltar pra cama? Eu imploro.

— Ok — meio que sussurro enquanto vou para o sofá. — Desculpa por ter acordado você.

Vasculho seus olhos ao dizer isso, esperando que ela veja que estou falando sério. Ela deve vislumbrar alguma coisa, porque seu rosto se suaviza, só um pouquinho.

Acho que a ouço sussurrar um boa-noite quando a porta do quarto se fecha.

26

Morgan

De primeira, acho que estou no meu antigo quarto, na minha casa, com meu labrador amarelo gigante esparramado em cima de mim. Dusty costumava entrar sorrateiramente sempre que minha mãe se esquecia de fechar minha porta depois que ela espiava antes de sair para o trabalho de manhã.

Mas então ouço Dylan gritar "Saindo!", do jeito que ele sempre faz antes de ir embora, e tudo volta num estalo: onde estou, o que aconteceu ontem à noite. O peso se desloca contra mim, com o som do movimento de um braço. Então definitivamente não é Dusty.

Abro os olhos e encontro Ruby enroscada em mim. Estou presa debaixo dos cobertores, com ela em cima deles. Analiso seu semblante ainda adormecido, dividida entre ficar furiosa por ela estar na minha cama ou encantada com o ar pacífico que seu rosto relaxado e o cabelo solto inspiram.

Mas não posso deixar isso acontecer.

Respiro fundo e me inclino para ela, meio que me esticando, meio que a empurrando, o que a faz se mover apenas o suficiente para acordar. Eu percebo quando ela de fato começa a se dar conta do que está acontecendo, quando sua confusão sonolenta dá lugar a olhos grandes e arregalados. Seu corpo inteiro fica tenso e ela se arrasta para trás, até a ponta da cama.

Eu meu apoio nos cotovelos.

— Pois é — digo, olhando para ela.

— Desculpa.

— Por vir aqui ontem à noite pra me dizer que você não precisava de mim ou por acabar na minha cama depois que eu coloquei você no sofá?

— Os dois? — Ela passa a mão no rosto. — Entrei em pânico quando ouvi seu irmão chegar ontem. Eu ia dormir no chão, juro. Não sei o que aconteceu.

— Por que você entrou em pânico?

— Não queria que você tivesse problemas por eu estar aqui — afirma ela, envolvendo o corpo com um dos braços.

Eu inclino a cabeça.

— Eu mandei uma mensagem para ele avisando. Ele ficou de boa.

— Ah — solta ela.

Depois disso, nós duas ficamos ali sentadas, em meio a um silêncio super desconfortável.

— Vou entrar no banho — digo quando fica óbvio que ela não tem mais nada a acrescentar. — Você ainda vai estar aqui quando eu sair?

— Provavelmente não.

Eu concordo. Não é como se eu não esperasse essa resposta.

Tomo meu banho com calma, tentando muito não pensar no fato de que mais ou menos nas últimas trinta e seis horas a garota de quem eu gosto beijou outra pessoa, me beijou, apareceu bêbada na minha porta para me dizer que havia outras garotas gatas no mundo — que é a parte a que eu realmente estou tentando não me apegar, porque para ela dizer "outras" significa que ela pode estar me incluindo na categoria de "garotas gatas" — e *ainda por cima* dormiu na minha cama a noite toda, coisa que meu sono pesadíssimo me impediu de aproveitar.

A água fria me força a sair do chuveiro antes que eu esteja pronta para enfrentar a verdade: Ruby terá ido embora quando eu voltar para o quarto, e a noite passada será apenas mais uma lembrança para jogar no topo da pilha de *sinais confusos de garotas de quem eu gosto*.

Eu me enrolo em uma toalha e vou para o meu quarto, hesitando antes de entrar. Lembro a mim mesma que está tudo bem que ela tenha ido embora... só que Ruby não foi embora de verdade, afinal.

— Você ainda está aqui — digo, segurando minha toalha um pouco mais forte enquanto a água do meu cabelo escorre pela lateral do meu rosto.

Ela engole em seco, seus olhos se arregalando antes de desviar o olhar.

— Vou deixar você se vestir — murmura. — Posso usar seu banheiro?

— Claro — respondo, ainda meio chocada.

Eu me visto mais rápido do que nunca, em seguida dou uma geral, tentando arrumar tudo antes que ela volte. Não que eu não a tenha deixado sozinha no quarto todo bagunçado por quinze minutos, lógico. Quando ela abre a porta, o cabelo em um coque bagunçado no alto da cabeça, estou sentada na minha cama, tentando parecer indiferente.

— Eu, é... peguei emprestado um pouco de pasta de dente também — confessa Ruby, timidamente.

— Pode ficar com ela — digo, que nem uma grande idiota.

Um sorrisinho se espalha por seu rosto. Ela começa a se aproximar, mas depois pensa melhor, cruzando os braços para trás e se encostando na parede perto da minha porta.

— Bom dia — diz ela.

— Você não foi embora.

— Você queria que eu tivesse ido?

— Não sei. Quer dizer, tenho certeza de que você e KStew vão ser muito felizes juntas, então, assim…

Ruby abaixa a cabeça, mordendo o lábio por um segundo.

— Desculpa por tudo isso. — Quando eu não digo mais nada, ela olha para mim com uma expressão intensa. — Você vive me fazendo sentir… — Ela balança a cabeça. — Morgan, às vezes você é a pessoa mais frustrante que eu já conheci.

— Uau, obrigada. — Eu franzo a testa.

— Só estou sendo sincera. — Ela dá de ombros. — O que aconteceu com sua bochecha?

— Eu caí.

— Quando? Onde?

— Ontem, na floresta.

— Eu pensei que você só corria em trilha quando estava muito chateada… — Ela bufa, meio atordoada. — Peraí, você correu na floresta por minha causa?

Cruzo os braços e desvio o olhar.

— Morgan…

— O que você quer que eu diga? Que eu gosto de você? Você já sabe disso. Que doeu quando você me fez sentir como se eu fosse algum tipo de experiência? Tudo bem, você venceu. Doeu. Mais alguma coisa?

— Não, não é isso…

— Ainda assim, nada disso importa. Não muda nada entre nós.

— Importa pra mim — diz Ruby, se afastando da parede.

— Por quê?

— Porque isso não acontece comigo!

— O quê? Beijar garotas?

— Não, relacionamentos! — Ruby praticamente berra. — Eu não tenho relacionamentos. Ponto final. Com ninguém. Mas você me deixou muito confusa. Eu não… O que eu faço com isso?

— Nada — retruco, me levantando para, sei lá, expulsá-la de novo ou algo assim. — Meus dias como experiência de alguém acabaram faz tempo.

— Eu não estou experimentando, porra! Eu gosto de você de verdade, ok?! — grita Ruby, dando mais um passo em minha direção. — Por que você não entende isso?

Reviro os olhos.

— Talvez porque você tenha aparecido bêbada na minha casa ontem à noite, chorando e me dizendo que você não gosta.

— Eu não estava chorando.

— Bem, você estava antes — digo, só para manter meu ponto.

Ela balança a cabeça.

— Tanto faz. Eu pedi desculpa.

— "Desculpa" não explica por que isso aconteceu, em primeiro lugar!

Ruby apoia as mãos na testa, os dedos entrelaçados, sem interromper o contato visual.

— Eu tentei te beijar, e você bateu a porta na minha cara.

— Porque eu não vou entrar nesse seu joguinho! — grito. — Você não pode gostar de mim só quando está bêbada.

— Eu não estava bêbada ontem de tarde!

E para isso não tenho resposta. Mas de uma coisa eu sei: nós não estamos funcionando. Não estamos em sintonia.

— Eu não posso fazer isso com você, Ruby.

Sua expressão murcha, toda a raiva se esvaindo.

— Por que não?

E a sinceridade por trás de sua pergunta tira o meu ar. Tudo o que sei e sinto sobre esse completo tornado que é essa pessoa parada no meu quarto agora começa a girar em minha cabeça junto com tudo o que Aaron disse ontem, agravado por seus grandes olhos de cachorrinho e seus ombros caídos de um jeito triste. E daí se ela é complicada? Talvez todos nós sejamos. Mas e se for para ela ser *minha* complicação e eu a *dela*?

— Você gosta de mim mesmo? — pergunto, minha voz tão baixa e insegura que mal soa como eu.

— Eu não tenho permissão pra gostar de você — diz ela, mordendo o lábio. — Mas realmente não me importo com isso agora.

— O que isso significa?

Ela dá mais um passo em minha direção, tão perto que estamos quase cara a cara.

— Isso significa que não me importo com nada, exceto com essa vontade que eu tenho de te beijar e de fazer com que tudo fique bem entre nós.

— Mas só agora? — questiono quando ela chega ainda mais perto, seu nariz roçando minha bochecha.

— A gente tem que começar de algum lugar, né?

Ela faz uma pausa antes de nossos lábios se tocarem, me deixando ser a responsável por diminuir a distância entre nós desta vez, por fazer essa escolha. E eu faço.

É o nosso primeiro beijo, o primeiro que realmente conta, e sinto meus dedos dos pés se curvarem.

Ela faz meus lábios se abrirem, emaranha sua mão no meu cabelo, e nos dissolvemos em uma confusão de sorrisos, dentes e línguas. E parece que nada existe além do ponto onde nossos corpos se encontram. Porque Ruby Thompson beija muito bem, e esse beijo vai entrar para a História, e quero que dure para sempre.

Ruby me leva para trás em direção à cama, nós duas soltando risadinhas quando caímos no colchão. Suas mãos e seu cabelo, seus lábios e suas unhas estão em todos os lugares ao mesmo tempo. Ela beija como se estivesse morrendo, como se fosse nosso último momento na Terra. Ela levanta minha blusa e roça os lábios na lateral do meu corpo e na minha barriga, com um ar desesperado, e então está de volta à minha frente, tão perto que consigo contar suas sardas antes que ela desapareça no meu pescoço, fazendo meu corpo inteiro tremer enquanto sua mão serpenteia para baixo, passando pelo elástico do meu short, e então...

— Espera — digo, pegando seu pulso antes que ela possa avançar.

Ela para, olhando para mim com uma mistura de preocupação e luxúria que rapidamente se transforma em medo e rejeição enquanto ela se afasta.

— Desculpa, desculpa — diz ela, tentando sair da cama, mas eu a puxo para perto, até ela enterrar mais uma vez a cabeça no meu pescoço e finalmente respirar. — Eu não devia ter feito isso.

— Está tudo bem — afirmo, acariciando suas costas.

Ruby se apoia nos cotovelos.

— Não estava bom?

Eu franzo a testa sua expressão receosa e toco a bochecha dela.

— Não, foi incrível. Você é incrível. Só não estou pronta pra isso ainda. Você está?

— Sim — insiste ela, parecendo que tem algo a provar, enquanto se aproxima para outro beijo.

— Ruby — chamo, colocando um pouco de seu cabelo atrás da orelha com um sorriso suave. — Eu sei o que você está fazendo.

— Estou beijando a pessoa que eu gosto — diz ela, e mostra a língua.

— Eu não quero assim — digo, e ela parece confusa. — Eu não quero que você esconda seus sentimentos atrás do sexo.

— Eu não estou fazendo isso — argumenta ela, me distraindo com outro beijo atrás da minha orelha.

— Então o que é? — pergunto, quando retomo a consciência.

Ela olha para onde seus dedos estão traçando preguiçosos símbolos do infinito em meu braço e respira fundo.

— Eu quero te mostrar o quanto eu gosto de você — responde.

Ruby me encara, seus olhos um pouco vidrados e seus lábios um pouco trêmulos. Abro a boca para dizer algo, mas ela apenas balança a cabeça, soltando uma risada autodepreciativa ao se empurrar para fora da cama.

— Ruby, não precisamos transar pra eu saber…

Ela se vira, dando de ombros enquanto levanta as mãos.

— O que você quer? Porque eu sou assim. Eu participo de concursos, conserto carros e eu… Se você quiser outra Ruby, uma versão mais profunda ou qualquer coisa do tipo, saiba que ela não existe. Então sei lá, Morgan. Isso tudo é inútil?

— Ruby — chamo, mais firme.

Ela se vira para mim, parecendo totalmente perdida.

— Quê?

— Estou interessada nisso.

— No que?

— Nos carros, nos desfiles, no... resto — digo. — Eu estou muito interessada.

— Mas...

— Mas antes de fazermos mais do que beijar, eu quero saber outras coisas sobre você além do fato de que gosta de carros e foi vice-campeã do Miss Tulipa ou sei lá. Quero saber o que essas coisas *significam* pra você. Não é que eu não esteja interessada; é que não estou pronta. Eu quero ir devagar, e eu realmente, *realmente* espero que você possa entender.

Ela hesita, como se de fato estivesse pensando a respeito, e então assente.

— Tudo bem, Matthews. Podemos tentar. Mas vou precisar de mais dicas sobre o que você quer, ok?

Eu sorrio.

— Não tenho nada para fazer agora, você tem?

Ela balança a cabeça.

— Me leva para algum lugar, então.

— Onde?

— Algum lugar que seja importante pra você — respondo, e seu rosto simplesmente se ilumina.

— Eu com certeza posso fazer isso — diz ela, se aproximando. — Mas, antes, posso te dar outro beijo?

— Um — digo, levantando meu dedo com uma risada enquanto ela me joga na cama. — Um beijo.

— Um beijo. — Ela sorri. — Por enquanto.

27

Ruby

Eu tinha esquecido que meu carro estava na casa de Everly até sairmos do apartamento de Morgan. E como Morgan está com o tornozelo dolorido — mesmo que esteja tentando bastante esconder isso, percebi assim que ela saiu do chuveiro —, de jeito nenhum vou deixá-la andar até a casa de Everly comigo. Em vez disso, e apesar de seus protestos, a convenço a me emprestar sua bicicleta, a deixo no sofá com um pacote de ervilhas congeladas e pedalo depressa.

Everly não está em casa quando chego, mas envio uma mensagem e ela me diz que deixou minhas chaves embaixo do banco da frente do carro. Eu agradeço e mando um emoji de beijinho, antes de enfiar meu telefone no bolso e pegar as chaves.

Tem outra coisa embaixo do banco também, e quando puxo para fora, vejo que é a foto que Everly tirou de mim, toda cheia de desejo na arquibancada. Ela deve ter imprimido depois que eu saí. Tem um post-it rosa nele que diz: *Precisamos conversar. Amo você.* E eu sei. Eu sei. Passo a mão no meu rosto na foto e vou para trás do carro, guardando-a em segurança no porta-malas. Não quero que Morgan saiba que isso existe, perceba o tanto que eu estava investida desde o início. *É mais seguro assim*, penso ao fechar o porta-malas.

Eu reclino o banco do carona e tiro a roda da frente da bicicleta de Morgan antes de deslizá-la para dentro do carro. Tenho que respirar fundo algumas vezes quando um pouco de lama suja meus belos bancos de couro, mas Morgan vale a pena.

Quando chego ao apartamento dela, porém, pergunto se ela pode esperar um pouco para que eu possa limpá-los, usando só um pouquinho do desinfetante para carro que deixo escondido debaixo do banco do carona (ok, bastante desinfetante, na verdade). Ela ri e diz que sim, depois volta para dentro.

Quando tudo está pronto e eu finalmente entro na casa dela — levemente suada, mas me sentindo mil vezes melhor —, Morgan está levando pratos para a mesa, com pizza e salada já neles.

— Você não precisava fazer tudo isso — digo, dividida entre me sentir maravilhada e entrar em pânico com a total normalidade doméstica da coisa toda.

— Sem problemas. — Ela pega alguns guardanapos do balcão e se senta em uma das cadeiras da mesa. — Eu só esquentei uma pizza velha e abrir um saco de alface.

— Eu sei, mas…

— Coma — diz Morgan. — Isso é mais uma precaução do que uma boa ação.

Levanto as sobrancelhas.

— Fico muito, muito, muito de mal humor quando não como. E eu pulei o café da manhã.

Eu rio.

— Tenho certeza de que posso lidar com você um pouco mal-humorada por causa de fome.

— Ah, não é um pouco. Eu fico em estado de alerta, tipo salve-se quem puder, total estratégia de terra arrasada, impossível de controlar. Se você conhecer a versão Morgan faminta, *com certeza* vai dar pra trás.

— Bom saber — digo, passando a salada para ela. — Coma, então. Não tenho tempo na programação para voltar atrás.

— Então, para onde exatamente estamos indo? — pergunta Morgan, minutos depois de sairmos.

— Você vai ver — digo, tentando desesperadamente ignorar o constante zumbido de *E se for uma péssima ideia?* zoneando minha cabeça.

— Mal posso esperar.

Ela coloca a mão na minha quando mudo de marcha, dando um pequeno aperto, e por um segundo meu medo voa pela janela, desaparecendo no ar quente da primavera.

Estou sozinha neste carro com a pessoa que eu gosto. E ela também gosta de mim. E, no momento, isso é o suficiente. Eu flexiono minha mão, pegando seus dedos entre os meus, e Morgan sorri.

Cerca de dez minutos depois, estamos estacionando na frente da oficina do Billy, e sinto o cheiro reconfortante de graxa e gasolina entrando pelas janelas abertas do carro. Olho para Morgan, que encara a oficina com uma expressão questionadora.

— Vamos — indico. — Eu quero que você conheça uma pessoa.

Quando entramos em seu escritório, Billy está curvado sobre sua mesa, lutando com um grampeador emperrado e soltando uma impressionante sequência de palavrões.

— Ei, deixa comigo — digo, pegando o objeto e usando uma das minhas unhas compridas para arrancar a pilha de grampos que ele obviamente só continuou apertando e esperando que desentupisse sozinha.

— O que você está fazendo aqui, garota? — pergunta Billy. Ele limpa as mãos em um pano e se recosta na cadeira. — Eu pensei que não veria você até... — Ele para no meio da frase, finalmente notando Morgan perto da porta. Ela acena para Billy enquanto coloco o grampeador agora consertado na frente dele. — E quem é essa? — pergunta, parecendo totalmente entretido.

— Essa é minha ... — hesito.

Minha o quê, exatamente? "Amiga" não parece certo, mas definitivamente não posso dizer "namorada" também.

Billy me olha, a curiosidade dançando em seu rosto. Morgan se aproxima com a mão estendida.

— Sou a Morgan — se apresenta. — Lugar legal.

— Sua amiga é uma mentirosa, Ruby — diz ele. — Uma mentirosa educada, mas ainda assim uma mentirosa.

— Ei, em defesa dela, ela nem tem carro. É bem provável que ela pense genuinamente que toda oficina pareça com esse buraco — argumento, sorrindo.

— Você precisa ensinar pra ela como é, então — comenta Billy, estreitando um olho. — Não dá pra deixar que ela saia por aí pensando assim.

— Vou ensinar. — Eu rio.

E este seria o momento perfeito para segurar a mão dela, para mostrar a Billy exatamente quem ela é para mim, mas não estou pronta. Morgan enfia as mãos dela nos bolsos, quase como se também soubesse.

— O que posso fazer por vocês hoje, meninas? — pergunta Billy.

— Morgan queria saber por onde eu ando. Achei que ela podia te conhecer e aí eu mostrava um pouco do lugar pra ela.

— Bem, é um prazer te conhecer, Morgan. E, Ruby, você sabe que não precisa da minha permissão para bisbilhotar por aqui — diz ele. — Eu tenho umas cinquenta faturas para grampear agora, então acho que você consegue fazer o tour completo por conta própria, né?

— Sim — concordo, sentindo uma onda de alívio.

Não sei se ele entende, se ele percebe que isso é o mais perto que eu já cheguei de levar alguém em casa para conhecer minha família, mas, se percebe, parece de acordo — e até descobriu uma maneira de nos dar privacidade. Billy não recebeu cinquenta faturas este mês, muito menos esta semana.

Entro na baia principal, fechando a porta do escritório dele, só por garantia. A oficina está assustadoramente silenciosa — nem mesmo o CD favorito de Billy está tocando, com as melhores músicas do Johnny Cash, o que é uma raridade neste lugar. Levo Morgan para o canto mais distante, longe dos elevadores, onde tenho um pequeno espaço para trabalhar.

— Esta é a minha área — mostro.

Ela para do lado do quadro de avisos que enchi com fotos de modelos posando com carros — todas mulheres. Depois, olha para mim com um sorriso no rosto.

— Fotos legais.

— Eu só realmente gosto dos carros — comento com uma falsa careta.

— Uhumm, sei, todas essas mulheres têm carros muito, muito legais — diz ela, e começa a rir tanto que dá uma roncadinha e, ai, meu Deus, eu amo essa garota. Quero dizer, não realmente, mas tipo isso.

Abro uma das gavetas assim que nos controlamos.

— Estas são minhas ferramentas, e estas são algumas peças em que estou trabalhando. Billy me deixa testar umas coisas pro meu carro. Além do trabalho normal da oficina, ele ainda revende carros. Traz uns bem ruins pra cá, e aí a gente conserta eles até que consigam passar pela inspeção para serem vendidos. Foi assim que eu consertei meu carro, na verdade.

— Não é possível que ele tenha sido um carro de lixão — diz ela, apontando para o estacionamento, onde meu bebê está estacionado, com sua pintura nova brilhando sob a luz do sol.

— Sim, ela foi.

Abro outra gaveta e pego o que Billy chama de meus "antes e depois", que são as fotos que tiramos quando o carro chega e depois no dia em que é vendido. Folheio a pilha até encontrar a foto do "antes" do meu carro, todo enferrujado e caindo aos pedaços, e a apoio na mesa, na frente de Morgan. Ela a pega e a segura na direção do meu bebê, semicerrando os olhos enquanto olha de um para outro.

— Sem chance de ser o mesmo carro.

— É incrível o que se pode fazer com uma rebarbadora e muito tempo livre — comento enquanto nos aproximamos para ver melhor.

— Não acredito em você.

— Olha — digo, apontando para um amassadinho no para-lama na foto e, em seguida, apontando para ele no meu carro. — Mesmo amassado.

Ela franze as sobrancelhas.

— Se você conseguiu transformar aquele balde enferrujado neste carro incrível, por que não consertou esse amassado? Você consertou todo o resto.

— Eu quis deixar — respondo, um rubor subindo para minhas bochechas.

— Por quê? — Ela fica tão perto que seu dedo mindinho roça no meu.

— É bobeira.

— Ainda bem que eu gosto de bobeira, então.

Reviro os olhos e solto um suspiro bem-humorado.

— Ok. Eu deixei como um lembrete dos tempos difíceis ou algo assim. Você pode polir e pintar para cobrir tudo o que passou, mas eles ainda aconteceram. Essas coisas ainda fazem parte de você, e tudo bem, sabe? Você tem que viver com isso, mas não é o fim do mundo. — Mordo meu lábio. — Como eu disse, é bobeira.

— Não — diz ela, me lançando um olhar tão sincero que dói. — Realmente não é. É… — Ela para.

— O quê?

— É só que você faz toda essa coisa dos concursos e ainda tem tudo isso aqui. Não conheço muitas garotas que conseguiriam fazer as duas coisas ao mesmo tempo.

Eu ficaria ligeiramente ofendida se ela não soasse tão sinceramente admirada.

— Bom, algumas garotas são assim.

— É — diz ela, batendo o ombro no meu. — Acho que são.

E juro por Deus que parece que vou explodir se não a beijar neste segundo, mas sei que não posso. Não em público, não em lugares que não sejam apenas dela e meus, que não sejam seguros. Ainda não. Eu olho para ela, e ela sorri. Espero que ela entenda. Espero que ela possa sentir o quanto eu quero isso.

Mesmo quando eu não posso.

28

Morgan

Não sei o que esperar da segunda-feira.

Eu meio que espero que Ruby esteja esperando para me levar para a escola quando eu sair do banho, e também meio que espero que ela nunca mais fale comigo. Parece que nenhum dos dois sentimentos é muito preciso — a verdade está em algum lugar no meio-termo.

Ela sorri para mim nos corredores em vez de fazer cara feia e até diz "Oi" quando passa por mim a caminho da educação física. Eu percebo sua amiga, Everly, olhando para mim mais de uma vez durante o dia. Será que Ruby contou a ela sobre nós? *Existe* um "nós"? Mas quando sorrio para Everly, ela não reage, então decido que é tudo coisa da minha cabeça.

Quando finalmente chega a hora da aula de política, estou praticamente explodindo de nervosismo e expectativa. Posso sentar ao lado dela, aproveitando uma fachada totalmente discreta e socialmente aceitável... só que Allie e Lydia me puxam assim que entro.

— Ah, eu ia… — começo a falar, gesticulando para o outro lado da sala, mas a expressão exageradamente triste das duas me faz sentar no meu antigo lugar.

Ruby chega alguns minutos depois, e juro que ela parece um pouco magoada, ou pelo menos tão desapontada quanto eu, quando vê onde estou. Eu aponto para minhas amigas como se dissesse *O que você eu podia fazer?* e espero que ela entenda. Pelo menos dessa forma estamos uma de frente para a outra, o que deve tornar mais fácil observá-la sem ser pega. Eu faço isso praticamente a aula toda.

Há um monte de coisas que nunca notei sobre ela. Tipo a maneira como ela mastiga a caneta, algo que geralmente considero bem irritante, mas de repente acho meio fofo. Ou o jeito como ela franze a testa quando está fazendo anotações. Ou a forma como morde o lábio e olha para mim através de seus cílios toda vez que me pega olhan…

— Você está encarando ela — sussurra Lydia em meu ouvido, me dando um susto, o que faz minha caneta sair girando pelo chão.

Ruby sorri e coloca a ponta da tampa da caneta entre os dentes, levantando uma sobrancelha e mantendo os olhos no papel à sua frente. Eu abaixo minha cabeça tão rápido que bato na mesa.

— Alguma coisa errada, srta. Matthews? — pergunta a sra. Morrison.

— Não — murmuro, esfregando minha testa.

— Nesse caso, existe algo que você gostaria de compartilhar com a classe?

Eu balanço a cabeça com vontade. Ruby ri, e Lydia me entrega outra caneta, com um olhar confuso.

Disparo para fora da sala no segundo em que o sinal toca, perdida em algum lugar no confuso meio-termo entre excitada e morrendo de vergonha. Corro para minha próxima aula, sentando em meu lugar e me dando um minuto para me recompor antes que o resto da turma chegue. Meu telefone vibra e eu o pego. É uma mensagem da Ruby… um único emoji com um sorriso malicioso, e nada mais.

Abaixo a cabeça e sufoco um gemido antes de pegar meu livro de pré-cálculo.

O resto do dia volta à normalidade, e fico agradecida por isso, ao menos no momento. Além de um aceno de longe vez ou outra ou um sorriso no corredor, nada está perceptivelmente diferente.

É só quando estou no vestiário, antes de ir para a pista, vestindo minha regata escrita ARMÁRIOS SÃO PARA ROUPAS com as cores do arco-íris, que começo a me questionar mais uma vez se o último fim de semana teria sido apenas um caso isolado. E se apenas viramos amigas que sorriem uma para outra e se beijam de vez em quando?

— Depressa — choraminga Allie perto da porta, batendo o pé. — Não quero me atrasar de novo e ficar presa fazendo flexões.

Abro minha boca para dizer que estou indo, mas então vejo algo — ou ela, na verdade. Ruby, me espiando dos chuveiros no fundo do vestiário. Ninguém os usa aqui. Eu nem sei se eles funcionam mesmo. Ela leva o dedo aos lábios com um sorriso e depois desaparece.

Eu olho para Allie.

— Vá na frente. Eu ainda tenho que apertar meus tênis.

— Ai, meu Deus — suspira. — Você é um desastre.

Eu faço uma expressão exagerada de quem se sentiu ofendida quando ela sai. Fico em silêncio por um segundo para ter certeza de que estamos sozinhas e, em seguida, vou na ponta dos pés em direção aos chuveiros. Eu me movo devagar por trás da parede e então pulo dentro da baia, rosnando com as mãos para cima... mas ela não está lá.

— Ru...

Sou cortada quando mãos serpenteiam em volta da minha boca e da cintura. Eu chuto, mordo e tento gritar, meus instintos expulsando qualquer pensamento racional à medida que sou arrastada para o canto mais escuro do vestiário.

As mãos me soltam e Ruby solta um "Jesus" junto com uma risadinha de dor. Quando me viro, ela está curvada.

— Ruby!

— Puta merda, você chuta forte — bufa ela, com as mãos nos joelhos.

— Você está bem? — Vou acariciando cada centímetro dela até que Ruby se levante, sorrindo, de alguma forma. — O que você estava pensando?

— Você tentou me assustar primeiro! Eu só estava retribuindo o favor. Ou foi o que eu pensei. Mas você resolveu dar uma de Ronda Rousey pra cima de mim.

— Desculpa, meu Deus, me desculpa — digo.

Ela me puxa para mais perto e levanta meu queixo para que a gente fique cara a cara.

— Não fica assim — diz ela, e então se inclina para me beijar.

E aí está, aquela sensação meio eufórica, meio assustadora que tenho sempre que estou perto dessa garota, como se estivesse de cabeça para baixo. Nem mesmo um dia chato na escola poderia impedir a sensação.

— Fiquei morrendo de vontade de fazer isso o dia todo — comenta ela.

— Também — confesso, sorrindo, porque Ruby Thompson está me beijando no vestiário do ginásio, e isso é de alguma forma absurdo e perfeito ao mesmo tempo.

Ela toca de leve o arranhão na minha bochecha, estudando meu rosto atentamente.

— Tem certeza de que está boa para correr?

— Sim, mãe — resmungo.

— Você estava mancando ontem.

— Sim, mas eu me lembro vividamente de alguém ter me feito colocar gelo e pôr a perna pra cima antes de me deixar em casa. Agora está melhor.

Ruby olha para mim com desconfiança.

— Então por que está tudo coberto de fita adesiva?

— Medida preventiva.

Ela franze a testa, mas depois se inclina para outro beijo rápido.

— Pra que isso? — pergunto.

— Medida preventiva.

Ela sorri e depois sai.

Depois do treino, corro para casa, tomo um banho rápido e faço uma chamada de vídeo com meu pai — que decididamente não quer falar sobre o processo e logo coloca minha mãe na linha —, depois vou de bicicleta até o Centro. Tenho outra reunião com Danny mais tarde e espero muito que hoje ele realmente se abra comigo. Adorei conhecê-lo; só não sei direito se tenho de fato o *ajudado*.

— Tudo certo? — me pergunta Izzie quando entro.

Ela está de pé no salão, mexendo nos móveis. Ela e Aaron estão tentando definir um espaço para deixar as bolsas que estamos montando com as doações do Clube do Orgulho. Faz pouco tempo que Anika e eu colocamos as caixas de doação e penduramos os pôsteres, mas já estamos recebendo algumas coisas legais. Mal posso esperar para ver tudo aqui, onde realmente vamos ajudar pessoas.

— Sim — digo por fim, porque está tudo bem. Eu acho. A maior parte das coisas está.

Ela analisa minha expressão.

— Sabe, Morgan, você sempre pode falar comigo se alguma coisa estiver te incomodando. Você tem feito um ótimo trabalho como conselheira, mas isso não significa que não somos um recurso para você também.

Eu suspiro.

— Está óbvio assim?

Izzie sorri.

— Não, mas eu já faço isso há bastante tempo, então consigo identificar quando alguém está pensando em alguma coisa.

— É que... — começo, sem saber exatamente por onde. Olho para o espaço vazio que ela acabou de criar e percebo o que está de fato me incomodando. — É só que não tenho certeza se estou fazendo o suficiente.

— Morgan — diz ela, — você se tornou uma adição incrível para o nosso Centro! Desculpe se não deixei evidente o quanto estamos felizes com você.

— Obrigada, isso significa muito. Mas não estou falando só daqui. — Olho para ela. — Aqui, sinto que estou fazendo a diferença, mas aí vou para casa e meu processo parece estar se movendo *tão devagar*. Às vezes sinto que me mudar para cá foi o equivalente a fugir. Tipo, sim, minha liberação ainda está pendente e esse negócio todo está uma bagunça, mas não consigo parar de pensar nos alunos da minha antiga escola ou até mesmo em Danny. O que estou fazendo de fato para mudar as coisas para pessoas como eu? Será que eu não devia estar lá fora, chamando atenção, que nem aqueles adolescentes de Parkland ou Nupol Kiazolu ou Greta Thunberg ou algo assim?

— Eu entendo esse sentimento. — Izzie se encosta em uma das prateleiras e me dá outro sorriso gentil. — Mas você tem feito bastante coisa: está muito envolvida no Clube do Orgulho, é voluntária aqui, está no meio de uma batalha judicial. Mesmo que não pareça no dia a dia, você é um exemplo incrível. Você arriscou tudo para se posicionar, e está apenas começando. Não tenho dúvidas de que vai fazer grandes coisas pela nossa comunidade, mas preciso que você me faça um favor.

— Qualquer coisa — digo.

— Não subestime o trabalho que você está fazendo e as coisas que já realizou. Você não é a Greta, mas *você* é Morgan Matthews, e isso também significa algo. Eu prometo que vou te ajudar a encontrar mais oportunidades, mas o ativismo não acontece de uma única forma ou em um só lugar. As batalhas vão continuar surgindo, e se martirizar por não conseguir fazer tudo ao mesmo tempo não adianta. Por favor, tire um tempo para honrar o que você já está fazendo, porque isso também é importante.

A porta se abre atrás de nós e Danny entra, me dando aquele cumprimento padrão com a cabeça enquanto tira o boné.

— E tenho certeza de que Danny seria o primeiro a concordar — comenta Izzie.

— Sobre o quê? — pergunta ele.

— Basicamente? Que Morgan é incrível — explica ela. — Fala pra ela. Ela não acredita em mim.

— Ai, meu Deus — gemo, sentindo minhas bochechas esquentarem. Isso é quase uma vergonha que só mãe faz a gente passar. — Você não tem que me falar nada.

Ele me lança um olhar confuso enquanto nos dirigimos para a sala de aconselhamento.

— É a verdade! — grita Izzie, já longe.

— Desculpe por isso — digo ao fechar a porta.

— Está tudo bem. Não sei se diria "incrível" — ele para quando eu sento na cadeira ao lado dele —, mas posso concordar que você não é totalmente uma merda.

Eu rio.

— Justo.

E isso já parece uma vitória.

29

Ruby

Hoje, Morgan Matthews terá um encontro de verdade. Ela ainda não sabe, mas eu sei, e estou praticamente quicando pelas paredes.

Faz quase uma semana desde que, bem, estamos fazendo o que quer que a gente esteja fazendo juntas, e quero marcar a data. São muitas coisas para agradecer: foi uma semana de beijos roubados em lugares escondidos, de amassos em salas de aula e vestiários vazios, de chamadas de vídeo todas as noites depois que Chuck dormia, de mãos dadas debaixo das mesas.

Também passei uma semana evitando as perguntas de Everly, como: "O que vocês duas são exatamente?". Eu ainda não sei. Mas o que quer que seja e o que quer que esteja se tornando, estamos uma semana mais perto disso.

O que significa que esta noite vai ser um grande passo. Esta noite é um encontro real, em um restaurante real. Nós vamos dar as mãos. Flertar. Beijar. Fazer todas as coisas que outros casais fazem. Coisas que fazem meu estômago se revirar de um jeito bom e ruim, mas sei que isso vai significar muito para Morgan, então vale a pena.

Eu tenho contado os segundos o dia todo enquanto estou presa no estúdio trabalhando para Charlene. Quando as aulas terminam e é hora da minha aula particular, estou distraída demais para realmente me concentrar nas perguntas da entrevista.

— Que momento da sua vida você gostaria de reviver e por quê? — indaga Charlene.

Preciso conjurar toda a minha força de vontade para não responder *quando Morgan finalmente me beijou*. Em vez disso, murmuro algo sobre concurso anteriores, e ela franze a testa e me diz para falar mais alto.

Dada certa hora, ela fica com pena de mim e só pede para analisar minha caminhada e apresentação de talento. Sapateado tecnicamente não é sua especialidade — tenho outra professora para isso —, mas ela diz que quer ter certeza de que tudo "fluirá". Acho que nós duas sabemos que não vou conseguir fazer mais nada até que eu queime um pouco dessa energia nervosa.

Eu praticamente corro para meu carro depois disso, e mal o ligo antes de mandar uma mensagem para Morgan. Eu a lembro que estou indo buscá-la e a peço para usar algo casual, mas bonito. Ela brinca: **Acho que isso significa nada de camisetas estampadas, então?** E não sei o que dizer, porque camisetas estampadas são totalmente adequadas para onde estamos indo. Fico com receio de que talvez eu tenha elevado demais suas expectativas.

Cogito cancelar a coisa toda. Em vez disso, corro para casa para me vestir.

— Onde você pensa que está indo? — pergunta minha mãe quando estou já com metade do corpo enfiada no armário procurando roupas que digam que estou tentando, mas não muito.

— Vou sair com uns amigos — digo, colocando um top bonito e jeans tão apertados que mal consigo respirar. Espero que Morgan aprecie a maneira como eles exibem minhas… qualidades.

— Você tem um concurso amanhã — anuncia minha mãe, encostada no batente da porta.

E, nossa, eu odeio quando ela encontra algum concurso estúpido de domingo para me inscrever. Eles são quase sempre de modelos, no shopping, que nem valem o custo da inscrição. Minha mãe me observa, esperando que eu diga algo negativo, talvez me desafiando. Ela está com uma caneca de café em mãos, mas sinto o cheiro forte de álcool.

— Jesus, mãe, você não tem que trabalhar? — Eu puxo a caneca da mão dela, apoiando-a em minha cômoda enquanto volto a atenção para as minhas roupas.

— Que porcaria, Ruby!

— Não deixe o Chuck… — Eu paro, porque não importa. Chuck vai arrastar minha mãe para baixo se ela permitir, e seja lá por que razão, ela está apaixonada demais para fazer qualquer coisa a respeito.

— Cuide da sua vida — retruca ela.

— É meio difícil cuidar da minha própria vida quando a sua se resume a morar na nossa casa e se embebedar antes do seu turno.

— Olha lá — ameaça minha mãe, e o fogo em seus olhos me diz que é melhor deixar isso pra lá.

— Desculpa — digo, suavizando meu tom. — Só estou preocupada.

Sua expressão fica um pouco menos dura enquanto ela acaricia meu braço.

— Você não precisa se preocupar comigo, querida. Apenas se concentre em conseguir a vitória amanhã.

Ela sorri ao dizer isso, como se estivesse me incentivando, e não pressionando.

— Eu vou — garanto. — Mas agora tenho que ir.

— Espera. — Ela me para quando eu passo com a roupa para o encontro enrolada nos braços.

— O quê?

— Diz pra aquele menino não deixar chupões desta vez.

Estou sentada do lado de fora do apartamento de Morgan, tentando não surtar, vinte minutos antes da hora que disse que estaria aqui.

Encontrei um posto de gasolina no meio do caminho entre a casa dela e a minha e terminei de me arrumar lá, sob as luzes fracas do banheiro velho. O cheiro de desinfetante barato e purificador de ar químico ainda está na minha pele. Porém valeu a pena para sair de casa sem responder mais perguntas.

Depois parei na mercearia e comprei uma flor para Morgan — um cravo roxo — para matar o tempo. Eu teria dirigido por mais tempo, mas estava preocupada com o desperdício de gasolina. Tentei calcular se conseguiria abastecer e ainda pagar o jantar, mas parecia mais seguro estacionar e esperar.

Mas a cortina continua se movendo na sala de estar de Morgan, e tenho quase certeza de que é alguém verificando se ainda estou aqui.

Eu debato, esperando que ela saia. Tenho certeza de que ela vai sair quando estiver pronta. Mas não quero ser o tipo de pessoa que espera no carro, ou pior, buzina. Quero ser... respeitável, se é que isso é possível. Porque eu nunca fiz isso antes, mas aposto que ela já. E aposto que foi algo chique e com alguém que podia comprar mais do que um cravo estúpido de mercearia.

A cortina se move novamente, incentivando minha mão. Abro a porta do carro com um suspiro relutante e me arrasto escada acima até casa dela, adiantada. A porta se abre antes mesmo que eu possa bater, e Dylan está lá, esperando.

— Ah, oi — digo, me esquivando de forma desajeitada debaixo do braço dele e entrando na sala.

Percebo tarde demais que deveria ter esperado que ele me convidasse para entrar, mas tudo bem. Aqui estamos.

— Você deve ser a Ruby. — Ele fecha a porta. — Sou o Dylan. Senta aí.

Eu sigo de pé até ele cruzar os braços e arquear uma grande sobrancelha para mim, e então minha bunda rapidinho alcança o sofá.

— Obrigado. Ouvi dizer que você quer levar minha irmãzinha para um encontro.

Balanço a cabeça negativamente por instinto, porque não sei o que é seguro compartilhar ou o que ele sabe.

Dylan inclina a cabeça.

— Você *não* quer levá-la para um encontro? Porque ela está no quarto se arrumando com a impressão de que isso é, de fato, um encontro. Se não for...

— Eu não estava dizendo que não é um encontro — interrompo, preocupada que ela possa ouvir.

Ele estufa o peito.

— Você balançou a cabeça quando eu perguntei se você ia sair com ela.

Eu estremeço.

— Eu não quis dizer não, *não*. Eu quis dizer não... eu não... não quero não levar sua irmã para um encontro.

— Você balançou a cabeça porque não quer deixar de sair com ela? — Dylan pergunta, e eu juro que ele está tentando conter um sorriso quando esfrega a testa. — Vamos tentar de novo: você quer levar minha irmã para um encontro?

Faço que sim lentamente, percebendo com alívio que não parece estranho dizer isso para outra pessoa — ou ao menos insinuar a cabeça. É uma sensação boa, na verdade, muito boa. Boa demais para ser rebaixada a um simples aceno de cabeça.

— Sim, eu quero levar sua irmã para um encontro — digo, e então franzo a boca, porque dizer isso em voz alta parece mais intenso do que eu esperava.

— Ótimo. E quais são exatamente suas intenções com ela?

— Minhas o quê?

— Suas intenções. O que você quer ganhar com isso?

— Hum. — Engulo em seco. — Alguma comida?

Eu nunca fui colocada contra a parede assim antes. Mas, de novo, esse é meu primeiro encontro de todos. Primeira comemoração de quase uma semana da minha vida. Talvez seja assim que funciona.

Dylan se mexe um pouco e pigarreia.

— Eu quis dizer mais no sentido de: para onde você acha que vai essa relação?

— Ah. Hã...

Ele está me perguntando se vamos transar? Eu não...

— O que você está fazendo? — questiona Morgan, correndo para a sala.

Ela está maravilhosa, de legging preta e um top rosa de seda que combina com seu cabelo e deixa seus ombros à mostra. E, merda, que ombros perfeitos. Eu tento não olhar, mas não dá muito certo.

Morgan sorri para mim e então encara de volta o irmão, seu olhar mortal.

— Sério, Dyl, o que você está fazendo?

— Não sei! Estou improvisando! — revela ele. — O pai de Keisha fez isso comigo antes do nosso primeiro encontro oficial, e eu estava só tentando compensar, já que papai não está aqui.

Ela geme.

— Por que você é tão irritante e como posso te fazer parar?

— Está tudo bem, sério — digo, preocupada que ela esteja realmente brava.

— Encher seu saco faz parte do meu trabalho como seu irmão. — Dylan bagunça o cabelo dela e ganha outra carranca. — E irritar você faz parte do meu trabalho como seu guardião temporário. — Ele aponta para mim por cima do ombro de Morgan. — Você parece legal, Ruby. Não estrague isso, e não parta o coração da minha irmã, ou eu vou quebrar o seu…

— Dylan! — grita Morgan.

— Exagerei?

— Exagerou.

Ele dá de ombros.

— Tudo bem. Divirtam-se no seu encontro, não aprontem, e Ruby, traga Morgan para casa às 20h15.

— Oito e quinze? — berra Morgan. — Primeiro de tudo, eu nem tenho toque de recolher, e segundo, se eu tivesse, não seria 20h15! Isso é daqui a duas horas!

— Tudo bem, eu desisto — diz ele. — Paternidade é muito difícil. Só volta pra casa em segurança antes de amanhã de manhã, ok?

— Obrigada. — Morgan suspira antes de se aproximar para lhe dar um abraço. — Eu prometo ficar em segurança e estar em casa antes de meia-noite.

— Ótimo — diz ele alegremente. — Ah, e eu vou sair com Keisha de novo hoje à noite, então não vou estar aqui quando você chegar em casa, de qualquer maneira.

Ela dá um soco no braço dele.

— Você é ridículo.

— Também te amo, Morgie — replica ele com voz de bebê enquanto ela me puxa para fora de casa.

Morgan não descruza os braços até estarmos na estrada e, mesmo assim, é só para ajustar o ar-condicionado. Ela segura o cravo com força desde que saímos.

— Me desculpe por aquilo lá. — Ela olha para mim, nervosa. — Espero que não tenha assustado você.

— Eu achei fofo, na verdade — minto. Bem, minto de leve. Foi um *pouco* fofo, tirando toda a parte completamente traumática. Eu abro um sorriso para ela mesmo assim, o maior que consigo. Sei que o que ela realmente está se perguntando é *Você vai me abandonar por causa disso?*, e eu não vou.

— Nada sobre Dylan é fofo — solta ela, voltando a cruzar os braços, mas eu agarro sua mão, puxando-a para meu colo e entrelaçando nossos dedos. Entro na via expressa, acelerando apenas com força suficiente para que sua cabeça bata no encosto do banco. Eu me sinto como uma total estrela do rock, disparando pela estrada no melhor carro de todos e com a garota perfeita.

Posso me acostumar com isso.

Morgan levanta uma sobrancelha para o restaurante meio sombrio assim que chegamos, 45 minutos depois, e não consigo deixar de pensar em seu irmão fazendo a mesma cara quando perguntou sobre minhas intenções. Espero que ela não esteja se perguntando isso também. Espero que ela não esteja chateada ou desapontada porque nosso primeiro encontro de verdade é três cidades depois da nossa, onde tenho certeza de que não encontraremos ninguém da escola.

— Parece... legal? — comenta Morgan, em um tom de voz hesitante.

É, bom, talvez o pedido para que ela se vestisse bem tenha sido principalmente para meu benefício próprio, mas ainda vale.

— Me certifiquei de que a comida aqui é ótima.

— Esse certificado é de quem?

— Daquele chefzão da TV. Ele filmou um negócio uma vez aqui alguns anos atrás. Olha, eles têm até uma placa sobre isso ali — aponto para um aviso ao lado da rampa de acessibilidade, que indica o status do lugar como "Restaurante Divino", como o nome do programa.

— Bem, se tem uma placa... — diz ela, com um brilho nos olhos de quem está achando graça.

— Vem, vamos dar uma olhada. Na verdade, espera aí. Não se mexa.

Morgan me observa dar a volta no carro. Quase tropeço quando uma pedra entra na minha sandália, mas me recomponho no último segundo. Abro a porta com uma reverência exagerada e estendo a mão.

— Ai, meu Deus, o que você está fazendo? — Ela ri, colocando a mão na minha.

— Eu literalmente não tenho ideia. — Sorrio. — Mas é isso que eles fazem nos filmes.

— Você tira todas as suas ideias de namoro da TV e dos filmes?

— Basicamente. — Eu coro. — Nunca fiz isso antes.

— Nunca fez o quê? — pergunta Morgan, entrando comigo.

— Ir a um encontro de verdade com uma pessoa.

Um atendente aparece antes que ela possa responder, pegando dois cardápios e nos levando a uma mesinha no fundo do restaurante. Me sento de frente para a porta, só por segurança. Odeio não poder desligar essa preocupação constante de ser vista.

Morgan olha para o cardápio e o coloca na mesa.

— Você quer pedir para mim? — pergunta. — Eles fazem muito isso nos filmes também.

— Hum, pode ser? — digo, me sentindo pressionada. As únicas coisas que a vi comer são pizza e salada.

— Ai, meu Deus, você tinha que ver sua cara agora — implica ela, cutucando meu pé debaixo da mesa.

— Foi tão ruim assim?

— Puro pânico.

— Uau, eu sou péssima nisso.

— Você não é — garante Morgan, tocando meu menu para que eu olhe para cima. — Mas este é realmente seu primeiro encontro?

Concordo com a cabeça, ainda olhando para o cardápio, determinada a fazer isso direito.

— Ruby — diz ela, e espera que eu a encare. — Não preciso de encontros de cinema. Só quero ficar com você.

Se minhas bochechas não estavam vermelhas antes, elas estão agora, porque isso é legal demais. Por que ela é legal demais? E como?

Não tenho tempo de ficar muito encanada com isso, porque o garçom vem logo anotar nosso pedido. Morgan pede filé de frango com batatas fritas, e eu decido comer um hambúrguer que acaba sendo do tamanho da minha cabeça.

Nós duas rimos quando mordo e metade dos molhos esguicha.

Morgan faz com que rir pareça fácil, como se a felicidade fosse uma regra e não algo que está sempre fora de alcance. Pela primeira vez na vida, minhas bochechas doem não por forçar um sorriso no palco, mas porque eu realmente não consigo parar de sorrir para a pessoa à minha frente. É um sentimento bom.

No meio da sobremesa — um sundae de brownie que decidimos dividir —, pergunto a Morgan sobre sua carta de intenção para a faculdade e sobre correr na primeira divisão no ano que vem. Ela parece surpresa, e admito que tenho pesquisado muito sobre corrida e faculdade e como tudo funciona — e talvez mais sobre ela também. Não consigo evitar.

Ela fica quieta e mexe no guardanapo.

— O que houve?

— Nada — diz ela.

— É alguma coisa.

Fico toda nervosa tentando descobrir o que fiz para nos tirar do caminho para a felicidade. Morgan dá de ombros, enfiando a colher no sorvete, que derrete rapidamente.

— É só que tudo isso está meio que pendente.

— Mas você assinou uma carta de intenção. A foto apareceu quando eu...

— Sim, eu assinei.

— Estou perdida.

— Então, uma carta de intenção é como se eu prometesse ir para a faculdade tal em troca de patrocínio da parte deles, certo?

Eu concordo.

— Bem, aparentemente, existem brechas no monte de letrinhas miúdas no final da carta, que, na minha empolgação, não me preocupei em ler. Então passou de uma coisa certa para "pendente com base no resultado de minha liberação". Basicamente, estou ferrada até segunda ordem, está tudo em suspenso e eu já cansei dessa coisa toda. Só quero correr. — Ela balança a cabeça. — Desculpa, estou despejando meus problemas no nosso encontro todo legal.

— Não precisa pedir desculpa — digo, estendendo a mão para segurar a dela. — Eu entendo como você se sente.

— Entende?

— Com os concursos e tal. Eu amo maquiagem e vestidos e essa porcaria toda, não me entenda mal, mas odeio os concursos em si. E odeio o tanto de dinheiro que minha mãe gasta com eles.

— Você não pode simplesmente parar de competir, então?

— Não se eu quiser ter um lugar para morar. — Eu rio até ver seu rosto horrorizado. — Estou brincando. Provavelmente. É complicado, e sim, minha mãe e eu temos muitos problemas. Mas ela poderia ter sido Miss Teen Estados Unidos se não tivesse engravidado de mim. Toda a vida dela teria sido diferente. Ela fez muitos sacrifícios para me ter, sabe? Estou tentando sair do circuito, mas não sei se algum dia vou ser capaz de privar completamente minha mãe dos concursos. Devo muito a ela.

— Você não deve seu futuro à sua mãe só porque acha que ela desistiu do dela por você.

Eu puxo minha mão.

— Não é o que eu acho. É a verdade.

Morgan franze a testa.

— Eu sei, mas esta é a sua vida! E comparando a forma como você fala sobre isso com toda a sua animação naquela oficina, é como se fossem duas pessoas diferentes. Você não precisa viver assim. Você tem opções.

— Por que você se importa tanto com minhas "opções"? — pergunto, fazendo aspas no ar. Que nem uma idiota.

— Eu quero que você seja feliz.

— *Você* está feliz? — Porque não parece, e ela tem muitas opções.

— Agora, neste momento? — Ela inclina a cabeça.

— Claro — respondo, embora eu quisesse dizer em geral. Mas agora realmente quero ouvir a resposta dela.

— Sim, na verdade. Estou me divertindo muito com você.

— Que bom, porque eu também — digo, lutando contra sua colher pelo último pedaço de sorvete, até que ela sorri e me deixa vencer. — Vamos ser felizes, então. Podemos nos preocupar com o resto outro dia.

Morgan fica em silêncio por um segundo e então pega minha mão.

— Me fala mais sobre consertar carros?

Então eu faço isso. E ela escuta tudo, com pequenos comentários em alguns momentos para que eu saiba que está prestando atenção.

E não solto a mão dela nenhuma vez.

30

Morgan

Aquele encontro.

Eu nem sei.

Aquele encontro entrará para a história como um dos melhores encontros já feitos na história de todos os encontros, mesmo que eu quisesse que ela tivesse levado toda a história do *está tudo bem se você não participar mais de concursos* a sério.

Mas então chega segunda-feira e estamos na escola, de volta aos beijos secretos roubados em cantos escuros, e não importa o quanto eu tente baixar o facho, esse negócio começa a parecer ao mesmo tempo tudo de bom e tudo de ruim. Porque estamos juntas não faz nem duas semanas e só penso em Ruby. Ela parece tão obcecada quanto eu... mas já estou morrendo de vontade de segurar a mão dela nos corredores, não só no carro dela. Eu quero chamá-la de minha namorada. Quero que as pessoas *saibam* da gente.

Espero mais uma semana inteira antes de reunir coragem para perguntar se estamos na mesma página. Estamos a caminho da pista depois da escola, ela fingindo que está lá para assistir lacrosse com os amigos, eu indo treinar de fato. Lydia e Allie se acostumaram a ter ela por perto, mas eu digo baixinho para que ninguém consiga ouvir:

— O que estamos fazendo? O que nós somos?

Ela congela, o que não é muito reconfortante.

— Precisamos de um rótulo?

Olho bem no fundo de seus olhos e digo provavelmente a coisa mais honesta que já disse a alguém:

— Não *precisamos* de um rótulo, mas eu realmente gostaria de um.

Ela franze a testa.

— Eu gosto de você. Você sabe disso, certo?

Eu dou de ombros.

— Nós gostamos uma da outra, né? — pergunta ela, desta vez a confusão se destaca em sua voz.

— Sim, mas…

Ela pega minha mão e me leva para trás das arquibancadas, longe dos olhares indiscretos de qualquer pessoa.

— O que está acontecendo? Achei que estávamos bem.

— Nós estávamos — digo. — Nós estamos. Eu só…

Balanço a cabeça. Talvez eu esteja sendo egoísta. Talvez eu esteja sendo irracional por querer mais. Ficar de segredinho na escola e dormir juntas depois que Dylan vai para a cama deveria ser o suficiente?

Ruby se inclina para a frente, me beijando e fazendo as palavras irem embora, e então apoia a testa na minha.

— Desde que estejamos bem, não vamos nos preocupar com o resto, tá?

— Tá — concordo, me soltando do braço dela e correndo para o treino.

E queria ter falado sério.

Ruby fica durante o treino e até me dá uma carona para o Centro depois. Nós duas tentamos muito fingir que eu nunca disse nada. Ruby provavelmente está torcendo para conseguir evitar a conversa por completo, e eu queria mesmo era nunca ter tocado no assunto em primeiro lugar.

Eu deveria estar feliz com o que tenho. Pelo menos é o que eu digo a mim mesma várias e várias vezes. Nós duas sorrimos quando damos um beijo de despedida, mas parece vazio, de alguma forma.

Meu irmão me busca depois do meu turno e me diz que há algo me esperando em casa. Quando tento descobrir o que é, ele apenas sorri e diz: "É uma surpresa". Espero que seja Ruby, mas sei que ela tem que dar algumas aulas de noite e depois tem outra sessão prática com sua instrutora. Tenho certeza de que ela estará acabada quando terminar.

Seja lá o que eu tenha pensado que poderia ser, não esperava que a surpresa fosse meus pais parados na cozinha, quatro dias antes da próxima visita. Eles estão desempacotando sacos de comida para viagem, como se estivesse tudo normal, mas as malas na sala indicam que este não é apenas um de nossos jantares de sempre.

— Surpresa! — grita minha mãe, correndo para me puxar para um abraço.

Ela me aperta com força, e quando seu perfume chega ao meu nariz, percebo com quanta saudade eu estava dela. Seu cheiro é de segurança, casa e mãe, e nem mesmo as chamadas de vídeo diárias são suficientes.

Nós duas enxugamos nossos olhos, rindo enquanto ela se inclina para trás para olhar para mim.

— Ah, eu precisava disso — diz ela.

— Ei, campeã — solta meu pai, animado, colocando alguns pratos na mesa e ignorando educadamente o fato de que estou toda chorosa.

Tenho estado tão concentrada em tudo que está acontecendo com Ruby, com o Centro e o processo, que esqueci por um momento como é a sensação de estar em família.

O som de unhas no chão de madeira me alerta da presença de mais alguém, e me viro bem a tempo de ver meu cachorro, Dusty, saindo do banheiro com água pingando de seu rosto. Ele provavelmente acabou de beber metade da água do vaso sanitário, mas estou tão feliz em vê-lo que nem me importo. Ele me ataca com suas patas gigantes de Golden Retriever, e nós dois caímos esparramados no sofá.

— Desce, garoto — ordena minha mãe.

Meu pai agarra a coleira de Dusty, tentando puxá-lo de cima de mim enquanto ele cheira e bufa por todo o meu pescoço e o meu rosto, seu rabo abanando a mil por hora, mas não dá muito certo.

— Não, está tudo bem. Ele é um bom menino — digo.

Eu rio, coçando o pelo dele e fazendo sua perna traseira bater descontroladamente enquanto empurro nós dois para cima. E, tudo bem, meus braços e pernas estão um pouco arranhados, mas vale a pena por um abraço épico de Dusty, meu garoto favorito.

— Ele sente sua falta — comenta meu pai.

— Todos nós sentimos — acrescenta minha mãe.

— Leva ela de volta, então — solta Dylan, rindo. — Tem cabelo dela em todos os lugares, ela acaba com o leite e nem avisa, e ainda acha que todos os docinhos de manteiga de amendoim da casa são dela.

Mostro minha língua para ele, e meu pai finge estar irritado.

— Malditas crianças, sempre brigando — diz ele, o que lhe rende um tapa na nuca da minha mãe.

— Qual o motivo das malas? — pergunto assim que Dusty me troca por um brinquedo que meu irmão encheu de manteiga de amendoim.

— Precisamos de uma desculpa para visitar nossos filhos por alguns dias? — questiona minha mãe, e fico chocada, porque não era isso que eu estava insinuando.

— Não, isso é ótimo, na verdade. A Netflix lançou três comédias românticas novas desde que cheguei aqui, então temos muita coisa para colocar em dia. — Eu puxo a cadeira em frente a ela e começo a colocar comida no meu prato. — É só que vocês não comentaram nada no nosso grupo.

— Devo ter falado no outro grupo — responde ela, com uma piscadinha.

— Que outro grupo? — pergunto, soando totalmente escandalizada.

— O que somos só nós e seu irmão — diz papai. — Onde ele nos avisa que você tingiu seu cabelo de rosa e fazemos planos secretos para visitar vocês por uma semana, sem dúvida frustrando sua tentativa desta noite de fazer sua namorada vir dormir escondido aqui, algo que você acha que Dylan não sabe, mas ele sabe, e nós também.

— Ai, meu Deus, Dyl! — grito.

Ele apenas dá de ombros e pega um prato.

— Eu nunca criei uma filha! Não sei se você pode fazer festas do pijama secretas com a sua namorada! O que eu deveria fazer? Adivinhar?

— Você não devia perguntar pra mamãe e pro papai!

— Bem, eu não podia te perguntar!

Solto um gemido.

— Há quanto tempo você sabe?

— É um apartamento de pouco mais de setenta metros quadrados, Morgan, e você é tão sutil quanto um elefante quando abre a porta da frente no meio da noite.

— Mas que...

— Crianças — censura papai com sua voz séria de *sem brigas*.

— Agora comam — indica mamãe, pegando o garfo.

Nós dois calamos a boca e obedecemos, mas faço questão de dar uma cotovelada em Dylan duas vezes quando pego um guardanapo.

— Vocês estão aqui para me colocar de castigo ou algo assim? — questiono depois que todos já se serviram.

— Não — diz papai. — Isso nem faz sentido, já que você vai para a faculdade em breve. Mas nós queremos conhecer essa garota, e vamos todos ter uma conversa séria sobre limites e comportamento apropriado quando se está vivendo na casa de outra pessoa.

— Você não quer que Ruby venha aqui? — pergunto a Dylan. — Pensei que você gostasse dela.

— Não, ela é ótima — comenta ele, esfregando a testa. — Eu não me importo se vocês vêm aqui para transar ou algo assim, mas não quero ouvir isso e não quero acordar todo dia com a porta da frente batendo quando ela sai às cinco da manhã. É só isso.

Meu pai engasga com um pouco do arroz e minha mãe dá um tapinha nas costas dele.

— Levanta os braços, meu bem — diz ela, e então se vira para mim. — Eu provavelmente diria isso de um jeito um pouco mais eloquente do que Dylan, mas, sim, seu pai e eu sabemos que você tem quase dezoito anos, e nós confiamos em você para tomar boas decisões. Se você quer que sua namorada passe a noite aqui, precisa perguntar a Dylan primeiro e ser respeitosa quanto a isso. E seu pai e eu esperamos que você esteja praticando sexo seguro. Se você tiver alguma dúvida...

E, ai, meu Deus. Ai, meu Deus. Por favor, me deixa desaparecer nesta pilha de bife *lo mein*. Por favor, Deus. Por favor. É tudo que eu peço.

— Só para deixar claro, nós não estamos — murmuro.

— Você não está fazendo sexo seguro? — indaga minha mãe. — Só porque vocês duas são mulheres...

E, ai, meu Deus. Ai, meu Deus. Faça isso parar.

— Não, quero dizer, nós não estamos... — replico um pouco mais alto. — Nós não estamos... Nós não fazemos isso quando ela dorme aqui. Nós só ficamos juntas. — Três pares de sobrancelhas se erguem de uma vez. — Tá, ok, a gente se pega! É isso que vocês querem que eu diga? Mas não fomos além disso. A mãe dela trabalha à noite, e o namorado da mãe é um idiota que está sempre lá, por isso ela dorme aqui o tempo todo. Nós não estamos, tipo, constantemente... sabe?

Enfio o garfo na comida, corando enquanto o resto da mesa cai na gargalhada.

— Uau, informação demais — comenta meu irmão.

— Cale a boca, Dylan!

Ele grita quando eu o chuto por baixo da mesa.

— Olha, se Ruby precisa de um lugar para dormir, não me importo se ela vem — diz ele. — Mas quero saber que ela está aqui, para não ficar andando de cueca boxer esgarçada quando tem uma garota aleatória no apartamento, ok?

Solto uma risadinha.

— Eu mesma gostaria que você nunca andasse pela casa de cueca boxer.

— E eu gostaria de não ouvir quando minha irmã mais nova está...

— Ok! — intervém meu pai. — Próximo assunto, antes que eu tenha que enfiar esses pauzinhos em meus ouvidos para não ter que ouvir o final dessa frase, qualquer que fosse.

Meus pais se entreolham. Ele assente para ela, e minha mãe suspira.

— Também estamos aqui por outras razões, Morgan — diz.

— Além de me traumatizar para o resto da vida?

— Sim — responde ela, e seu olhar sombrio apaga meu sorriso.

— Está tudo bem? O que houve? — questiono.

Eu olho para meu irmão, mas ele está encarando o prato. Nem ergue os olhos quando cutuco seu tornozelo.

— Bem, um dos motivos de termos trazido as malas é porque vamos ficar direto para a sua competição neste fim de semana — declara ela.

— Minha competição? — pergunto, e ela sorri.

— Sim, sua primeira competição com a nova equipe.

— Ai, meu Deus! A liberação saiu? — Eu quase derrubo meu copo, na pressa de abraçá-la. — Eu posso mesmo competir?

— Sim — afirma minha mãe, nós duas com os olhos lacrimejando.

— Não consigo acreditar. Nós conseguimos! St. Mary's cedeu!

— Beth — interfere meu pai, estendendo a mão e apertando a da minha mãe. — Conte o resto.

Eu olho de um para outro, o clima na mesa ficando sério novamente enquanto eu me sento.

— A outra coisa é que… — Ela respira fundo. — Seu pai e eu decidimos desistir do caso contra a St. Mary's.

— O quê? Por quê?

— Nossos advogados nos disseram que seria extremamente difícil vencer neste momento. É uma escola particular, uma escola religiosa, eles poderiam levar o caso para a Suprema Corte. E com a situação no país agora… — Ela para.

— Continuar com isso está nos custando muito dinheiro, campeã — explica meu pai. — Ganhamos algum fôlego por um tempo depois das entrevistas aos jornais, mas as pessoas seguiram em frente, e os patrocinadores que tínhamos antes não podem se comprometer com tudo assim. Esse dinheiro será mais bem investido em seu futuro.

— E a St. Mary's tem muitos doadores influentes que apoiam a escola. Não tivemos escolha — acrescenta minha mãe. — Mas a boa notícia é que, por termos desistido do processo, eles retiraram a petição para que você fosse banida por conduta antidesportiva e retiraram a acusação junto ao conselho atlético de que você estaria envolvida em algum tipo de esquema de recrutamento. Eles até vão enviar um relatório favorável para sua nova treinadora, e ela pode enviar para as faculdades, para que possamos deixar tudo isso para trás. Sei que você está desapontada, meu amor, mas conseguimos a coisa mais importante para você…

— E os alunos que vierem depois de mim? — indago, e eles olham para baixo. — E os alunos LGBTQIAP+ naquela escola agora? Vocês sabem que eles estão lá. Sabem até quem são alguns deles! Como puderam simplesmente desistir?

Papai respira fundo, como se estivesse decidindo se deve dizer mais coisa.

— O quê? — pergunto. — O que mais vocês não estão me dizendo?

— Pensamos nos outros alunos — diz ele. — Nós até procuramos os pais deles, para tentar transformar isso em uma ação coletiva quando as coisas começaram a ficar muito caras, mas eles não quiseram. A triste verdade é que todo mundo só quer manter a cabeça baixa até a formatura. Ninguém mais queria colocar o deles na reta. Desculpe. Eu sei que este não é o resultado que a gente esperava, mas…

— Não estou mais com fome. — Empurro meu prato e saio apressada pelo corredor.

Bato a porta do quarto e me jogo na cama, cobrindo minha cabeça com um travesseiro e esperando que ele pelo menos abafe meu grito.

Minha porta se abre e eu arrasto o travesseiro para baixo, pronta para gritar para meus pais saírem. Só que é Dylan, e ele trouxe Dusty com ele.

— Ei — diz ele, fechando a porta enquanto meu cachorro pula na cama. — Sinto muito. Eu sei o quanto isso é uma droga.

Abraço Dusty com força, enterrando meu rosto em seu pelo.

— Não, você não tem como saber.

Dylan passa a mão pelo cabelo e então se senta ao meu lado na cama.

— Talvez você esteja certa. Eu tive uma adolescência bem tranquila nesse ponto… cara branco, hétero e tudo mais. — Ele suspira. — Mas eu tenho que te contar uma coisa, e você tem que jurar que não vai contar para a mamãe e o papai que eu te contei.

— O quê? — pergunto, a preocupação entorpecendo um pouquinho da minha raiva.

— Eu sei que eles fizeram parecer que foi escolha deles, mas não foi.

— Mas eles…

— Eles quase perderam a casa por causa disso. Eles a hipotecaram de novo para conseguir mais dinheiro para o advogado e tal. O consultório do papai também. Na verdade, eu mesmo cobri o pagamento da casa no mês passado, quando as coisas ficaram piores. Eu sei que é ridiculamente injusto que eles tenham que fazer esse negócio, e que você tenha tido que passar por isso tudo, mas você saiu da situação relativamente ilesa, enquanto eles estavam afundando cada vez mais rápido.

Eu balanço a cabeça.

— Mas não existe outra maneira? Qualquer coisa?

— Eles até tentaram envolver a União Americana pelas Liberdades Civis. Confie em mim, eles tentaram de tudo.

Eu suspiro.

— Ótimo, então nem mesmo a União entrou nessa?

— Quem sabe? — Dylan passa as mãos no cabelo. — Eu duvido que eles já estejam cientes disso. Aparentemente, pode levar uma eternidade para que vejam as solicitações, porque eles recebem muitas todos os dias. Mamãe e papai não podiam esperar mais. Morgan, você tem que dar um desconto pra eles. Os dois estão morrendo de culpa, mas perderiam tudo se continuassem lutando. E você também. Se você perder essa bolsa, com a situação financeira da família agora…

Engulo em seco. Não sei o que fazer com esta informação. Na minha cabeça, meus pais sempre foram invencíveis. A ideia de que eles se afundaram tanto nisso que tiveram que pedir dinheiro emprestado a meu irmão me deixa abalada.

— Eu acho… — digo, gentilmente acariciando Dusty. — Acho que posso continuar pressionando por mudanças de outras maneiras. Já conversei com Izzie sobre querer fazer mais. Então, ainda não acabou. É apenas uma espécie de pausa enquanto procuro uma nova perspectiva.

— Sim. — Ele sorri, aliviado. — Isso parece uma ótima ideia. E no meio-tempo, podemos só ficar felizes por você ter uma nova escola segura e uma namorada que parece legal demais pra você?

— Ei!

Ele abre um sorriso.

— Mas sério, isso pode ser suficiente, só por agora?

— É só que eu me sinto meio vendida.

— Você não é.

— Dylan…

Meu telefone vibra, quebrando o momento, e Dusty pula da minha cama e arranha a porta.

— É a Ruby? — pergunta meu irmão, se levantando e abrindo a porta para Dusty.

— Sim.

— Chama ela pra cá — diz ele. — E, por favor, fale com a mamãe e o papai.

— Pode deixar — respondo, sem ter certeza de qual das duas coisas estou concordando em fazer.

Talvez ambas.

***

Misteriosa e repentinamente, Ruby não pode ir à minha casa durante toda a semana em que meus pais estão lá. Ela jura que a culpa é do dever de casa e das sessões noturnas de treinamento para o concurso, e eu tento não deixar que isso me incomode.

Ela aparece no evento de sexta à noite, no entanto. Minha primeira competição oficial na nova escola, finalmente como participante ativa.

Ela me agarra embaixo da arquibancada e me dá um beijo de boa sorte perfeitamente incrível antes da minha corrida. Se meus pais reparam que meus lábios de repente estão com o mesmo tom de rosa do batom da garota sentada atrás deles, nem comentam. Se reparam que ela grita mais alto que todo mundo quando eu ganho a corrida de oitocentos metros e quando ganhamos o 4x4, também nem questionam.

Depois, quando já está na segurança silenciosa de seu carro, no estacionamento, Ruby me manda uma mensagem, toda sentimental e orgulhosa. Ela diz que amou me ver correr e que sou o "melhor segredo" que ela já teve. E eu me convenço de que ser seu "melhor segredo" é bom, que a dor no meu peito não significa nada. Que estamos bem, ótimas, até. Que estamos apenas descansando para a próxima batalha.

31

Ruby

— Por onde você esteve? — A voz da minha mãe corta minha névoa de felicidade antes mesmo de eu passar pela porta da frente.

Assistir Morgan correr? Incrível demais. Voltar para casa depois? A própria morte.

— E aí? — insiste ela, com as mãos nos quadris.

— Você me assustou. — Os cachorros latem e dão patadas em mim enquanto coloco as chaves do carro no balcão. — O que você está fazendo em casa? Não tem trabalho hoje?

— Eu fiz uma pergunta primeiro. Onde você esteve, Ruby Gold? — Eu odeio quando ela usa meu nome do meio. Odeio bastante. Ela diz que me deu esse nome porque eu era *muito preciosa para ela*. Sei. — E não me diga que você estava com aquele garoto do lacrosse, porque eu o vi na estrada com Marcus agora à noite, e você não estava junto.

— Não fui a lugar algum — respondo, os pelinhos do meu pescoço arrepiando com o fato de que ela andou de olho em mim. — Só estava por aí. Mas por que você ainda está aqui?

Ela senta na beirada de sua poltrona reclinável, onde Chuck está dormindo, a TV ainda na Fox News, aos berros. Há um cigarro aceso na mão dele, e ela o agarra e apaga com indiferença. Como se não fosse grande coisa o fato de que ele poderia ter queimado a casa inteira.

— Estou tirando uma folga — diz minha mãe, projetando o queixo, me desafiando a questioná-la.

Eu nem me incomodo. Estou nesta terra há tempo suficiente para saber que "tirando uma folga" significa que ela foi demitida de novo.

Suspiro e sigo para o quarto, com os cachorros na minha cola. Os latidos incessantes me deixam ainda mais frustrada. Minha mãe vem logo atrás, parando minha porta com o pé quando tento fechá-la.

— Não se afaste de mim, garota.

— O que foi dessa vez? Faltou muito ao trabalho para sair com seu namorado inútil?

Eu me arrependo imediatamente de ter dito isso. Raramente é culpa dela quando algo assim acontece. Ela trabalhará até não poder mais se for preciso. É apenas a natureza do ramo. A demanda por serviços de limpeza é limitada, o que significa que ela tem que ficar trocando de agência em busca de mais horas de trabalho. E quando as oportunidades diminuem, o último a entrar é o primeiro a sair. Minha mãe é *sempre* a última recentemente.

— Qual é o seu problema? — questiona ela, levantando a voz o suficiente para eu entender que ela está falando sério.

— Por onde eu começo? — retruco. — Não temos dinheiro e agora você nem tem emprego!

E não sei por que não consigo parar. Estou cutucando a onça com vara curta esta noite, mas algo sobre ter sentado uma fileira atrás da família perfeitamente perfeita de Morgan hoje me deixa irritada.

Meus olhos encontram os dela bem quando a palma de sua mão atinge minha bochecha.

— Não se atreva a falar assim comigo.

Coloco a mão na bochecha, sentindo minhas narinas se abrindo de raiva.

— Essa porra doeu.

— Assim como palavras. — Ela vai até meu armário, olha os vestidos e joga um para mim. Ele cai com um baque e um farfalhar em minha cama. — Você sabe o que eu passo só para que você tenha o tipo de chance que eu nunca tive? Quanto eu me sacrifico?

— Eu nunca te pedi...

— Eu sou sua mãe. É o meu trabalho. — E aí toda a sua postura muda, no que ela volta a ser minha mãezona, doce e cansada, com seu sorriso de rainha de concurso. — Coloque isso, querida, quero ver você desfilar.

E eu odeio isso. Odeio que ela me dê um tapa em um segundo e me chame de "querida" no próximo. Odeio o quanto eu gostaria de poder fazê-la feliz, como cada palavra raivosa parece minha culpa.

— Tudo bem — digo baixinho, mesmo estando exausta. Esta é a maneira mais rápida de terminar a discussão, a única maneira de fato.

Minha mãe me ajuda a entrar no vestido — o vestido de gala sempre foi sua parte favorita —, depois puxa meu rabo de cavalo. Ela pega uma das minhas escovas na cômoda e lentamente passa pelo meu cabelo.

— O que você realmente estava fazendo de noite? — me pergunta ela mais uma vez, seu aperto se intensificando ligeiramente.

— Eu estava consertando o carro da sra. Williams.

Não é totalmente mentira. Eu parei lá depois da competição.

— Fui lá às seis procurando por você depois que vi os meninos passarem. Ela disse que você não tinha ido ainda porque estava assistindo a alguma corrida.

— Ah, sim, eu parei na pista de corrida a caminho da casa dela. Esqueci.

— Everly não corre, não é? Eu sei que Tyler joga lacrosse.

Engulo em seco.

— Não, eles não estavam lá. — Eu me viro para encará-la. — Eu só pensei que seria legal dar uma olhada. Eu nunca fui a uma. E você? A gente poderia ir junta algum dia. Pode ser divertido.

Minha mãe me olha diretamente nos olhos, seu rosto se fechando de leve.

— Eu ouvi um boato sobre você hoje, menina, e é melhor que não seja verdade.

Isto é ruim. Isso é ruim pra caramba.

— O que você ouviu?

Ela larga a escova, demorando um pouco antes de responder.

— Acho que você sabe, e acho que tem algo a ver com o motivo de você estar naquela competição hoje. — Ela vasculha meus olhos como se estivesse procurando uma resposta ou esperando que eu cedesse. Milagrosamente, nenhuma das duas coisas dá certo. — Eu não vou aceitar outra situação como a que tivemos com sua amiguinha do concurso. Você entendeu? — Eu concordo. — Agora coloque seus sapatos e venha — diz ela, antes de sair furiosa pelo corredor.

Merda.

Merda! Se alguém sabe sobre mim e Morgan, se alguém tiver dito algo e isso chegou à minha mãe... Mas não posso me preocupar com isso agora. Não tenho tempo. Não quando ela está assim.

Meus sapatos me esperam no armário, como dois lembretes perfeitos e brilhantes de como não estou correspondendo às expectativas de minha mãe. Calço eles, a memória das vitórias de Morgan hoje se transformando em cinzas. Foi um risco. Um risco estúpido. Por que eu fui até lá?

Eu me permito um minutinho de mergulho no sofrimento, depois levanto a cabeça, ajeito a postura e entro no modo concurso. Ainda sentindo na bochecha a ardência da mão de minha mãe.

32

Morgan

Ruby e Everly estão discutindo quando entro na escola. Tenho que lembrar de perguntar a ela sobre isso mais tarde, e passo bem longe delas a caminho do meu armário. Ruby deu a entender que Everly sabe sobre nós, mas como ainda não fomos formalmente apresentadas, não me parece que seja meu papel acalmar as coisas entre as duas.

Ruby ficou esquisita o fim de semana inteiro, distante. Ela também segue sem aparecer lá em casa, mesmo depois que meus pais foram embora. Estou meio que enlouquecendo com a possibilidade de ter sido algo que eu fiz. Mas ao ver Ruby e Everly brigando... Imagino que talvez isso não tenha nada a ver comigo ou com a gente. Talvez todo o peso do resto de sua vida esteja temporariamente respingando em nosso... bem, o que quer que a gente tenha. Eu faço uma cara feliz e finjo que não me incomodo com o fato de ela fazer uma separação tão rígida entre seus relacionamentos.

Ruby me ignora no quarto tempo. Mas então ela me arrasta para o armário do zelador quando cruzamos uma com a outra durante o sexto. É meu período livre, mas ela tem inglês e sei que não pode se dar ao luxo de faltar.

— O que você está fazendo? — pergunto.

Eu meio que rio, esperando que ela me beije ou diga algo como *eu mal podia esperar para ver você*. Mas seu rosto está triste, meio contraído, como se ela estivesse com um gosto ruim na boca de que não consegue se livrar.

— Precisamos conversar — diz ela, e meu estômago se revira.

Sei por experiência que *precisamos conversar* muitas vezes precede diretamente o *isso foi um erro*, que é rapidamente seguido por *acho que no fim das contas não gosto de garotas*.

Eu me envolvo com meus braços, me preparando para o pior.

— Sobre?

— Existem boatos. Sobre *nós* — declara ela, parecendo absolutamente em pânico agora.

— Que tipo de boatos?

— Você sabe que tipo de boatos — diz Ruby, puxando o rabo de cavalo e o prendendo de novo. — Você contou para alguém? Não contou, certo?

— Hã? — Meu cérebro ainda está tentando processar o fato de que talvez eu não esteja levando um fora, afinal, mas isso também não soa bom.

— Você contou a alguém sobre a gente? Qualquer um? Porque, da minha parte, Everly é a única pessoa que sabia, e ela jura pela própria vida que não contou a ninguém. — Ruby respira fundo, trêmula. Ela vai chorar? — Mas Everly disse que ouviu coisas também e fez o possível para amenizar para que eu não surtasse. Se não foi ela, foi você? Você não faria isso, certo? Eu *sei* que você sabe o quanto isso é importante.

Eu sou uma idiota por perguntar, mas preciso ouvir. Você não contou pra ninguém, certo? Ninguém além do seu irmão sabe?

Eu me mexo sob o peso de seu olhar suplicante.

— Não exatamente.

Ruby parece tão chocada, tão magoada, que fico até meio tonta.

— "Não exatamente"? Não exatamente?!

— Alguns amigos meus, mas eles não...

— Jesus Cristo — diz ela, se afastando de mim. — Jesus Cristo. Quem?

— Alguns amigos do Clube do Orgulho. É isso. E eles nunca diriam nada. Eu prometo.

— Por que você faria isso? Você sabia! Você sabia que eu... — Ela está praticamente tremendo. De raiva? Ansiedade? Dou um passo na direção dela, com a intenção de abraçá-la, mas ela se afasta. — Para quem você contou, Morgan? Especificamente. Eu preciso saber.

— Ninguém, sério. Só, tipo, Aaron...

— Aaron? Meu vizinho Aaron? Porra. Quem mais?

Eu desvio o olhar.

— Não sei. Anika, Drew e Brennan estavam lá também, mas eles nunca contariam *a ninguém* sobre a gente.

— O que você disse a eles sobre mim? Que direito você tinha?

— Eu não contei a eles sobre *você*; eu contei a eles sobre *a gente*. Não é a mesma coisa! Não é como se eu tivesse tirado você do armário ou algo assim!

— Sim, você fez isso! — replica ela, com lágrimas brotando em seus olhos.

— Não fiz. Eu juro. Eu só disse a eles o quanto você me fazia feliz e... Você tem que entender. Eles são meus amigos.

Eu preciso simplesmente fingir que a melhor coisa da minha vida não está acontecendo? Isso não é justo.

— Eu não sou a melhor coisa da sua vida! — grita Ruby, colocando as mãos na cabeça com um gemido.

— Eu não entendo qual é o problema…

— O problema é que as pessoas estão começando a falar sobre nós como se estivéssemos namorando ou algo assim!

— Ah.

Eu expiro com força, suas palavras tirando todo o meu ar. Achei que nós *estávamos* namorando.

— Sim, "ah" — diz ela, entendendo errado. — Você sabia que isso era um segredo. Isso era para ficar entre nós e não chegar a mais ninguém!

— Não, certo. Eu entendi — digo, piscando para conter as lágrimas. — Está claro agora. Mensagem recebida.

Ruby estende a mão para mim, e agora é minha vez de me afastar.

— Não fica assim — pede ela.

Eu engulo uma respiração raivosa.

— Eu não quero que você me toque agora, ok?

— Tudo bem. — Ela abaixa a mão. — Eu pensei que estávamos na mesma página a respeito de tudo isso.

Eu passo as mãos nas bochechas, desejando que não estivessem molhadas.

— Sim, acho que só entendi errado.

— O que você acha que "segredo" significa, Morgan? Porque não significa contar nossas coisas para as pessoas.

— Minha vida não é um segredo — digo, um pouco mais alto, sem me importar com quem possa ouvir do outro lado da porta. — E desculpe se eu tive uma ideia errada sobre nós duas estarmos namorando por causa das flores e dos beijos constantes e do, você sabe, *encontro*. E falando em beijar, você já pensou que talvez eu não queira fazer isso só quando estamos sozinhas? Que talvez eu queira beijar minha namorada depois de vencer uma corrida como todo mundo beija quem quer que esteja namorando, sabe, sem me esconder embaixo da arquibancada como se estivéssemos cometendo um crime?

— Você sabe que a gente não pode...

— Sim, agora eu sei. A gente não pode fazer nada disso. Nunca. — Passo por ela em direção à porta. — Porque acontece que eu não tenho namorada. Só tenho um segredo.

Aaron aparece enquanto estou sentada na sala de aconselhamento, minha cabeça na mesa e meu coração no chão. Porque Ruby não me mandou mensagem nem tentou entrar em contato comigo desde a nossa briga e, sinceramente, nem sei se ela vai.

Dói muito mais do que eu esperava.

— Ei — chama ele, batendo na base da porta. — Você tá bem?

— Sim, tô bem — minto. Mas quando ele simplesmente fica lá, engato: — Eu não quero falar sobre isso.

— Ok — diz ele. — Eu só queria ter certeza de que você ainda estava pronta para a sua sessão.

— Danny já está aqui? — Eu olho para o relógio. Fiquei tão sofrida que perdi a noção do tempo.

— Se for uma noite ruim, eu posso fazer isso. Só precisamos da sala.

— Não, estou bem. Pode mandar ele entrar.

Me ajeito um pouco e arrumo minha camiseta. Talvez ajudar Danny com as questões dele me faça sentir melhor, ou pelo menos ajude o tempo a passar mais rápido entre agora e, sei lá, a eternidade?

Danny aparece na porta alguns segundos depois. Ele está usando um moletom enorme, com o capuz puxado para cima, e segurando um óculos de sol. Todo esse esforço para não ser reconhecido seria cômico, se ele não estivesse com uma cara tão ruim.

— Ei — digo, e empurro na direção dele a bandeja de biscoitos que Izzie sempre deixa ali.

Ele pega um e me olha com cautela.

— Você está péssima.

— Obrigada, você também.

Uau, estou realmente sendo a melhor conselheira de todas hoje.

Espero um minuto para que ele termine seu biscoito, mas quando ele não diz mais nada, eu tento incentivá-lo um pouco.

— Você quer falar sobre alguma coisa específica? Ou veio só visitar?

— Não sei — responde ele, limpando a boca, o joelho já balançando.

Já faz um tempo que estamos nessa dança, falando sobre medos superficiais sendo que percebo que há algo muito maior por baixo de tudo.

— Em qual posição você joga mesmo?

— Por quê? — Ele foca nos meus olhos. — Você de repente gosta de futebol?

— Um pouco. Eu gosto dos Patriots e tudo mais.

— Os Patriots são péssimos — comenta ele.

— É aquela coisa, né, "só nos odeiam porque queriam ser a gente".

— Não, odiamos eles porque eles são maus e horríveis.

— E aposto que os outros times são uns anjinhos.

Danny dá de ombros e pega outro biscoito. Eu me mexo de leve e espero que ele diga mais alguma coisa.

— Eu sou um recebedor — diz ele, finalmente.

— Deixa eu adivinhar. Você está apaixonado por quem? O quarterback?

— Não.

Ele parece ofendido.

— Outro recebedor?

Ele olha para baixo, resmungando consigo mesmo, e pega outro biscoito.

— É outro recebedor, ok. — Eu lhe dou um sorriso solidário.

— Como você sabia?

— Porque você está com uma cara tão ruim quanto a minha hoje, e acho que só o amor pode fazer isso com alguém.

— Caramba, que deprê.

— Você vai me contar o que houve ou vai me fazer continuar adivinhando?

Ele suspira.

— Você é muito irritante.

— Eu me orgulho disso — replico. — Namorar alguém da mesma equipe pode ser um pesadelo.

— É, acho que você fala por experiência própria. Sabe, eu realmente pensei que você fosse uma lenda urbana lésbica, até que te vi no jornal.

— Não. — Eu rio. — Mas você está dois terços certo.

Ele ergue as sobrancelhas.

— As partes de ser "lésbica" e uma "lenda", obviamente — digo, me abanando.

Ele solta um "pfff" e tenta esconder um sorrisinho.

— Nossa.

— Mas já chega de falar sobre mim. Qual é o nível de dano aí? Vocês dois estão juntos? Ou você só está com crush de longe?

— Você também é insistente — diz ele. — Irritante e insistente.

— É por isso que me pagam muito dinheiro.

— Eles te pagam por isso? — Ele parece duvidar.

— Na verdade, não, eu sou voluntária. — Pego um biscoito para mim. — Mas você vai responder a pergunta agora?

Danny se recosta na cadeira.

— Continue adivinhando. É divertido.

— Vocês estão juntos?

Ele faz que sim.

— E alguém descobriu sobre vocês dois e isso está causando problemas?

Ele nega com a cabeça.

— Vocês dois são assumidos e vivem na cidade mais receptiva do mundo para gays e tudo são rosas desde a nossa última conversa?

Ele balança a cabeça de novo.

— Você é o único assumido?

Outra sacudida de cabeça.

— Ele é um namorado de merda?

Ele ri e balança a cabeça com força.

— Você é o namorado de merda?

— Não. — Ele sorri. — Nós dois somos bons um para o outro.

— Eu desisto. Estou perplexa. O que é que fez você dirigir noventa minutos até este lugar para falar com alguém?

Ele tamborila na mesa e solta um longo suspiro.

— Eu não me assumi ainda. Mas eu disse a ele que queria, e ele disse que não quer. E desde então, tem sido... — Ele faz uma pausa. — Parece que estou sufocando ou algo assim. Estou realmente investido nessa coisa com ele, muito mesmo, mas ninguém pode saber. É confuso.

E, nossa, as palavras dele caem no meu colo como uma pilha de tijolos. Toda a mágoa e a frustração que estou sentindo por causa de Ruby e nossa discussão queimam dentro de mim.

— Está para além de confuso. É uma baboseira completa.

— Como é?

— Se vocês dois estão apaixonados um pelo outro e têm um bom relacionamento, então por que você não deveria gritar para todo mundo ouvir? Na minha opinião, ela não está levando seus sentimentos em consideração. Ela está manipulando você. Não é justo.

— *Ele* — diz Danny.

— O quê?

— Você disse "ela".

Faço um gesto casual.

— Você entendeu. Seu namorado deveria querer que as pessoas soubessem que você está apaixonado. Faz parte de estar apaixonado.

— Ele diz que não é tão simples.

— Então dane-se ele. Não deixe alguém prender você em um armário, literal ou figurativo. Porque é uma merda, e não melhora com o passar do tempo. Acredite em mim, eu sei tudo sobre isso também.

Ele solta um suspiro, suas bochechas inchando enquanto considera o que eu disse.

— Só que *é* complicado. Nós dois temos mais um ano de ensino médio; estamos no penúltimo. Não me importo com o que aconteça comigo, não sou uma superestrela do futebol. Mas ele poderia ser. Já tem olheiros de faculdades sondando. Ele poderia conseguir uma bolsa de estudos, se tornar profissional, até.

— E então o quê? Você vai ser o segredo dele na faculdade também? Isso se vocês dois chegarem tão longe, com todas essas saídas escondidas e mentiras.

— Ei!

— Seu namorado perfeito precisa conquistar esse título. E você precisa ter algumas conversas difíceis com ele. Se vocês fazem um ao outro feliz, por que a opinião dos outros importa? Eles não vão expulsá-lo do time por ser gay.

— Isso não aconteceu literalmente com você? Nós *estaríamos* arriscando tudo se nos assumíssemos. Estou pronto pra isso, mas…

— Então vamos processá-los. E vamos processar as faculdades. E vamos processar toda a maldita Liga Nacional de Futebol Americano, se for necessário. Mas você vai se assumir. E seu relacionamento *não* vai ser um segredo nem por um segundo a mais!

Uma batida no batente da porta chama minha atenção, e vejo Izzie parada ali com um sorriso tenso.

— Morgan, posso falar com você por um instante?

— Estou no meio da…

— Não, eu sei — diz ela. — Vou pedir a Aaron para terminar. Só preciso pegar você emprestada por um minuto.

— Ok. — Eu me levanto lentamente e olho para Danny. — Volto assim que puder.

— Nem precisa se preocupar. — Ele parece irritado.

Abro a boca e a fecho antes de seguir Izzie até seu escritório.

— Sente-se — indica ela, assim que está atrás de sua mesa.

— O que está acontecendo? — Eu me sento lentamente. — Nunca vi você interromper uma sessão antes.

— Está tudo bem, Morgan?

— Sim.

— Parece que você está um pouco nervosa hoje.

— Estou bem.

Ela respira fundo.

— Morgan, você sugeriu processar a Liga Nacional de Futebol Americano como uma opção viável para ajudar Danny com o relacionamento dele.

É um bom argumento.

— Ok, talvez eu não esteja completamente bem.

— Você quer falar sobre isso?

— Na verdade, não — digo. — Posso voltar ao trabalho?

— Infelizmente, tenho algumas preocupações reais sobre sua capacidade de aconselhar outras pessoas agora. Tudo bem se você não quiser me contar nada. É por isso que temos um programa de aconselhamento com voluntários da sua idade aqui, pra começo de conversa. Mas eu adoraria se você pudesse…

— Você acha que eu preciso de terapia? Você acha que estou ferrada da cabeça?

— O aconselhamento mútuo é para falar sobre as coisas e descobrir soluções que funcionam. Todos poderiam se beneficiar disso. Não é nenhum tipo de julgamento sobre sua saúde mental. Só quero ter certeza de que você tem acesso ao apoio de que precisa.

— Eu *sou* a conselheira. Conselheiros não recebem aconselhamento.

— Na verdade, a maioria deles recebe. Nunca deveria ser uma via de mão única, e com tudo pelo que você teve que passar recentemente, acho que poderia realmente fazer algum bem a você.

— Obrigada por sua preocupação, mas estou com tudo sob controle. Sério. Posso voltar lá? Danny e eu fizemos muitos progressos, então…

— Sinto dizer que não — declara ela, me dando um sorriso triste. — Seu comportamento hoje ultrapassou alguns limites de formas com as quais eu realmente não me sinto confortável.

— Ai, meu Deus, você está me demitindo? — pergunto, pulando da minha cadeira. — Estou sendo demitida de uma posição de *voluntária*?

— Não, Morgan. Lógico que não. Ainda acho que você é um trunfo para este Centro. Mas, por enquanto, vou tirá-la do programa de aconselhamento.

— Sério?

Eu sinto que vou explodir. Primeiro, perdi o processo. Então, perdi Ruby. E agora estou perdendo a única coisa que ainda me permite sentir que estou fazendo a diferença.

— Eu sei o quanto você gosta de seu papel aqui e tenho outras coisas para você fazer, mas agora não estou muito convicta de que você tenha espaço emocional para ajudar outras pessoas.

— Eu tenho. Eu tenho todo o espaço do mundo. Muito espaço. Por favor. Eu preciso disso.

— Aaron me contou sobre o resultado do seu processo e como você tem tido dificuldade com isso. Tem muita coisa acontecendo na sua vida fora do Centro, e me preocupo demais com você para arriscar que você se sinta sobrecarregada. Seria irresponsável da minha parte fazer você lidar com mais coisa ainda.

— Eu não...

— Podemos reavaliar isso em algumas semanas, mas por enquanto minha decisão é essa. Adoraria que você permanecesse em outra função, se estiver disposta a isso. Se você quiser sair mais cedo hoje, ou tirar algum tempo para pensar sobre o assunto, eu entendo.

Fico ali sentada por um segundo, de boca aberta, testa franzida, deixando as palavras dela serem absorvidas pela minha pele, onde podem se misturar com todos os meus outros fracassos.

E então fecho a boca, porque não vai ser este dia que vai me destruir.

— Eu posso ficar um pouco mais. Anika vai trazer algumas das doações com alguns dos alunos do programa de liderança hoje. Vou ajudar na organização.

Izzie sorri.

— Essa é uma ótima ideia.

Ruby está esperando no estacionamento depois do meu turno, encostada em seu carro sob a luz de um poste e parecendo total e injustamente adorável.

— Podemos conversar? — pergunta ela.

— Não sei. Podemos?

— Desculpa por mais cedo. — Ela suspira. — Vamos dar uma volta. Dar um jeito nisso.

— Volto de carona com Aaron hoje. Ele está terminando lá dentro, depois vamos para casa. Eu só vim tomar um pouco de ar.

— Pelo menos me deixa te levar para casa, então — implora Ruby. — Vou ser rápida. Só não quero deixar as coisas do jeito que estão.

— Tem certeza de que é isso que você quer? Não sei se é inteligente ser vista em público com o seu segredo.

— Você sabe que não foi isso que eu quis dizer! — replica ela, levantando a voz assim que Aaron sai.

Porém tenho certeza de que foi *exatamente* o que ela quis dizer, mas tudo bem.

— Está tudo certo aqui? — indaga Aaron.

— Não — digo, ao mesmo tempo que ela diz:

— Sim.

Aaron caminha em direção ao seu carro, que está exatamente no lado oposto ao de Ruby no estacionamento.

— Você ainda quer uma carona para casa?

Eu assinto e o sigo.

— Por favor — insiste Ruby. — Estou implorando aqui.

Aaron abre a porta do carro e eu ando um pouco mais rápido. Eu posso fazer isso. Eu posso manter meu posicionamento. Mas por que parece que estou sendo rasgada ao meio?

— Morgan — chama ela, com uma voz tão doída que paro. Aaron me observa de seu carro enquanto eu abaixo minha cabeça.

— Na verdade, acho que vou pegar uma carona com a Ruby.

— Tem certeza disso? — pergunta ele.

Mas sei que o que ele realmente está perguntando é: eu me sinto segura? Preciso da ajuda dele? Isso é uma boa ideia? E a resposta para todas essas perguntas é provavelmente uma combinação horrível de sim e não, mas não estou pronta para pensar em nada disso agora.

— Tô bem — suspiro. — Vejo você na escola amanhã.

Ele lança um olhar de advertência para Ruby.

— Tudo bem, até mais.

Eu me inclino para a frente e lhe dou um abraço de despedida quando ele começa a entrar, me sentindo estranhamente emotiva após este dia infernal. Ele me aperta forte.

— É só você dizer uma palavra e a gente corre — e sussurra brincando.

Eu forço um sorriso e então me viro para encarar Ruby.

33

Ruby

— **Você realmente quer que** eu te leve direto pra casa? — pergunto quando já estamos há um tempo no carro.

Aaron esperou para sair depois de nós e agora está nos seguindo, se certificando de que eu a leve para casa bem. Sei que não existe nada romântico entre eles, mas ainda assim isso me deixa com ciúmes. Eu quero ser a pessoa que cuida dela, não quem recebe os olhares gelados de seus amigos.

— Não sei — diz ela. — Sim, eu acho. O que mais a gente tem para dizer? Você já explicou seu ponto na escola.

Eu esfrego minha testa e entro em seu condomínio. Aaron pisca as luzes uma vez, mas segue seu caminho, e eu relaxo um pouco.

— Desculpa. Sei que o jeito como eu lidei com tudo hoje mais cedo foi uma merda — Eu passo pelo apartamento dela, dando uma volta pelo condomínio.

— Hum… eu moro ali. — Morgan gesticula para trás.

— Pensei que a gente podia ir até o lago na beira do condomínio pra conversar um pouco. Tudo bem? Eu volto, se você quiser.

— Tudo bem, eu acho — diz ela, se acomodando.

Estaciono em uma vaga perto do lago. Morgan sai e se dirige para o pequeno banco ali antes mesmo de eu desligar o carro. Ela se senta perto de um dos patos adormecidos, que mal se mexe. Minha mãe costumava me trazer aqui para alimentá-los antes que as coisas saíssem dos trilhos. Quando eu ainda era sua princesinha.

O luar reflete na água verde, e Morgan pega uma pedra e a joga no lago, provocando várias ondulações. Respiro fundo e saio do carro. Não sei como consertar isso, não sei nem se é possível. Mas eu realmente quero.

— Posso me sentar? — pergunto.

— Estamos em um país livre — diz ela. — Mais ou menos. Para alguns.

Eu fico parada, inquieta.

— Não sei se isso significa sim ou…

Morgan bufa e se move, fixando os olhos na fonte que jorra no meio do lago.

— Eu entendo por que você está chateada — começo. — Você tem todo o direito de…

Ela me interrompe.

— O que eu sou para você?

— Como assim?

— Você me ama?

— Jesus, Morgan — digo, enfiando meus dedos no joelho.

— E aí? — insiste ela.

— Você sempre tem que forçar tanto a barra? Estou tentando te dizer que não quero terminar, e você…

— Como é possível terminar se nem estamos namorando? Eu suspiro.

— Você sabe que eu não gosto de rótulos.

— Você. Me. Ama? — repete Morgan, e eu sinto que vou vomitar.

Porque o amor é... bom, o amor é uma armadilha. O amor te leva a engravidar e ser abandonada. O amor é uma marca de mão na bochecha e toda a sua infância envolta em tule. Amar é deixar que alguém tenha o poder de te machucar de maneiras que você ainda nem imagina.

— É uma pergunta simples — diz ela.

— Não, não é.

— Como? — questiona Morgan, e eu não olho para cima. Não posso. Não quando a única resposta possível que posso dar a ela é algo que nunca direi. *Eu não posso.*

— Morgan...

— Se eu sou importante para você, me responde!

— Eu não posso — digo, fechando bem meus olhos ao ouvir sua inspiração forte.

Todos os sons ficam abafados. Até o barulho da fonte diminui em minha cabeça, presa naquele pequeno vazio de silêncio antes de tudo explodir.

— Porque você não quer, ou porque está apegada demais a "não usar rótulos".

Eu ouço a mágoa superando a raiva, tingindo sua voz com dor. Eu faria qualquer coisa para impedir isso. Eu me inclino para dar um beijo em Morgan. Se ela só me deixasse mostrar, como tenho tentado desesperadamente mostrar desde o início... Mas ela recua.

— Para com isso. Você não pode consertar isso com seu corpo.

— Não que você tenha me deixado chegar muito longe — retruco, meu temperamento se atiçando com mais uma de suas rejeições.

— Por que eu deveria? — pergunta Morgan, e parece que acabei de levar um soco na boca. Não sei o que ela vê em meu rosto, mas seu sorriso de escárnio desaparece e ela agarra minha mão. — Eu não quis dizer isso como…

— Está tudo bem — digo, me afastando.

Estou acostumada a ter pessoas me fazendo sentir inferior, me fazendo sentir indesejada. Só não ela. Nunca ela.

Eu me levanto e caminho até a beira do lago, mas ainda não é o suficiente. Preciso de espaço. Uma saída. Penso em entrar nele e sair do outro lado, depois seguir sem parar, até atingir o oceano, a dois estados de distância. Ainda assim, me pergunto se isso seria espaço suficiente, e se o espaço suficiente poderia mesmo existir entre mim e o momento em que Morgan Matthews arrancou meu coração.

Ela se aproxima de mim e tenta pegar minha mão, mas eu a enfio no bolso da jaqueta antes que ela tenha a chance de alcançar.

— Eu não quis dizer que não transaria com você algum dia, ou que não quero — diz ela suavemente. — O que quer que você esteja pensando agora, não é isso, eu prometo.

Olho para ela e depois para o lago.

— Mas eu nunca fiz isso com ninguém — continua Morgan —, e não vou fazer apenas para fazer você se sentir melhor ou para encerrar uma conversa difícil.

Eu a encaro, semicerrando os olhos.

— Eu nunca faria isso com você.

— Você já tentou — argumenta Morgan. — Mais de uma vez.

E volto a olhar para o lago, porque nós duas sabemos que ela está certa, mesmo que eu desejasse o contrário.

— É só sexo. — Dou de ombros, sem nem mesmo saber por que estou discutindo o assunto. Posso ser uma babaca, mas não sou tão babaca assim. Pelo menos não achava que era.

— Não para mim — diz ela, e olho nos seus olhos. — Eu não vou perder minha virgindade com alguém que…

Ela para.

— Alguém que o quê? — pergunto, repassando as dez mil possibilidades em minha mente: alguém que já dormiu com um monte de gente por aí, alguém que está perdida, alguém que é um lixo.

— Alguém que não tem certeza se me ama.

E, ai, isso dói mais do que qualquer outra coisa. Porque posso até não ser capaz de dizer as palavras, mas por que Morgan não consegue sentir? Como ela ainda não sabe?

Eu balanço a cabeça.

— Como você não entende o quanto você significa para mim? Depois de tudo! Eu não entendo.

— Preciso das palavras — diz Morgan, como se fosse simples assim.

— Por que elas importam? É tudo besteira! As pessoas falam em um segundo e depois voltam atrás.

— Você não! — rebate Morgan. — Você nunca fala. Você não diz nem que ama seu carro, embora eu saiba que você ama. Pode não significar muito para a maioria das pessoas, mas significaria muito vindo de *você*.

— Mas você sabe o quanto eu me importo.

— Então talvez saber não seja suficiente se eu for a única que sabe!

— Qual é, Morgan? Você está brava por eu não dizer a palavra com A para você, ou você está brava porque não vou colocar um outdoor para que todos saibam?

— Os dois! — grita ela.

Eu esfrego minhas têmporas.

— Você sabia quem eu era quando começamos isso. Se você queria demonstrações públicas de afeto e rótulos, deveria ter ido atrás de alguém do seu precioso Clube do Orgulho — digo, o ciúme carregando essas últimas palavras.

Morgan me encara por um segundo e então começa a ir embora, apressada.

— Aonde você está indo? — pergunto, correndo atrás dela.

— Pra casa.

— Eu vou te dar uma carona.

— É bem na esquina. Posso dar conta de uma caminhada.

— Mas eu quero — Tento pegar a mão dela para fazer com que diminua a velocidade. — Por favor.

— Não, obrigada.

— Eu não quero brigar com você. A única razão pela qual estou aqui agora é porque quero que as coisas voltem a ser como eram antes de eu agir que nem uma idiota. Por favor!

— As coisas não vão voltar — diz Morgan, me afastando.

Eu não quero acreditar nisso. Eu não vou.

Eu a sigo enquanto ela atravessa o pátio e vira a esquina. Está tudo quieto, exceto pelo som de nossos passos e o coaxar perdido de uma perereca. Morgan enfia a chave na porta da frente e a destranca, hesitando ao entrar. Dylan ainda não deve ter chegado em casa, a julgar pelas luzes apagadas.

— Você vai me deixar entrar, pelo menos? — pergunto.

— Tem certeza de que você quer? E se alguém vir?

— Meu carro está no lago. Não é como se alguém fosse… — Eu paro, percebendo tarde demais que ela estava sendo sarcástica. — Obviamente eu quero entrar. Por favor.

— Como quiser — diz Morgan, abrindo a porta.

34

Morgan

Tiro os sapatos e acendo um abajur.

Normalmente, Dylan já chegou em casa a essa hora, mas estou feliz que ele não esteja desta vez. Não preciso que ninguém me veja ou me ouça levando um fora pela segunda vez hoje, que é o que tenho quase certeza que aconteceu — ou ainda está acontecendo —, ainda mais depois de basicamente ter sido demitida também.

Enfiaram um monte de coisa pela nossa portinhola de correio, então eu pego os envelopes no chão, carrego para a mesa e vou folheando, enquanto Ruby desamarra seus tênis e os deixa ao lado da porta. A maior parte vai pro lixo, mas aí vejo uma carta do reitor da minha faculdade. Ou, bem, minha possível faculdade.

— Ai, meu Deus — digo, deixando o envelope cair.

— O que? — Ruby o pega do chão e lê o rótulo. — É da sua faculdade?

— Sim — respondo.

Nossa discussão fica em suspenso, 100% do meu foco deslocado para o envelope em suas mãos.

— É leve. — Ela balança um pouco para cima e para baixo. — É bom que seja leve?

— Como eu vou saber? Todo o resto da comunicação deles foi por e-mail!

Ruby estende o envelope para mim com um sorrisinho no rosto.

— Só existe uma maneira de descobrir.

— Não posso. — Eu balanço a cabeça. — Abre você.

— Você tem certeza? Este é um grande momento.

— Abre — repito. — Por favor, estou morrendo.

Ruby respira fundo, abre o envelope com cuidado e puxa lentamente uma única folha.

— Mais rápido! Vai!

— Ok, ok — diz ela. Um sorriso se espalha em seu rosto enquanto seus olhos examinam a página.

— É bom?

Ruby assente.

— É bom demais.

— Deixa eu ver.

Arranco a carta de sua mão, quase rasgando o papel no processo. Meus olhos examinam o conteúdo rapidamente. É uma carta muito gentil sobre o restabelecimento oficial da oferta deles e como estão entusiasmados de me convidar formalmente para fazer parte de sua equipe.

Por um segundo, tudo se encaixa e toda a felicidade é restaurada. Posso ir para a faculdade dos meus sonhos; posso *correr* pela faculdade dos meus sonhos.

E então noto a data na carta — um dia depois de ter sido anunciado que meu processo foi formalmente arquivado.

Claro.

Eu amasso o papel.

Foi tudo em vão. O processo não ajudou ninguém; *eu* não ajudei ninguém. Estou de volta ao início, como se nada tivesse acontecido. Me arrisquei e tentei mudar o mundo e tudo o que fiz foi tornar a vida infinitamente mais difícil para as pessoas do meu lado.

— Morgan? O que houve? — pergunta Ruby, e eu só...

Não aguento mais isso. Não posso lidar com este círculo vicioso em que pareço estar presa. Mesmas situações, rostos diferentes. *Eu vou te amar, mas não vou te dizer. Vou te beijar, mas tem que ser segredo*. Quero gritar.

— Eu preciso ficar sozinha agora.

Corro para meu quarto e enterro o rosto nos travesseiros, tentando não chorar. A cama afunda alguns instantes depois, quando Ruby se senta ao meu lado, esfregando minhas costas. Eu fungo de leve e me sento.

— O que você está fazendo? — questiono.

— Tentando ajudar. Não sei o que houve, mas...

— Você não sabe *de nada*, Ruby.

— Eu sei que você acabou de descobrir que está oficialmente na faculdade que mais queria, e essas não parecem lágrimas de alegria. — Ela enxuga minha bochecha. — Não entendo. Achei que era isso que você queria.

— Se tem uma coisa que me mostraram hoje, é que o que eu quero não importa.

Ruby desvia o olhar, e eu sei que ela sentiu meu golpe.

— Vou ignorar isso — diz ela, como se estivesse me fazendo um favor ou algo assim. — Mas isso é bom. Isso é uma notícia boa, certo? Você entrou. Você conseguiu uma bolsa de estudos.

— Sim — respondo. — Isto é uma notícia boa.

— Então o que foi?

— Olhe a data — digo, gesticulando para a carta na mão dela, agora desamassada. — Eles enviaram logo depois que o processo foi arquivado. Logo depois que cedemos à St. Mary's. Estou sendo recompensada por desistir dos meus princípios. Eu achei que pudesse... — Eu balanço minha cabeça. — Tanto faz.

— Não. Fala comigo. Estou aqui. Eu quero estar aqui.

Olho para ela.

— Eu achei que pudesse mudar o mundo. Isso não é idiota? Realmente pensei que tomar essa iniciativa e lutar pelo que acredito causaria um impacto. Mas foi tudo em vão.

Ruby abre um sorriso pequenininho e coloca uma mecha de cabelo atrás da minha orelha.

— Não foi em vão. Você inspirou muita gente. E está ajudando pessoas no Centro. Hoje mesmo, aposto que...

— Fui demitida hoje.

— Você foi demitida? Como? Por quê?

— Porque fiz um escarcéu com alguém sobre sair do armário e processar a escola da pessoa. Toda trabalhada na gritaria e no estresse.

Ruby esfrega minhas costas de novo.

— Parece ter sido difícil.

— É. — Eu solto uma risada amarga. — Aparentemente, só sei acabar com as economias dos meus pais e organizar mochilas.

— Ok, bom, você tem tempo para resolver as coisas. Não é...

— Nossa, nem minha namorada acredita em mim. — Reviro os olhos. — Ah, não, espere, esqueci. Eu não tenho namorada.

— Eu acredito em você! E também acredito que você merece só coisas boas. Você merece tudo o que você quer.

Mas às vezes no mundo real o que você merece não importa. É uma pena que você só esteja descobrindo isso agora.

Fico de boca aberta, em descrença.

— Você acha que eu não sei como é o mundo real? Desisti da minha escola, dos meus amigos, da minha vida inteira, só para tomar uma atitude!

— E ninguém pode te tirar isso. Mas nem todo mundo é corajoso como você.

— Todo mundo deveria ser — replico, cerrando os dentes. — Se todos defendessem o que é certo, então…

— Nem sempre é seguro fazer isso! E as pessoas ignorantes contra as quais você está lutando também acham que estão certas.

— E daí? Eu deveria desistir até que o mundo chegue a um consenso sobre se é ok ou não eu gostar de garotas?

— Eu não disse isso, e definitivamente não acho isso — diz Ruby, esfregando meus braços. — Estou dizendo que não importa se você não ganhou o processo. Você *está* ajudando as pessoas. Você *me* ajudou.

Eu bufo.

— Como? Mais cedo você estava basicamente dizendo que não podemos nos ver porque as pessoas estão começando a falar sobre isso.

— Eu não disse que não podíamos nos ver. Só temos que encontrar um jeito de abafar essa história. Talvez se eu sair mais por aí com Tyler, isso amenize as fofocas.

Meu queixo literalmente cai.

— Você está falando sério?

Ruby sorri, aparentemente sem noção do impacto do que acabou de dizer.

— Sim, as pessoas provavelmente vão achar que…

— Que você está fodendo com ele — completo, surpreendendo até a mim mesma com a minha rispidez. Mas estou brava e magoada e não estou em condições de ser justa agora.

Ela recua.

— Não fala assim.

— É verdade, não é?

Eu saio da cama e fico de pé em frente a ela.

— Por que você sugeriria isso? E Tyler vai entrar nesse plano? Ou você vai machucá-lo também?

Ela abaixa a cabeça.

— Eu não quero machucar ninguém! Só quero encontrar uma maneira de ficarmos juntas sem que as pessoas saibam.

— Eu quero que as pessoas saibam — gemo. — Eu quero rótulos e demonstrações públicas de afeto e alguém que não chame o amor de "a palavra com A". E definitivamente não quero que a escola inteira pense que você está transando com Tyler Portman se estivermos juntas!

Ela desvia o olhar, mordendo o lábio.

— Eu de verdade, de verdade, não sei o que você quer que eu diga.

— Eu literalmente acabei de te falar!

Ruby suspira e olha para mim.

— Mas você sabe que não posso te dar nada disso.

— Se você admira o quão "corajosa" eu sou — digo, fazendo aspas no ar para garantir —, por que você não pode ser corajosa também?

— Você sabia dos meus limites! Você sabia. Você não pode mudar as regras agora.

— Às vezes mudar é uma coisa boa — imploro. — Eu... eu preciso disso.

— Você *precisa* disso? Morgan, sair do armário é uma decisão só minha. Não é algo para colocar em sua prateleira de vitórias para que você possa se sentir melhor consigo mesma.

Cruzo os braços e desvio o olhar.

— Você por acaso está se ouvindo? Nós estamos falando da minha vida. Você não pode virá-la do avesso só para ter a mudança que está procurando.

— Não é isso que estou fazendo.

— Talvez não intencionalmente, mas... Olha, por uma série de razões, eu preciso que pessoas fiquem fora da minha vida. Ok? Isso pode atrapalhar muito as coisas para mim.

Eu a olho diretamente nos olhos.

— Se você não quer que ninguém cuide da sua vida, então por que está tudo bem fazer todo mundo pensar que você está saindo com Tyler?

— Você sabe por quê — diz Ruby, tensionando o maxilar.

— Não, eu não sei. Eu preciso que você me diga — insisto, embora eu saiba, e ouvi-la dizer isso possa me quebrar.

Ela balança a cabeça.

— Porque Tyler é um garoto — responde ela, suavemente. Resignada. — E garotas não deveriam gostar de outras garotas.

— Bem, algumas garotas gostam. Algumas garotas são assim — repito o que ela disse na oficina.

Nossas palavras pesam e nenhuma de nós sabe para onde ir a partir daqui.

— Você não entende — comenta Ruby depois do que parece uma eternidade. — Se minha mãe...

— Não, eu entendo. — Abaixo minha cabeça. — Entendo mesmo. E não vou ser a pessoa que força alguém de quem gosta a se assumir ou que dá um ultimato.

— Obrigada — diz ela com um sorrisinho. — Eu sabia que se a gente conversasse ia conseguir descobrir…

— Mas eu não acho que posso continuar fingindo também. — Eu desvio o olhar. — Prometi a mim mesma que nunca deixaria ninguém me enfiar de volta no armário, mas eu realmente, realmente pensei que poderia abrir uma exceção para você. Ou, sendo sincera, eu realmente, realmente pensei que você cogitaria sair do armário. Eu sei que isso não é justo.

O silêncio se prolonga, tão alto que faz meus ouvidos zumbirem.

— Então a gente simplesmente acabou? — pergunta Ruby, por fim.

E eu não respondo, porque nós duas já sabemos, e assim que eu disser em voz alta… Ruby apoia a cabeça em meu ombro, e sinto suas lágrimas quentes e molhadas contra minha pele.

— Eu te amo — digo. E ela olha para mim. — Estou apaixonada por você desde que você me entregou aquele saco de ervilhas.

O sorriso mais triste que já vi aparece em seu rosto enquanto ela enxuga os olhos.

— É?

— É. Eu queria que existisse alguma maneira…

Faróis de carros dançam na minha parede, provavelmente Dylan voltando para casa bem a tempo de testemunhar nossa catástrofe absoluta.

— Eu também — diz Ruby, fungando.

Ela pressiona a testa contra a minha, apenas por um segundo, apenas o tempo suficiente para eu sentir que seu coração está se partindo também.

— Vejo você por aí, Matthews.

E então ela vai embora.

35

Ruby

— Droga — gemo, saindo de baixo do carro e batendo minha chave no chão.

Billy olha para mim e depois volta a mexer no motor de uma moto do outro lado da oficina.

Me sento, apoiando os braços nos joelhos conforme o suor escorre pelo meu rosto. Fomos atingidos por uma onda de calor precoce, o que significa que está marcando por volta de um bilhão e meio de graus aqui. E estou de luvas porque não posso arriscar estragar minha manicure tão perto do concurso. Perfeito.

Uma garrafa de água aparece na frente do meu rosto, Billy a segurando com força em suas mãos cobertas de graxa.

— Você vai me dizer o que está acontecendo?

A garrafa amassa um pouco quando eu a pego. Ele me joga um pano limpo, e despejo um pouco de água e passo no rosto e no pescoço.

— O pistão da pinça de freio emperrou.

Ele toma um gole de sua própria garrafa, parecendo cuidadosamente refletir sobre o que dizer, antes de prosseguir com um simples:

— Você sabe que não é disso que estou falando, garota.

E eu sei que não. Ele quer saber por que estou aqui na oficina a todo momento livre, quando não estou na escola ou me preparando para o concurso, mas não posso contar para ele. Billy não entenderia, e, se eu contasse tudo, ele poderia até se assustar. Não conseguiria suportar mais isso além de... bem, além de tudo.

— Vamos lá, o que está corroendo você?

— Nada — digo, caminhando até o rádio.

Billy deixou tocando um rock clássico péssimo sobre pintar as coisas de preto, o que é perfeito para meu estado de espírito. Eu aumento o volume e pego na minha bancada um pano novo e um carburador que precisa ser limpo, me sentando de costas para ele.

Imagino que ele tenha voltado a trabalhar na moto — Billy nunca foi de protelar —, até que o ouço desligar o rádio. Eu giro na cadeira lentamente e me deparo com ele me olhando, achando graça.

— O que foi? — Eu faço beicinho.

— Eu estava pensando que as pessoas provavelmente vêm dando chiliques ao som dessa música desde 1960, mas esta é a primeira vez que vejo isso acontecer na vida real.

— Você nem estava vivo na década de 1960 — argumento, rindo.

— Não significa que estou errado. — Ele esguicha um pouco de sabonete líquido nas mãos, na pia industrial a meu lado, esfregando para tirar a graxa. — Venha se limpar.

— Ainda estou trabalhando — digo assim que um entregador estaciona na porta.

— O jantar chegou, então não está, não — replica ele, indo pagar o cara e pegar os sacos de comida.

Percebo que são do Mama's, o que significa que provavelmente é o sanduíche especial de rosbife de lá. Minha boca se enche de água só de pensar nisso. Custa 8,99 dólares, então é uma rara extravagância.

Tiro as luvas o mais rápido que consigo e entro no banheiro para me limpar um pouco mais antes de me juntar a ele na mesa de piquenique atrás da oficina. Ele já está na metade do caminho quando saio.

Billy me passa minha caixa assim que me sento.

— Obrigada.

Dou a maior mordida que consigo, fazendo minhas bochechas inflarem como as de um esquilo, mas nem me importo. Billy não dá a mínima se estou apresentável, pronta para um concurso ou parecendo uma dama. Ele não se importa se como rosbife e amo graxa e carros barulhentos e velozes. Ele não dá a mínima para nada, desde que eu mantenha minha área limpa e faça um bom trabalho.

Ou assim eu pensava, mas então ele suspira e me lança um olhar que nunca vi antes. Parece quase… preocupado?

— Tudo bem, já deixei isso seguir por muito tempo — diz ele, como se falar isso o estivesse matando. — Você tem que me dizer o que aconteceu, antes que eu tenha uma úlcera.

— Não aconteceu nada.

— Ruby, você está falando com um cara que tem duas ex-esposas, ok? Eu sei como é quando uma mulher está chateada. E eu também sei… — Ele hesita. — Eu sei que sua mãe pode ser… um pouco difícil. Se você quiser conversar, eu estou…

— Eu não quero.

— Bem, se você quiser — continua ele, pegando um pedaço perdido de alface em sua embalagem e mastigando de forma pensativa —, não estou dizendo que sou o melhor em dar conselhos, mas posso não ser tão ruim. Só isso. Estou aqui por você, sempre que precisar de mim.

Olho para meu sanduíche, piscando com força, porque essa é provavelmente a coisa mais legal que qualquer adulto já me disse, e não estou preparada para isso. Não sei o que fazer com isso. Não sei nem como começar a me sentir a respeito.

Porque a verdade é que eu quero contar para ele. Eu quero contar para alguém. Porque tudo isso tem sido um inferno, e ninguém sabe. Eu até tenho tentado dar uma de durona com Everly, mesmo que ajudá-la com o Olhares do Coração esteja me matando. Mas ver Morgan na escola, fazer uma aula com ela, agir como se tudo estivesse bem? É demais.

Na semana passada, até tive que mudar de cadeira na aula de política porque não aguentava mais sentar na frente dela. O garoto cujo lugar eu roubei ficou irritado, mas aí eu disse a ele que faria com que seu carro passasse na inspeção no mês que vem. Eu entendo essas coisas, sabe. Eu entendo tudo sobre essa coisa de uma mão lava a outra.

Mas não entendo isso de me importar com alguém só porque me importo, mesmo que isso doa. Não entendo isso de querer mudar o mundo para pessoas que nem conheço. E com certeza não entendo isso de ter fé suficiente para dizer *eu te amo* e realmente querer dizer isso, mesmo quando a outra pessoa não poderia dizer de volta.

— Eu só preciso me manter ocupada agora.

Billy limpa o rosto com um guardanapo.

— Uhum.

Ele soa como se não acreditasse em mim, mas é a verdade. Isso ajuda. Tenho trabalhado aqui sem parar, pegado aulas extras no estúdio e feito coisas para o concurso 24 horas por dia, 7 dias por semana. Charlene e eu temos treinado entrevistas, desfile e roupas à exaustão, mas mesmo assim não é o suficiente para que eu não pense em Morgan.

Tudo me lembra dela agora. Eu odeio isso. Não consigo nem ir ao supermercado comprar um miojo sem passar pela estúpida vitrine de flores e me lembrar do nosso primeiro encontro. Tenho feito de tudo para ignorar a saudade gigantesca que sinto daquela garota. Mas toda vez que paro de me mexer, tudo volta.

Billy amassa sua embalagem, lançando-a que nem um jogador de basquete no barril gigante que usa como lata de lixo.

— E a multidão vai à loucura! — Ele imita o rugido das pessoas torcendo antes de entrar na oficina.

Eu sei que Billy não percebeu que estava cutucando uma ferida que mal cicatrizou, mas gostaria que ele tivesse deixado isso quieto.

Continuo dizendo a mim mesma que é melhor assim, que não estarmos juntas deve ser mais fácil para nós duas. E talvez seja para ela. Não sei. Sempre que a vejo, ela está com Allie e Lydia, treinando ou rindo de alguma coisa. Acho que ser cem por cento ela mesma deve estar fazendo bem a Morgan. Eu sei que deveria estar aliviada, mas…

O campeonato estadual de corrida é neste fim de semana, e aparentemente sou masoquista, porque estou planejando ir. Sei que ela vai ganhar com vantagem. Assim como sei que há todo um lado da vida dela do qual nunca fiz parte. Uma vida feliz. Uma vida de primeira divisão.

Talvez eu é que estivesse estragando tudo para ela o tempo todo.

Eu olho para a mesa de piquenique, a madeira acinzentada que deveria ter sido pintada há muito tempo mas está apenas aqui apodrecendo, porque ninguém cuida dela. As pessoas deveriam cuidar de suas coisas. Seja uma mesa de piquenique velha ou... ou uma pessoa especial.

E, de repente, parece que vou explodir. As palavras se acumulam em meu peito, como se eu estivesse sufocando, como se eu fosse me afogar nelas se não as despejar imediatamente.

Vou até onde Billy está trabalhando na moto, uma velha Harley de um de seus amigos, pela qual ele está cobrando metade do preço, embora eu saiba que ele realmente precisa do dinheiro. Eu pigarreio e ele para, ainda agachado, se ajeitando apenas o suficiente para fazer contato visual e erguer as sobrancelhas.

— Eu posso ser bi ou algo assim — murmuro, as palavras caindo da minha boca e quebrando no chão feito vidro.

Fico esperando que ele aja de um jeito estranho ou me diga para sair, mas ele apenas olha para mim como se estivesse esperando que eu dissesse mais alguma coisa. Mas não há mais nada.

— Enfim, vou embora — digo.

— Eu meio que percebi isso quando você trouxe a garota aqui — diz ele, trocando a chave que está usando. — Foi ela que te deixou assim?

Eu congelo.

— Você sabia?

Ele olha para mim enquanto aperta um parafuso.

— Ela estava olhando para você como se você fosse a última garrafa d'água do deserto, e você estava com um sorriso bobão no rosto o tempo todo. Além disso, ela foi a primeira pessoa que você trouxe aqui para mostrar suas coisas. Eu teria suspeitado mesmo se você não fosse péssima em ser sutil.

— Ei, eu trouxe Everly aqui! E o Tyler!

— Sim. Trouxe cada um só uma vez, e para usar o elevador e consertar os carros de merda deles. — Billy ri. — Não para me apresentar e fazer um tour completo. Você nem deixou Tyler entrar enquanto trabalhava, lembra? A senhora do outro lado da rua chamou a polícia, porque ele ficava olhando pelas janelas e ela pensou que ele estava querendo roubar a oficina.

Pior que ele está certo.

— Você contou para sua mãe?

Eu balanço a cabeça.

— Não, mas ela ouviu um boato e não gostou.

— Imagino. — Ele olha para mim, estudando cada centímetro do meu rosto. — Você está bem?

Eu dou de ombros e desvio o olhar.

— Ruby. — Ele se levanta, e noto uma centelha de raiva sob seus olhos. — Sua mãe está te tratando bem?

Eu faço que sim. Protegendo-a, até mesmo agora. Defendo a pessoa errada. Amo a pessoa errada. Sempre.

— Então o que é?

— Morgan e eu terminamos. Eu não podia arriscar que minha mãe ficasse ainda mais em cima de mim, além da coisa toda do concurso. Eu estaria ferrada se eles descobrissem.

Ele levanta uma sobrancelha.

— Você odeia os concursos.

— Sim, mas este próximo tem uma bolsa de estudos para um lugar com um bom curso de mecânica. Estou pensando em talvez fazer isso, se eu conseguir.

— Curso de mecânica, é? — Ele sorri.

— Pois é — digo, me sentindo estranhamente orgulhosa.

Ele bufa e murmura algo que não consigo ouvir ao lado da moto.

— O quê?

— Eu disse — ele levanta a voz — que ainda acho que você é uma idiota.

Solto uma risada.

— Eu?

— Sim, você — diz ele. — Se você está me dizendo que a razão pela qual você estava toda nas nuvens era aquela garota, então é uma idiota por terminar isso, não importa como sua mãe aja ou qualquer outra pessoa. Jesus, eu não tenho muita coisa, mas você sabe que tenho um sofá que pode ser seu a qualquer momento, pelo tempo que você precisar, e não vou perguntar merda nenhuma sobre qualquer coisa a menos que você me force.

— Sério?

— Eu me divorciei da sua mãe, garota, não de você. Você sempre vai ter comida e um lugar para dormir enquanto eu estiver vivo. Agora sai dessa merda e começa a fazer uns planos reais para você, em vez de só vagar por aí com medo, fazendo o que sua mãe quer o tempo todo.

Abro a boca com a intenção de dizer nem sei o quê, mas tudo o que sai é uma pequena inspiração ofegante enquanto tento não chorar.

— Agora, não faça isso — diz Billy com uma expressão séria exagerada. — Posso lidar com muitas coisas, mas meninas chorando na minha oficina não é uma delas. Você não tem um carro para consertar?

— Sim. — Eu assinto, limpando o nariz. — Tenho, sim.

36

Morgan

Vou para minha faixa na pista entre o grupo de outras garotas que correm os 3.200 metros. Somos as melhores entre as melhores quando o assunto é corrida de longa distância na primeira divisão. Encontro meus pais na multidão de espectadores e perco alguns segundos examinando as fileiras ao redor deles, como se Ruby de alguma forma fosse estar lá. Mas lógico que ela não está.

O fiscal de prova nos diz para nos prepararmos, e eu abaixo, entrando na posição, meu corpo tenso e elétrico. Sou a única da equipe que se classificou para esta bateria e não vou deixar que um pequeno desgosto me atrase.

O aviso de início de prova dispara e eu também, dando tudo de mim a cada passo. Todo esse desgosto, tudo o que passei e ainda estou passando... isso me alimenta. Percebo as outras garotas em meus calcanhares enquanto avanço. Elas acham que conseguem me pegar? Podem ir tentando.

Aqui na pista, sou só eu, o som da minha respiração e a queimação nas minhas pernas.

Aqui, atendo às minhas expectativas e as supero.

Aqui, não decepciono ninguém com ações judiciais fracassadas ou ideias ruins.

Aqui, eu sou livre.

Aqui.

Sou apenas eu.

Quando cruzo a linha de chegada, caio nos braços de Lydia, soluçando, desejando que fossem os braços de Ruby. Toda a minha equipe corre para me abraçar, me dando tapinhas nas costas e gritando que fiquei em primeiro lugar. E então minha mãe está lá me segurando, me abraçando forte.

Deixo todos pensarem que as lágrimas são de esforço. Meninos vomitam, meninas choram — é o que os treinadores sempre dizem.

Ninguém precisa saber a verdade.

— Você vai só ficar sentada no seu quarto choramingando para sempre? — pergunta meu irmão, encostado na porta.

— Não — digo sem expressão. — Tenho que ir para a escola daqui a uma hora.

— Legal. Então seu plano é acabar com o dia de todo mundo que vai estar lá tentando aprender? Excelente decisão — diz ele com um sorriso zombeteiro gigante e os dois polegares para cima.

Luto contra a vontade de jogar algo nele. Não é cúlpa de Dylan que eu esteja infeliz. Ele não mudou de lugar na aula só para evitar olhar para mim. Ele não deixou de ir ao meu campeonato estadual.

— Só estou cansada — respondo, o que não é mentira. Passar o dia todo na escola sorrindo e fingindo estar bem é cansativo.

Aaron sabe do meu estado; já chorei com ele mais de uma vez. E Anika e Drew ficam me encurralando no corredor, tentando bloquear minha visão dela. Até Allie e Lydia me perguntam toda hora se estou bem. A resposta é sempre "Sim, claro" e depois "Não acredito que ganhamos o estadual" — o que inevitavelmente as distrai.

Mas, quando estou em casa, me enrolo como uma bolinha, assisto desenhos idiotas no meu iPad e tento não respirar muito, porque às vezes respirar dói quando você não pode estar com a pessoa que ama.

— Você dorme praticamente o tempo todo — argumenta Dylan.

— Sim, porque estou cansada — digo, os dentes cerrados.

— É por causa do Centro? Porque posso ligar e ver se consigo convencer todo mundo a te colocar de volta como conselheira. E se isso está te incomodando tanto, então talvez você não devesse passar tanto tempo lá.

Dylan não sabe que estou passando tanto tempo lá porque é o único lugar onde posso me permitir desmoronar. Eu até comecei a ir ao aconselhamento. Izzie tem sido um verdadeiro presente de Deus.

— Podemos falar sobre outra coisa? — pergunto.

— Tudo bem, que tal sobre o fato de eu não ver Ruby há, sei lá, uma semana, sendo que ela praticamente morava aqui?

— Dezessete dias — corrijo —, não uma semana.

Percebo tarde demais que saber a última vez exata em que ela esteve no apartamento provavelmente mostra que não estou mesmo lá muito bem.

— Como que pode fazer tanto tempo? O estadual foi só uma semana atrás. Se você ficasse mais acordada, talvez soubesse que dia é hoje.

— O que Ruby tem a ver com o estadual?

— Ué, porque ela estava lá — diz Dylan. — Ah, desculpe, ainda não reconhecemos que ela existe quando estamos em público?

Eu me levanto na cama.

— Ruby estava lá?

De repente, ele parece muito desconfortável.

— Pensei que você soubesse.

— Por que você não disse nada?!

— Eu imaginei que vocês estavam se agarrando debaixo da arquibancada sempre que não estávamos olhando.

Eu o encaro, minha cabeça girando. Por que Ruby estava lá? Por que ela não falou nada comigo? Ela tem sido tão fria, tão boa em manter distância. Achei que ela estava feliz. Se ela foi até...

— Morgan? — pergunta Dylan, mas o zumbido do alarme do meu telefone me poupa de ter que conversar mais.

— Tenho que me arrumar — digo, correndo para o banheiro.

Não sei o que esperava que acontecesse quando chegasse à escola, ou por que pensei que a revelação repentina de que Ruby havia estado na minha competição uma semana atrás mudaria alguma coisa. Não muda.

Eu a observo se mover pelo colégio, procurando arduamente falhas em seu exterior calmo ou evidências de que ela ainda se importa. Ela se senta com Marcus e Everly na hora do almoço, sorrindo apenas o suficiente e evitando olhar em minha direção. Me sento com Anika sob o pretexto de ajudá-la a fazer o inventário das últimas doações — ela está separando roupas, eu estou vendo os enlatados e produtos secos —, mas a verdade é que estou cansada demais para ficar escondendo a verdade de Allie e Lydia. Embora, a julgar pela expressão preocupada delas, eu não tenha certeza se estou conseguindo enganar ninguém, de qualquer forma.

— Talvez você devesse falar com ela de novo — sugere Anika depois da décima vez que verifico se Ruby está olhando. Ela não está.

— E dizer o quê? Nada mudou.

— Eu não sei, mas você parece muito mais infeliz agora do que antes.

Pego três latas de vagem e as registro na folha à minha frente.

— O que você acha? Provavelmente tem o suficiente para, o quê, mais seis ou sete bolsas com tudo isso?

— Estou torcendo para serem oito, assim vamos ter doado vinte certinhas… E não ache que não percebi a mudança de assunto.

— Desculpa. — Pego o último item, uma caixa gigante de macarrão com queijo, e então me largo na cadeira. — Eu não pensei que ficar longe dela seria tão ruim assim. Quer dizer, nós nem tínhamos nada oficial!

Anika dá de ombros.

— Levei mais de um ano para superar a primeira pessoa que eu amei de verdade.

Eu registro o macarrão com queijo no formulário e suspiro.

— Você está me dizendo que tenho mais de onze meses disso me aguardando?

— Não, estou dizendo para você não ser que nem eu — diz Anika. — Terminar com elu foi o maior erro que já cometi.

— Então por que você fez isso?

— Porque eu pensei que elu estava me traindo, mas descobri que a pessoa de quem desconfiei era só um primo. Eu nem dei chance de elu explicar, e quando finalmente descobri a verdade, *elu* decidiu que não queria ficar mais *comigo*. Eu traí a confiança delu. Exagerei e não acreditei no que me disse.

— Mas isso é diferente.

— Sim — concorda Anika, dobrando uma calça de pijama. — Mas acho que a parte do arrependimento é exatamente igual.

Dou mais uma olhada em Ruby, que agora está envolvida no que parece ser uma conversa animada com Tyler. Eu me pergunto se eles estão ficando de novo. Se é assim que ela está seguindo em frente tão rápido.

— Bom, Ruby parece estar muito bem.

Anika olha para ela.

— Não sei. Talvez ela só seja melhor em fingir do que você. Ela tem toda aquela experiência com concursos de beleza, né. Ninguém fica feliz daquele jeito parada de biquíni em um palco.

— Ei, eu sou boa em fingir também.

— Nitidamente — diz Anika com uma risadinha.

— O que você quer dizer com isso?

Anika levanta minha folha de inventário e a segura na minha frente.

— Olhe a última coisa que você escreveu.

— Macarrão com queijo? — digo, dando de ombros.

Anika bate da folha.

— Leia de novo.

Eu me encolho quando leio o que realmente está escrito.

— Macarrão com Ruby. Uma caixa.

— É — diz ela.

— Poderia ser um sabor novo! Estou inovando.

— Uhum, claro.

— Não tenho jeito mesmo. — Eu puxo a folha de sua mão e corrijo o registro.

— Mais ou menos — declara ela assim que o sinal toca.

Ruby se levanta de sua mesa, com Tyler logo atrás. Nossos olhos se encontram quando ela passa, e ela me dá um sorriso minúsculo. Só dura um segundo, e nem tenho certeza se foi intencional, mas vou aceitar.

37

Ruby

— Ei — digo, entrando em casa.

Saí cedo para resolver uma pendência antes do concurso de hoje. Chuck ainda está dormindo, mas minha mãe já está na mesa da cozinha com seu café. Ela parece sonolenta e aquecida, feliz de um jeito que só fica nas manhãs dos concursos… o que torna isso muito mais difícil.

— Bom dia — diz ela. — Onde você foi tão cedo?

— Tive que deixar umas anotações para uma amiga.

— Tarefa da escola?

— Só uma coisa da aula de política. — Puxo minha cadeira e me sento na frente dela. — Mas preciso falar com você sobre uma coisa. E não quero que fique com raiva, ok? Por favor?

Mamãe coloca a caneca na mesa.

— Como eu sei se vou ficar com raiva até você me dizer?

— Bem, provavelmente vai te deixar com raiva. — Passo a língua pelos dentes, ganhando tempo, reunindo coragem para falar. — Mas eu espero que mesmo assim você me ouça.

— Ruby, do que você está falando? Aquele garoto Tyler te…

— Não, não, não estou grávida.

— Ai, graças a Deus — diz ela, pegando seu café de volta. — Não me assuste assim...

— Mas preciso que você saiba que, não importa o que aconteça hoje, eu não vou... eu não vou mais participar de concursos.

— Pode parar — diz ela, levantando a voz. — Eu não vou deixar você jogar sua vida fora! Eu quero o melhor para você. Eu...

Estendo o braço e pego a mão dela na mesa.

— Eu não estou jogando minha vida fora. Eu tenho um plano. Existe um curso ótimo de mecânica automotiva na faculdade, e eu... Concursos são coisas *suas*, mãe. Eles sempre foram. Por favor, tente entender.

— Você é boa, querida. Você é realmente boa. Eu me recuso.

— Recusa o quê? Eu tenho dezoito anos! É hora de me permitir descobrir o que eu quero, em vez de só...

— Só o quê? — Ela puxa a mão, seus olhos ficando frios.

Eu desvio o olhar.

— Só tentar fazer você feliz. Eu sei que você desistiu de muita coisa por mim, e sou grata por isso, mas agora você precisa me deixar viver minha vida.

— E o que exatamente você acha que vinha fazendo até agora?

— Vivendo a *sua* vida, aquela que você perdeu quando me teve. Sinto muito que isso tenha acontecido com você, mas eu preciso parar de me sentir culpada por ter nascido. Eu só... Eu quero tomar minhas decisões, mesmo que você ache que elas estão erradas.

— Ruby, desistir dos concursos não é apenas errado. É jogar no lixo tudo no que a gente vem trabalhado desde que você era criança.

— Só que não. Você sabe que não vou chegar no Miss América, quem dirá ganhar. Não conquisto um título importante há anos e nem estou mais ganhando os pequenos.

— Vamos nos esforçar mais. Você ainda tem mais alguns anos para participar do concurso e vai ter muito mais tempo para isso depois que se formar.

— Não. Este é o último concurso. — Fito seus olhos e respiro fundo. — Mas... também não estou falando só dos concursos.

Ela semicerra e depois arregala os olhos.

— Então o quê?

— Você sabe do que estou falando, mãe. Você sabe até de *quem* estou falando.

— Saia da minha cozinha.

Ela se levanta tão rápido que sua cadeira tomba.

— Mãe...

— Saia da minha frente agora, Ruby — diz ela, com as mãos tremendo. — Sai.

Então eu faço isso. Corro para meu quarto e pego minhas coisas o mais rápido possível, mas ela me segue de qualquer forma.

— Eu te criei pra ser melhor do que isso! Eu tentei de tudo para fazer as coisas certas para você! — grita ela, pegando um troféu da minha estante e jogando-o no chão. — Eu desisti de tudo, *tudo*, para que você pudesse viver, e é isso que eu ganho? — Ela pega outro troféu. — Isso é uma vingança por pegar empregos de merda e colocar cada centavo que pude nessas competições?

— Eu não pedi para você fazer isso! — digo, me abaixando enquanto ela joga o próximo bem em minha direção. — Eu não pedi pra nascer!

— Talvez esse tenha sido meu primeiro erro — retruca ela, e então o cômodo fica em silêncio.

Até os cachorros param de latir quando suas palavras caem como mísseis ao nosso redor.

— Uau — sussurro.

— Ruby, querida — diz ela ao parecer se dar conta plenamente do que acabou de falar.

Eu saio correndo pela porta da frente.

— Querida, espera — chama minha mãe, da varanda. — Eu não quis dizer isso. Nós vamos dar um jeito. Que nem fizemos com a Katie. Você não tem que…

Eu bato a porta do meu carro e saio cantando pneu, segurando o choro até chegar à casa de Everly. Mal estacionei o carro antes de bater na porta da frente dela.

Everly abre, bem sonolenta, e seus olhos se arregalam assim que me vê.

— Ruby?

— Posso entrar? Só preciso de um lugar para…

Mas ela me envolve em um abraço tão apertado que não consigo respirar, e nem tenho que dizer mais nada.

— Você nunca precisa pedir — afirma ela quando enterro meu rosto em seu pescoço.

Ela passa a mão no meu cabelo e me diz que vai ficar tudo bem. E mesmo que pareça que minha vida inteira acabou de levar um peteleco, de alguma forma, eu acredito nela.

38

Morgan

Há um cravo roxo preso na roda da minha bicicleta, com um papel enrolado na haste. Me sento nos degraus da varanda, olhando para ele como se fosse me morder, sem saber o que eu faço.

Dylan sai alguns minutos depois, com sua caneca de café ainda fumegante, pronto para o longo dia de trabalho que tem pela frente.

— Achei que você tinha ido embora. Você não tem turno no Centro?

— Tem uma flor na minha bicicleta — respondo, como se isso explicasse.

— Você… você precisa que eu tire daí pra você? — pergunta ele, nitidamente confuso.

— Acho que é da Ruby — digo, ainda olhando para o cravo.

— Ah, ok.

Meu irmão se senta ao meu lado na escada, e nós dois ficamos apenas olhando para a flor por um minuto, sem dizer nada.

Eu olho de relance para ele.

— Você não vai se atrasar para o trabalho?

— Posso chegar depois. — Ele toma um gole de café, ainda fitando minha bicicleta. — Isso parece mais importante.

Deixo um suspiro escapar.

— O que você acha que o bilhete diz?

— Provavelmente algo bom.

— Mesmo?

— Você não esconde flores e bilhetes para as pessoas, a menos que seja algo bom.

— Ok.

Concordo com a cabeça, mas não me movo.

— Ok — concorda ele, tomando outro gole de seu café com muita calma, como se nós dois não estivéssemos sendo ridículos, como se nós dois já não estivéssemos atrasados para nossos compromissos e ficássemos mais atrasados a cada segundo.

Esfrego minhas mãos rapidamente, tentando me animar.

— Eu vou pegar.

— Bom plano.

— Vou pegar mesmo — reforço, ainda sem me mover.

— Jogada inteligente.

— Vou fazer isso. — Eu me levanto. — Sério.

— Vai com tudo, minha campeã! — diz Dylan, e eu levanto minhas sobrancelhas. — Exagerei?

— Exagerou.

— Que tal "Você consegue"? Funciona?

— Funciona — digo.

— Você consegue, então.

Eu ergo meu queixo e me aproximo. Minhas mãos estão tremendo quando puxo a flor, e quase deixo o bilhete cair no processo. Então corro de volta para os degraus.

— Bom trabalho, recruta — diz Dylan enquanto desdobro o papel. — O que diz aí?

Respiro fundo, meio trêmula, e meus olhos examinam as palavras à minha frente.

— Diz que eu a inspirei e ela quer conversar. Ela diz que entende se eu não quiser, mas que ela realmente espera que eu queira.

— Como você se sente a respeito disso? — pergunta Dylan.

Esfrego o polegar pela letra dela. Não consigo desviar o olhar.

— Não sei. Eu sinto tanta falta dela…

— Então qual é o problema?

— Será que faz sentido?

Dylan me cutuca.

— Sempre faz sentido se você ama alguém.

— Mas não diz isso aqui. Só diz que eu a inspiro, tipo, essa coisa de eu defender meus princípios.

— Morgan, é um bilhete, não votos de casamento.

Eu olho para ele.

— Mas não quero ser uma inspiração. Quero que ela esteja apaixonada por mim.

— Não consigo decidir se você ser tão tapada assim é fofo ou irritante.

Dobro o bilhete e o coloco no bolso do moletom. Dylan se levanta para sair.

— Você quer que eu te deixe no Centro a caminho da barbearia?

— Não — digo, tentando juntar tudo isso na minha cabeça, tentando descobrir o que essa coisa toda significa. — Acho que o trajeto de bicicleta vai me fazer bem.

A rota até o centro é muito curta, principalmente porque pedalo o mais forte que consigo, a mistura de confusão e adrenalina fazendo eu me sentir quase uma super-heroína. Uma super-heroína muito insegura e cautelosamente otimista, porque aquele bilhete... Talvez Dylan esteja certo. Talvez possa ser sobre amor, se eu olhar bem de perto.

Aaron me pega quando entro, me puxando para a sala de descanso para me entregar uma garrafa de água.

— Você está bem? — pergunta ele. — Você parece um pouco fora de órbita.

— Estou me sentindo um pouco assim — respondo honestamente. — Mas talvez no bom sentido. Ruby me deixou um bilhete.

— Hum — solta Aaron, parecendo pensativo. — Ela também brigou com a mãe de manhã. Deu para ouvir da minha casa. Por que tenho a sensação de que as duas coisas estão conectadas?

— Ela está bem? — questiono depressa.

— Não sei. Ela saiu cantando pneu, e foi isso.

— Aaron — interrompe Izzie, colocando a cabeça para dentro da sala de descanso. — Sua próxima visita está aqui.

Aaron parece querer dizer mais coisa, mas sai, obediente, me deixando sozinha nesta sala muito pequena com uma garrafa de água e um cérebro cheio de perguntas.

Pego meu telefone e nem hesito antes de mandar uma mensagem para Ruby: **Recebi seu bilhete. Foi bem legal.**

E então acrescento: **Sinto sua falta.**

O "digitando" aparece, e aí desaparece logo depois. Encaro o telefone, meu coração na mão, e espero que reapareça.

Não acontece.

Franzo a testa e vou para o salão. Depois da escola ontem, muitos de nós vieram aqui para deixar as últimas mochilas e comemorar a conclusão de nosso projeto de fim de ano. A nova mesa de exibição está incrível com as bolsas de doações.

Agora que isso está feito, o plano para hoje é reorganizar a estante. Normalmente, os livros estão em ordem alfabética por autor, mas Izzie me deu liberdade para reorganizá-los por cor para o Mês do Orgulho. Claro, fazer um arco-íris com livros é um trabalho inútil, mas eu gosto.

Estou há uma hora no meu turno quando uma voz familiar chama minha atenção.

— Oi.

— Oi.

Eu me viro, abrindo um sorrisinho para Danny. Acho que agora sei com quem era a sessão de Aaron. Olho para ele, sem saber se devo pedir desculpa ou se isso só vai piorar as coisas. Até onde sei, ele pode ter vindo aqui para me dizer como está feliz por nunca mais ter que me ver.

— Você está com fome? — pergunta ele, estendendo um guardanapo com alguns biscoitos. Não como um desde o dia em que vacilei com ele.

— Obrigada — digo, pegando um.

Ele morde o outro, com um olhar pensativo em seu rosto.

— O que você está fazendo?

— Estou reorganizando a estante — respondo. — Não estou mais como conselheira aqui, obviamente. Então, estou só tentando ser útil de alguma forma.

— Legal — diz ele.

— Olha, desculpa mesmo pelo que aconteceu. Eu não deveria ter pirado daquela forma. Não tinha nada a ver com você, e eu não deveria ter deixado meu drama atrapalhar nossa conversa.

— Está tudo bem — garante ele. — Eu sei como é ficar muito sobrecarregado. Se vale de alguma coisa, fico triste que você não seja mais conselheira.

Eu dou de ombros.

— Eu nem era boa mesmo

— Não, você era.

— Nós dois sabemos que eu sou muito confusa para aconselhar alguém agora, mas obrigada.

— Às vezes, esses são os melhores conselheiros, eu acho — diz ele. — Além disso, quando você não estava gritando comigo para processar a Liga Nacional de Futebol Americano, você deu bons conselhos.

— Isso significa que você disse ao seu namorado que era importante pra você se assumir?

Danny assente.

— Fiquei com medo, mas disse a ele exatamente como eu me sentia, como você disse. Falei pra ele que não me importava se isso significasse o fim da minha carreira no futebol, mas que realmente esperava que não. E disse que eu queria que o mundo inteiro soubesse que estamos totalmente apaixonados um pelo outro.

Eu sorrio.

— Isso é demais. Agora vocês não precisam mais se esconder.

— Obrigado. Mas a gente não se assumiu, na verdade.

— Mas você acabou de dizer…

— Eu disse que contei a ele como eu me sentia.

— Mas a questão toda não era que você não estava mais feliz mantendo as coisas em segredo?

Ele dá de ombros.

— Meio que sim?

— Agora eu me perdi.

— Depois que contei tudo isso, eu deixei ele falar. As coisas ficaram bem pesadas. Tiveram muitos gritos no início e foi mais difícil do que eu pensava. Mas *alguém* uma vez me disse para não fugir de conversas difíceis, então eu não fugi.

— Vocês terminaram, então? — pergunto, porque isso parece muito, muito com a minha história com Ruby.

Ele nega com a cabeça, e meus olhos se arregalam.

— Percebi que ser "cem por cento eu" para o resto do mundo ou o que quer que fosse não era mais importante do que a realidade dele. Ele não se sente confortável em se assumir, e a situação na casa dele não é das mais favoráveis. Decidi que o amo o suficiente para poder esperar.

— Então vocês vão continuar mentindo? — questiono, e ele se encolhe com minhas palavras.

— Não estou mentindo. Estou protegendo a pessoa que amo da melhor maneira que consigo. E pode não funcionar; a pressão pode ser demais para nós dois. Mas concordamos que se isso começasse a acontecer de novo seríamos sinceros e veríamos o que fazer. No momento, estamos bem. Estamos caminhando juntos. Entre estar com ele às vezes ou perdê-lo de vez, escolho a primeira opção.

— E você está bem com isso? Mesmo?

— Eu tenho que estar. Não vou terminar com a pessoa que amo só para provar um ponto.

E parece que alguém acabou de jogar uma bigorna na minha cabeça, porque... Não foi isso que eu fiz, foi?

— Ai, meu Deus — sussurro.

— O quê?

Eu o encaro.

— Eu cometi um grande erro.

— Não, seu conselho foi ótimo. Eu provavelmente nunca teria coragem de ser sincero com ele se você não tivesse dito aquilo. Eu cheguei lá todo empolgado, pronto para arrancar as dobradiças do armário, e por sua causa. — Danny ri. — E mesmo que isso não possa acontecer agora por uma série de razões, a conversa nos aproximou. Se você não tivesse me pressionado, eu não teria dito nada, até que eu estivesse tão farto que não teríamos como manter isso. Eu devia te agradecer.

Engulo em seco, olhando para a mesa.

— Eu não ouvi.

— Bem, eu não vou repetir. — Ele dá um sorrisinho. — Agora parece que você está só atrás de elogios.

— Não, eu ouvi *você*. Mas não ouvi a garota que eu gostava. A garota que eu *gosto*. Eu fiz exatamente o que você fez, mas depois não ouvi. Eu fiz com que ela sentisse que não existia opção. — Balanço a cabeça. — Achei que não existia. E agora acho que talvez ela esteja tentando consertar as coisas. Ela me deixou uma flor e escreveu um bilhete. Mas acho que quem tem que se redimir sou eu.

— Ah — diz ele. — Que merda.

— É. — Eu o olho. — O que eu faço agora?

— Você realmente ainda se importa com ela?

— Eu a amo — digo com firmeza, sem qualquer hesitação.

Ele coça a sobrancelha.

— Então parece que você tem uma conversa difícil da qual não pode fugir.

— Ela está em um concurso... Eu não posso... Será que eu vou atrás dela? Vou, né?

— Você sempre deve ir.

Eu semicerro os olhos.

— Espere um segundo. Isso significa que *você* acabou de se tornar meu conselheiro?

— Provavelmente. — Ele sorri. — Então... você precisa de uma carona ou o quê?

39

Ruby

Se eu não tivesse notado sua presença pela maneira como a porta bateu quando ela entrou correndo durante a rodada final do concurso, definitivamente teria percebido no momento em que ela foi sentar na primeira fileira e acabou enroscando o pé no fio do microfone, o que fez com que o objeto caísse da mão do apresentador e ele se abaixasse meio desajeitado para pegá-lo sem deixar que as pessoas vissem que a parte de trás de seu terno estava "ajustada" com fita adesiva.

Então agora estou no palco ao lado das outras semifinalistas — quinze das quarenta concorrentes —, com minha postura perfeita, o pescoço esticado ao máximo, perna em ângulo estratégico para acentuar a fenda do meu vestido, queixo inclinado para baixo, sorriso enorme e... olhando para Morgan com meu coração batendo que nem um beija-flor à base de metanfetamina.

Sou a próxima da fila para a pergunta da entrevista, que possivelmente vai decidir todo o meu futuro, e ter Morgan aqui me distrai. Estou me corroendo. Em nenhum dos cenários que criei na minha cabeça imaginei que meu bilhete a faria vir até aqui. Eu nem tinha certeza se ela iria ler. As luzes acabaram de ficar um milhão de vezes mais quentes ou é impressão minha?

— Em seguida, temos Ruby Gold Thompson — anuncia o apresentador, lendo minha biografia e enumerando todas as minhas vitórias e colocações anteriores em concursos enquanto deslizo pelo palco.

A cauda do meu vestido flutua elegantemente atrás de mim, com as contas brilhando sob as luzes. Minha mãe gastou dois contracheques inteiros neste vestido, e agora ela nem está aqui para vê-lo. Engulo esse pensamento, amargo como bile.

Eu paro ao lado do locutor quando ele termina de me apresentar — timing perfeito, como sempre — e lanço meu melhor sorriso para o público. Morgan está sentada logo atrás dos juízes. De alguma forma, ela parece tão nervosa quanto eu.

O apresentador pega um aquário de vidro do suporte ao lado dele e o estende para mim. Há dezenas de perguntas dobradas ali dentro, uma das quais terei que responder espontaneamente com um tom gracioso. Sou péssima nisso, mas Charlene e eu praticamos bastante essa parte.

— Agora, querida — diz ele —, por favor, selecione sua pergunta.

Eu coloco minha mão lá dentro, fechando os olhos rapidamente e rezando para que eu consiga algo fácil. Algo que me permita mostrar meu sorriso e dizer a coisa certa. Meus dedos alcançam uma, e eu a puxo e entrego ao locutor.

Ele desdobra o papel e lê:

— Conte-nos sobre a pessoa que você mais admira e como ela será sua estrela guia durante seu reinado como Miss Teen do Condado de Portwood.

Ele inclina o microfone para mim. Eu me aproximo dele e luto contra a vontade de pigarrear — isso resultaria em uma quantidade imperdoável de pontos reduzidos.

Rezo para que minha pontuação não esteja já caindo por conta desse meu momento de silêncio, para que eu esteja parecendo pensativa e contemplativa, em vez de totalmente apavorada. Porque eu sei o que quero dizer. E sei o que os juízes querem ouvir. Mas não tenho certeza se são a mesma resposta.

— Obrigada — digo, ganhando alguns segundos preciosos para me acalmar.

Ele sorri para mim de forma tranquilizadora.

— Este ano, nesta primavera, na verdade — continuo, olhando para os juízes com uma expressão que espero que transmita sinceridade — tive a oportunidade de conhecer alguém muito especial. Alguém que mudou muito minha perspectiva sobre diversas coisas. Alguém que é mais corajosa do que qualquer pessoa que já conheci e que vive de acordo com seus princípios em um nível que nunca pensei ser possível. Ela tem uma fé inabalável em seus ideais, não importa o quanto o mundo tente arrancá-los dela. Quando vemos coisas ruins, a maioria de nós desvia o olhar, mas ela não. Não Morgan Matthews. Ela é diferente.

Eu olho para ela apenas por tempo suficiente para ver seus olhos se arregalarem. Então, tudo bem, talvez essa resposta seja um pouco mais intensa do que eu esperava, mas é tudo o que tenho.

— Conheci Morgan quando ela se transferiu para minha escola e, desde então, todos os dias, tenho observado seus esforços para tornar o mundo um lugar melhor, não apenas para ela e para as pessoas a sua volta, mas também em uma escala maior. Morgan e eu não começamos muito bem, porque eu quase a atropelei com meu carro. E então, não muito tempo depois disso, eu *realmente* a atropelei, embora, se qualquer um perguntar, ela vá dizer que caiu.

Algumas pessoas riem. Alguém tosse. Morgan fica ali imóvel como uma pedra. Assistindo.

— De alguma forma, apesar de tudo, nos aproximamos. Ela me ensinou que o amor e a inclusão são o que nos tornam humanos, que não há problema em ser… ser quem você é. — Engulo o seco, tentando manter a compostura, continuar perfeita, mas consigo sentir os olhares de todos me queimando. — Morgan enxerga a pessoa que realmente sou e, por causa disso, aprendi a me aceitar, me amar. A ter orgulho. — Olho para Morgan, seus olhos marejados, e respiro fundo. — E eu amo isso nela. É por isso que escolho… É por isso que *peço* a Morgan para ser minha estrela guia, caso eu tenha a sorte de ser coroada Miss Teen do Condado de Portwood ou não. Porque mesmo no pouco tempo que a conheço, vejo a força do bem que ela é neste mundo. Eu também quero ser isso. Obrigada.

Há um punhado de aplausos desconfortáveis enquanto volto para meu lugar na fila de competidoras. Nada parecido com o que Lilah ou Hannah receberam depois de responder a perguntas semelhantes com "minha mãe" e "Meghan McCain", respectivamente.

O apresentador segue em frente, agradecendo a todos e indicando os patrocinadores oficiais enquanto os jurados somam suas notas. Coloco meu melhor sorriso no rosto e fico olhando para um ponto na parede, fazendo de tudo para não olhar para Morgan, com medo do que verei se fizer isso.

Os nomes das dez finalistas são anunciados. De alguma forma, eu passo. Dou minha última volta no palco, sorrindo e acenando e rezando para que eu fique entre as seis primeiras, antes de retornar ao meu lugar na fila.

Leva muito tempo para os juízes se juntarem ao nosso anfitrião no palco, carregando várias faixas e buquês, e eu estou uma tremedeira só, de tão nervosa. O locutor troca sua lista de finalistas por três envelopes vermelhos brilhantes, abrindo o primeiro com um sorriso treinado.

— A terceira colocada no concurso Miss Teen do Condado de Portwood é... Pia Roth! — anuncia, apontando para ela como um apresentador de game show. Todos batem palmas e comemoram enquanto ela aceita sua faixa e as flores.

As restantes esperam na fila, todas nervosas. Nós agarramos as mãos umas das outras com força. Depois disso tudo, voltaremos a ser competidoras ferozes, mas neste momento somos apenas crianças assustadas imaginando qual de nós o mundo mais ama.

— A segundo colocada é... — diz ele, e eu aperto a mão da garota ao meu lado. — Hannah Bronsky!

Hannah sai para pegar sua faixa e as rosas e toma seu lugar ao lado de Pia. Eu respiro fundo. Restou apenas uma vaga. Mas ainda há oito de nós na fila.

— Agora eu gostaria que todos vocês dessem uma salva de palmas calorosa à nossa nova Miss Teen do Condado de Portwood... Amber Valejo!

A multidão vai à loucura, torcendo e aplaudindo conforme Amber é coroada. Ela faz sua volta da vitória ao som de "There She Is, Miss America" enquanto as pessoas jogam rosas no palco.

É tudo muito dramático — e lento — e luto contra o desejo de pegar as folhas de pontuação final da mesa dos juízes.

As cortinas finalmente se fecham e as vencedoras vão embora, abraçadas e chorando, enquanto o resto de nós espera pela colocação. Há apenas três chances de conseguir uma bolsa, mas ainda somos sete no palco. Um dos juízes se aproxima, verificando nossas pontuações na prancheta e apontando para as garotas.

— Quatro — diz ele. — Cinco. E seis.

Da última vez, ele está apontando para mim.

Ai, meu Deus, eu consegui. Eu o abraço bem quando ele aponta para outra garota e indica:

— Sete.

— Obrigada, obrigada, obrigada — digo, antes de recolher minha saia da melhor forma que consigo e sair correndo do palco.

Desço os degraus e espio a plateia, procurando Morgan, mas ela não está em lugar nenhum. A emoção de ganhar a bolsa dá lugar à decepção, e meus olhos queimam com aquela reviravolta.

Talvez a vinda dela aqui tenha sido como a minha ida ao campeonato estadual de corrida. E se ela estivesse apenas planejando entrar e sair que nem um fantasma? Mas aquela mensagem dela...

Sinto alguém envolver meu pulso e me arrastar para uma pequena alcova escondida. De repente, estamos cara a cara pela primeira vez no que parece uma eternidade. Eu quero muito beijá-la, mas não sei se ela quer isso. Não sei se isso muda alguma coisa. Não sei se demorei demais para recuperar o tempo perdido.

— Oi — diz Morgan, com um sorriso que me faz derreter.

40

Morgan

Ruby não diz nada por um bom tempo, e eu mudo o peso de um pé para o outro, sem saber ao certo se ela está feliz em me ver ou não. Mas o discurso dela… O discurso dela falou de "amor". Eu solto seu pulso e seguro a mão dela, fazendo pequenos círculos em sua pele com meu polegar.

— Oi, você — responde ela finalmente, baixinho. Seu rosto é uma mistura de alegria e apreensão. — O que você está fazendo aqui?

— Eu estava tentando fazer um grande gesto, mas nada supera o que você acabou de fazer.

— Sendo bem sincera, eu não planejei isso — confessa Ruby, o nervosismo transparecendo na voz. — Então não sei se conta.

Eu deixo escapar uma pequena risada.

— Definitivamente conta.

— É?

— É — garanto, e um sorriso hesitante aparece em seu rosto. — Mas…

O sorriso de Ruby desaparece.

— Mas?

— Mas eu tenho pensado muito, e quero que você saiba que eu estava errada. Eu estava errada sobre um monte de coisas. E eu não quero que você sinta que tem que…

— Posso te beijar? — pergunta Ruby, e isso me faz calar a boca. — Porque eu realmente quero te beijar.

Concordo com a cabeça com tanta força que ela ri.

— Eu ia adorar isso.

Mal tenho chance de colocar as palavras para fora antes de sua boca colar na minha, suave e reverente, e as contas de seu corpete estarem raspando contra minha regata, e por favor, por favor, por favor, que este momento dure para sempre.

— Também senti sua falta — diz ela, encostando a testa na minha. Nós duas respiramos um pouco mais forte no silêncio desse espaço secreto que encontrei. — Tentei responder, mas me chamaram para o palco antes de terminar.

— Obrigada pelo bilhete — digo, colocando uma mecha de cabelo atrás da orelha dela. — E o discurso. Foi…

— Excessivo?

— Não, foi…

— Exagerado?

Coloco minha mão gentilmente sobre a boca dela.

— Eu ia falar “incrível”.

— Obrigada — diz Ruby.

— Sinto muito que você não tenha vencido. Você merecia. Você se dedicou tanto…

Ruby sorri.

— Mas eu ainda consegui a bolsa de estudos.

Ergo as sobrancelhas.

— Sério? Ai, meu Deus! Isso é maravilhoso.

— Aham — diz ela, completamente radiante. — Você está olhando para a sexta colocada do concurso Miss Teen do Condado de Portwood. Isso é uma grande coisa, sabe. Se as cinco garotas na minha frente de repente caírem mortas, eu assumo os deveres da coroa.

— Uau.

— Eu sei. Talvez eu tenha que, tipo, cortar a fita de inauguração de um rinque de patinação no gelo um dia ou algo assim.

— Ah, cala a boca — replico. — Você conseguiu! Você vai fazer o curso de mecânica!

Eu jogo meus braços ao redor dela sem pensar, mas então rapidamente dou um passo para trás.

Ruby franze a testa.

— Por que você parou?

— Posso abraçar você? Eu não… Quais são as regras aqui? Tipo, você me beijou, então eu pensei… Mas depois…

— Depende — diz ela com um sorrisinho.

— Do quê?

— De qual ia ser o *seu* grande gesto.

— Hum — solto, indicando a gente. — Mais ou menos isso?

— Ficar escondida nos bastidores comigo? — pergunta ela, franzindo as sobrancelhas.

— Tipo isso. — Eu recuo. — Estava esperando, tipo, te atrair furtivamente para um lugar privado e…

— Puta merda. O seu "grande gesto" ia ser se agarrar comigo em algum canto escuro?

— Quando você fala assim… — digo, ficando extremamente vermelha.

Ruby cai na gargalhada.

— Essa é a melhor coisa que eu já ouvi.

— Cala a boca.

— Não, sério, eu respeito isso. Um baita gesto.

Empurro seu ombro, tentando não rir junto com ela.

— O lance não era só uns beijos, embora eu esperasse que tivesse isso. Também queria que você soubesse que sei que eu errei. Entendo que nossas circunstâncias são diferentes e, se tiver que esperar, se precisarmos manter as coisas reservadas... — Eu olho para ela, querendo que Ruby veja que estou falando sério. — Você com certeza vale a pena. Estou mais infeliz nessas últimas semanas sem você do que jamais me sentiria se estivesse do seu lado. Não quero te perder. Eu te...

Ruby me beija, cortando minhas palavras.

— Você é perfeita.

Eu sorrio de novo — não consigo evitar —, porque parece mesmo que podemos fazer isso dar certo.

— Eu não sou, mas estou aqui para você e quero estar com você.

— Que bom. — Ela beija minha testa. — Acho que vou ficar com Billy até encontrar minha própria casa ou conseguir vaga no alojamento estudantil. — Ela respira fundo, parecendo nervosa. — Ele sabe o que eu sinto por você, e Everly também. Mas para todos os outros eu não sei o quão rápido eu quero... Nem sei como me definir ainda. Bi? Pan? Essa coisa do rótulo ainda me assusta. Preciso de tempo para chegar no seu nível.

— Vai no seu tempo. — Beijo todo o rosto dela, se me importar com o gosto da base e do spray fixador. — Podemos ir na velocidade que você quiser — digo entre beijos. — O que quer que a gente seja, confio em você para definir o ritmo.

— É?

— Sim — concordo com a cabeça, uma sensação de esperança fazendo meu cérebro formigar até parecer um sorriso de corpo inteiro. — E se estiver ficando difícil, vou conversar com você antes que...

— Ei, seu irmão está em casa? — interrompe Ruby.

Eu balanço a cabeça.

— Não, ele está no trabalho. Por quê?

— Vem, então — Ruby segura minha mão. — Consigo pensar em alguns outros quesitos em que temos que recuperar o tempo perdido.

41

Ruby

Estou deitada nos travesseiros de Morgan, a observando dormir, absorvendo cada detalhe. Por exemplo, como seus cílios se emaranham um pouco quando seus olhos estão fechados assim. E como seus lábios se curvam levemente em um sorriso — até mesmo nos sonhos ela está feliz. E como os chupões, que eu juro por Deus que não queria deixar nela, floresceram em pequenos pontos vermelhos na sua clavícula.

Já se passaram três semanas desde o concurso, e muita coisa já mudou. Como se eu tivesse me aposentado oficialmente dessa vida, o que é ótimo, porém um pouco estranho ao mesmo tempo. De vez em quando ainda ajudo Charlene com as aulas de maquiagem, mas só porque é divertido agora que não estou sendo forçada a fazer isso. Em geral, faço meio expediente — contratada agora — na oficina do Billy, e o plano é trabalhar lá em tempo integral no verão.

Ainda não estou falando com minha mãe, mas sei que terei que fazer isso em breve. Ela me deixou algumas mensagens de voz pedindo desculpas, mas eu só... não estou pronta ainda. Nesse meio-tempo, Billy esvaziou um quarto inteiro para mim, embora eu tenha dito que ficaria bem no sofá, e na semana passada os pais de Morgan apareceram, não no próprio carro, mas em um caminhão de mudança gigante alugado. Eles me pediram para abri-lo e, quando fiz isso, me deparei com móveis para um quarto completo, que eles alegaram ter "sobrando" por aí — embora houvesse uma nota fiscal presa no colchão datada daquela manhã.

Isso é que é um grande gesto.

Morgan, bem, ela já voltou a trabalhar para mudar o mundo. Ela e esse jogador de futebol estão tentando começar uma aliança estudantil de atletas para alunos LGBTQIAP+. Eles ainda estão nos estágios iniciais do projeto, mas nunca a vi tão animada antes. Morgan tem ido a comícios e até feito palestras em escolas aleatórias e coisas assim. Izzie, a chefe dela, a tem ajudado. Às vezes, eu até vou junto.

Mas hoje, esta manhã, tenho algo especial planejado só para nós.

— Acorde, bela adormecida — digo, beijando-a no nariz, na testa, no pescoço, no ponto atrás da orelha que a faz se contorcer.

Seu sorriso sonolento se transforma em um sorriso completo quando ela abre os olhos.

— Você está aqui — diz, como todo dia. Eu tento não me incomodar que ela ainda se preocupe com isso. Dado o nosso histórico, imagino que seja justo.

— Você não vai se livrar de mim assim tão fácil, Matthews — replico, que é o que respondo sempre. Ela tenta me puxar para debaixo das cobertas. — Não. — Eu as afasto. — Você tem que levantar.

— Por quê? — choraminga ela, pegando seu telefone para verificar a hora. — São 9h da manhã.

— Prometemos à sua família que sairíamos para tomar um brunch, lembra?

— Mas isso é só às dez! — Morgan rola, escondendo a cabeça com o cobertor.

— Não, não — digo, cutucando-a no lado onde ela sente mais cócegas.

Ela grita e se contorce na cama.

— Você é má.

— E você gosta.

Eu me levanto e caminho até seu armário.

— Pois é — resmunga ela, finalmente se sentando na cama.

Ela não é *nem um pouco* uma pessoa matutina, e isso é meio fofo.

Dou uma olhada em algumas camisas, optando pela que tem escrito BEIJE MAIS GAROTAS, e assim que jogo para Morgan, junto de um par de leggings, ela levanta uma das sobrancelhas para mim.

— Se. Veste. — Eu a agarro pelos tornozelos e a puxo na cama até ela rir. — Vou me arrumar no banheiro, e é melhor você estar pronta quando eu terminar. Quero parar em um lugar primeiro.

— Sim, senhora. — Ela bate uma continência bem quando abro a porta e seu irmão passa no corredor.

— Não quero nem saber — solta ele.

— Bom dia para você também, Dyl — digo a ele, mas ele apenas me ignora com um sorriso. Rude.

Eu logo volto, depois de escovar os dentes com o dedo — não é o melhor dos mundos, mas funciona na hora do aperto — e já de cabelo preso em um coque. Ela está vestida quando entro, dando uma olhada em fotos minhas no concurso em seu telefone. Ela está meio obcecada em reviver nosso "grande gesto duplamente épico", como ela chama. Isso se tornou uma piada recorrente agora, onde finjo que estou fazendo anotações sempre que vemos uma demonstração pública de amor em um filme — e vimos muitas ultimamente, graças a seu vício em comédias românticas da Netflix. Morgan diz que nada será capaz de superar minha entrevista para o concurso, mas veremos. Eu estou torcendo para que hoje supere.

— Este vestido é tão lindo — elogia ela, passando a mão sobre a tela do celular, como se o vestido não estivesse pendurado no meu armário na casa de Billy, onde ela pode tocar sempre que quiser.

— Pode ficar com ele — digo. Eu nem sei por quê.

— A gente devia doá-lo — sugere Morgan, sempre pensando nos outros. — O Centro distribui vestidos de baile para pessoas que não podem pagar. Imagine ir lá e encontrar *isso*.

— Ok. — Pego o telefone de suas mãos e o coloco sobre a cômoda. — Vamos doar o vestido. Agora vá se arrumar e me encontre no carro.

Ela geme, mas sei que está curiosa, então ela vai. Em menos de dez minutos, estamos saindo do estacionamento da casa dela.

— Você vai me dizer para onde estamos indo? — pergunta Morgan.

— Não — respondo, apertando a mão dela.

Ficamos em um silêncio confortável durante a maior parte do caminho. Ela mexe no rádio de vez em quando, aumenta o volume quando uma música de Harry Styles começa. Não demora muito para chegarmos na biblioteca.

— Ooook. — Morgan olha para mim com uma expressão de curiosidade.

— Vamos lá — chamo.

Ela me segue até a pequena sala comunitária e franze a testa ao passarmos pela placa anunciando a mostra de arte da escola.

— O que é isso?

Mas eu não digo nada. Apenas a conduzo, passando pelas cerâmicas e pinturas até uma parede de fotografias. É o projeto de Everly, Olhares do Coração. A professora de arte dela ficou tão impressionada com ele que o escolheu como um dos poucos trabalhos para exibir para toda a cidade.

— Essas fotos são da Everly? Ela é talentosa pra caramba — comenta Morgan gentilmente, olhando para todas as fotos.

Ela já viu algumas fotografias de Everly antes — nós temos saídos juntas ultimamente —, mas nunca mostrei a minha.

— É, sim — digo, esperando.

— Ah — sussurra Morgan, e sei que ela me encontrou entre todos os outros registros.

Ela dá um passo à frente, analisando a foto antes de se virar para mim.

— Para quem você estava olhando? — pergunta ela, e parece um pouco preocupada, como se pudesse ser qualquer outra pessoa além dela.

Engulo em seco.

— Hum, pra você.

O rosto de Morgan se ilumina com um sorriso.

— Sério?

Faço que sim.

— Quando foi isso?

Eu mordo meu lábio e respiro fundo.

— No dia que você bateu no meu carro e roubou meu lugar na aula.

— Sem chance — replica Morgan. — Esse foi o meu primeiro dia.

— Sim — digo, observando Morgan ler a pequena etiqueta ao lado da imagem.

Ruby THOMPSON
"Primeira Paixão"

— Ah, meu Deus. — Seus olhos parecem um pouco vidrados. — Eu pensei que você me odiava!

— Eu sei. É por isso que eu queria te mostrar a foto. Como eu realmente me sentia naquela época.

— Ruby...

— Mas a legenda está errada — interrompo, e Morgan inclina a cabeça. — Não é uma paixão.

— Ruby. — A voz dela fica mais baixa.

— Eu te amo — digo, as palavras saindo antes que eu perca a coragem. — E eu sei que isso é brega pra caramba, mas eu gostaria de ser sua namorada. Oficialmente. Se isso for ok pra você.

— O que aconteceu com aquela história de "sem rótulos"? Você não precisa...

— Eu sei. Eu quero. — Entrelaço meus dedos nos dela. — Parece certo.

Ela sorri, chorando.

— Bem, isso definitivamente supera o discurso.

— Isso é um sim? — pergunto. Porque, pela primeira vez, sou eu quem precisa das palavras.

— Sim — diz ela, se aproximando até que estejamos completamente cara a cara. — Eu adoraria que você fosse minha namorada, Ruby. E eu também te amo.

Me inclino para a frente até sentir seus lábios contra os meus, e então despejo cada grama de mim em nosso beijo. Minha vida inteira pode ser uma série interminável de pontos de interrogação agora, mas disso aqui eu tenho certeza. Eu quero isso.

— Vamos — digo quando finalmente nos separamos. — Quero levar minha *namorada* para um brunch.

Morgan sorri, olhando para a foto mais uma vez, depois estende a mão para mim enquanto saímos. Eu pego a mão dela e aperto, como já fiz centenas de vezes antes. Mas desta vez parece diferente.

Agora, eu não quero soltar nunca mais.

AGRADECIMENTOS

Muitas pessoas incríveis contribuíram para que este livro chegasse às suas mãos.

Um enorme obrigada a:

Minha editora, Stephanie Pitts, por realmente entender o cerne desta história e me ajudar a dar vida a ela. Jen Klonsky, pelo apoio e entusiasmo contínuos; Matt Phipps, por toda a ajuda; minha publicitária, Lizzie Goodell, assim como Felicity Vallance, James Akinaka e todos da Putnam e Penguin Teen, por todo o apoio.

Jeff Östberg, por outra linda ilustração, e Kelley Brady, por juntar tudo em uma capa maravilhosa.

Meu clã de escritoras, Karen Strong e Isabel Sterling, sem o qual eu estaria absolutamente perdida. Além delas, Kelsey Rodkey, por sempre me lembrar que os livros precisam de enredos, e não apenas de beijos e personagens sofridos, e Rory Power, por me manter sã e me mandar fotos de gatos constantemente (e obrigada, Scally, por ser uma modelo tão disposta — e às vezes relutante).

Becky A., por sempre ser um ombro amigo/líder de torcida maravilhosa/amiga fantástica em geral. Te amo! Sophie, por me mandar coisas interessantes por DM e manter minha pele brilhante. E Rachel Lynn Solomon, por elevar o nível e me fazer querer ser uma escritora melhor (aquele anuário, porém...).

Claribel, que me inspira infinitamente, mesmo que suas opiniões sobre Pennywise deixem muito a desejar; Sarah, por estar sempre presente; Rosey, pelas sucessivas fotos de gatos e pelo amor; e todos do universo literário jovem adulto que abrem espaço para autores LGBTQIAP+, sejam eles assumidos ou não.

Shannon e Jeff, que conseguem, ao mesmo tempo, me jogar para cima e garantir que eu não fique me achando demais. Dennis, que é realmente o melhor irmão mais velho que eu poderia desejar, e toda a minha família, pelo amor, apoio e entusiasmo. Joe, Brody e Liv, por sempre me inspirarem e me fazerem rir.

E por último, mas não menos importante, a todos os meus leitores: obrigada por se fazerem presentes sempre. Este livro é para vocês.

Este livro, composto na fonte Fairfield,
foi impresso em papel Pólen Natural 70g/m² na gráfica Coan.
Tubarão, Brasil, outubro de 2023.